AF280123

EMRYS SERRY

WISTERIA

Die Rebellion

Bibliografische Information der Deutschen Nationalbibliothek:
Die Deutsche Nationalbibliothek verzeichnet diese
Publikation in der Deutschen Nationalbibliografie; detaillierte
bibliografische Daten sind im Internet über http://dnb.de
aufrufbar.

Die automatisierte Analyse des Werkes, um daraus
Informationen insbesondere über Muster, Trends und
Korrelationen gemäss §44b UrhG («Text und Data Mining») zu gewinnen, ist untersagt.

Verlag: BoD . Books on Demand GmbH, In de Tarpen 42,
22848 Norderstedt

Druck: Libri Plureos GmbH, Friedensallee 273, 22763
Hamburg

ISBN: 978-3-7597-5916-0

Für alle,

die das Gefühl haben, dass die Welt ungerecht ist …

… und für alle,

die etwas daran ändern möchten.

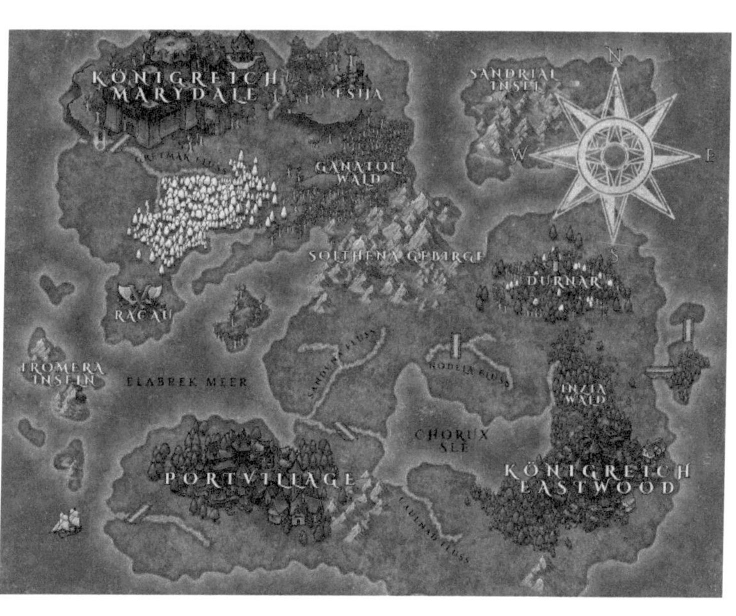

KÖNIGREICH MARYDALE
LESHA
GANATOL WALD
CRUTMAK FLUSS
SANDRIAL INSEL
N
W
E
S
SOLTHENA GEBIRGE
DURNAR
RACAU
FROMERA INSELN
ELABREK MEER
SANDUN FLUSS
RODELA FLUSS
ENZIA WALD
CHORUX SEE
PORTVILLAGE
KÖNIGREICH EASTWOOD
CAULNAB FLUSS

PROLOG

Neun Jahre hartes Training hatten mich auf diesen Moment vorbereitet. Ich erwartete zwar nicht, dass ich bei einem so simplen Auftrag auf Komplikationen stossen würde, aber was wäre das Leben schon ohne ein paar unerwartete Überraschungen? Ausserdem hatte ich nicht gedacht, dass ein königlicher Berater pervers genug wäre, von mir zu verlangen, es mit ihm zu treiben, während sein Kollege zusah. Obwohl dieses kleine Problem durch einen zusätzlichen Kelch vergifteten Wein und durch einen zweiten Sarg gelöst werden konnte, war ich doch schockiert von der unglaublichen Unverfrorenheit. So schockiert, dass ich nach Erfüllen meines Auftrages direkt in die Badekammer verschwunden war, um mir mit kaltem Wasser das Gesicht zu waschen.

Als sich die sanften Wellen des Waschbeckens wieder beruhigt hatten, konnte ich einen kurzen Blick auf mein mittlerweile geschwollenes Kinn werfen. Na grossartig. Eine weitere Ausrede, die ich erfinden musste. Bevor ich noch einen weiteren Gedanken an meinen beinahe misslungenen Auftrag verschwenden konnte, wurde ich durch das Klopfen an der Tür aus meiner Starre geweckt.

«Was?», schrie ich in die Richtung der Tür und merkte zu spät, wie heiser meine Stimme klang. Ich hatte stundenlang nicht gesprochen und es nicht einmal bemerkt. Ich fragte mich jedoch, mit wem ich hätte sprechen sollen. Das Interesse des Beraters hatte ich in dieser Hinsicht jedenfalls nicht geweckt.

«Sie erwartet deine Berichterstattung.», antwortete eine sanfte Stimme. Wie konnte eine Stimme so sanft klingen, wenn die Nachricht, die sie überbrachte, mich wie ein Bleiklotz auf den Meeresgrund zog? Als ich realisierte, dass ich schon zu lange mit meiner Antwort gezögert hatte, sagte ich hastig, dass ich noch fünf Minuten brauchte, um mich umzuziehen. Stattdessen verbrachte ich diese viel zu kurze Zeit damit, mich daran zu erinnern, wer ich war und was meine Aufgabe war. Ich war eine Schauspielerin, die jeden Tag eine andere Rolle einnahm. Ich war eine Freiheitskämpferin, ein Teil einer Truppe von Partisaninnen, doch ich fühlte mich wie eine Soldatin, die nur zu einem einzigen Zweck ausgebildet wurde. Meine Aufgabe war es, die Menschen zu töten, die unserem Plan im Weg standen.

EINS

Nachdem ich meine dunkelbraunen, struppigen Haare zu einem Zopf geflochten und mir schnell ein dünnes Leinenkleid übergeworfen hatte, trat ich aus der Tür, wo schon meine frisch polierten Stiefel auf mich warteten. Während des Gehens zog ich das weiche Ziegenleder über meine Füsse und hielt nur kurz zum Zusammenbinden der Schnürung an. Als ich um die Kurve ging, liess ich meine Hand über die kalte Steinmauer streifen. Das Höhlengewölbe, in welchem wir lebten, wurde nur von Kerzen und kleinen Öffnungen in der Mauer beleuchtet. Gerade als ich um die letzte Ecke bog, kam mir eine schlanke, blonde Frau entgegen. Obwohl ich sie sicherlich schon über hundertmal gesehen hatte, blieb mir bei ihrem Anblick noch immer die Luft weg. Sie war wunderschön. Ihr Gesicht sah aus, als ob sie in meinem Alter war. Mir war klar, dass sie schon die Hälfte ihres Lebens hinter sich haben musste, doch dieser Gedanke entschlüpfte meinem Gedächtnis immer wieder. Hier im Dunkeln schienen ihre Haare hellbraun oder sogar blond zu sein, aber manchmal, wenn wir draussen trainierten, sah es fast so aus, als ob ihr Haar dunkler wurde. Die Farbe schien sich jeden Tag zu verändern und ich weiss nicht warum, aber es faszinierte mich.

«Wisteria. Ich habe mir schon Sorgen gemacht, dass du mich heute versetzt.» Obwohl ich «Wisteria» nicht als meinen Namen anerkennen wollte, antwortete ich darauf.

«Es gab ein paar kleine Schwierigkeiten, welche jedoch ohne Komplikationen beseitigt werden konnten.», sagte ich hastig und drehte während dem Gehen den Kopf, damit mein geschwollenes Kinn nicht zu viel Aufmerksamkeit auf sich zog.

«Ich musste ein Säuberungsteam hinschicken, weil du der Zielperson … ein Körperteil abgetrennt hast. Das Beseitigen der Blutflecke hat Stunden gedauert.» Ach ja, da war ja noch was.

«Kommt nicht wieder vor.» Ich wollte nicht noch mehr Zeit damit verschwenden, über meinen beschämenden Auftrag zu sprechen, also bog ich bei der nächsten Ecke in Richtung Ausgang ab.

«Ich war noch nicht fertig.», klang die Stimme mir hinterher und hallte noch bis zum Ende des Gangs weiter. Ich drehte den Kopf ein wenig, um zu signalisieren, dass ich zuhörte.

«Ist alles in Ordnung?» Mein Kinn pochte, als ich mit den Zähnen knirschte. Ich antwortete nicht. Dafür würde ich zwar ein andermal noch Probleme bekommen, aber sicherlich nicht, wenn die Hälfte der Höhlenbewohner sich hinter der nächsten Kurve versteckte und lauschte. Es kam nicht oft vor, dass ein Auftrag schiefging. Normalerweise waren wir immer zuverlässig. Sonst wären wir sicherlich schon aufgeflogen und hingerichtet worden. Unsere Arbeit konnte nicht gerade als ehrenhaft oder aufrichtig bezeichnet werden, obwohl wir versuchten, das Leben in Eastwood zu erleichtern, den Menschen mehr Freiheit zu geben.

«Erzählst du mir, was passiert ist?» Sie würde nicht Ruhe geben, das hatte sie noch nie, doch ich schwieg.

«Oder muss ich dich zuerst daran erinnern, dass das ein Befehl ist?» Dieser mütterliche Ton schickte einen kalten Schauer durch meine Wirbelsäule. Ich wusste, dass sie sich um ihre Mädchen sorgte, aber je mehr sie nachhakte, desto stärker wurde mir bewusst, dass wir keine Möglichkeit hatten, Geheimnisse zu haben.

«Ich musste den Notfallplan einleiten, weil eine Person aufgetaucht ist, mit der ich nicht gerechnet hatte.», sagte ich seufzend.

«Wenn das alles ist, wie ist dann das Glied des Beraters verschwunden?» Gute Frage. Nur ist sie unnötig, weil glasklar war, wie das passiert war. Als ich keine Anstalten mache, den Vorfall zu erklären, fixieren mich zwei ungeduldige Augen. Ich verschränkte die Arme wie ein trotziges Kind und liess meinen Kopf seufzend nach hinten fallen.

«Ich habe mich vom Moment mitreissen lassen.» Mir war bewusst, dass das eine schlechte Antwort war, denn ich durfte auf keinen Fall die Nerven verlieren. Das hatte man uns jahrelang eingebläut, doch ich stolperte in letzter Zeit immer wieder in emotionale Verwicklungen hinein. Ich fühlte, wie ein fragender Blick auf meiner Schulter lastete und wehrte mich gegen das Gewicht, doch es gelang mir nicht, das unwohle Gefühl abzuschütteln.

«Ich hätte Besseres von dir erwartet, Wisteria.» Schon wieder dieser bescheuerte Name. Die anderen Anschuldigungen meines kindischen Verhaltens blendete ich aus, bis endlich wieder Stille einkehrte. Nachdem sie mit ihrem Vortrag fertig war, setzte ich mich erneut in Bewegung, doch schon nach kurzer Zeit wurde ich erneut aufgehalten. Mir entschlüpfte noch ein Seufzer, doch beim Anblick von Daphnes ernster Miene wurde mir eiskalt.

«Weisst du, was all unsere Decknamen gemeinsam haben?» Eine dramatische Pause folgte, um das, was gesagt werden würde, deutlicher zu machen. Selbstverständlich wusste ich, was unsere Namen bedeuteten. Es waren nicht unsere echten Namen, aber sie wurden uns gegeben und es wurde von uns erwartet, dass wir sie akzeptierten. So wie wir unser neues Leben akzeptieren sollten. Ich hatte mich noch nie sonderlich für Regeln interessiert, obwohl ich immer so tat, als ob sie mir am Herzen lagen.

«Es sind giftige Pflanzen, hauptsächlich Blumen. Wunderschön und tödlich zugleich. Zurzeit bist du nur eines davon.» Ich musste meine Hände vom Zittern abhalten, damit sie keinen

Verdacht schöpfte. Wenn Daphne nur erahnen konnte, was ich vorhatte. Schon bald würde sie mich los sein, und zwar für immer.

«Ich ermahne dich ein letztes Mal daran, was du bist.» Was; nicht wer, sondern was. Nun war ich also nicht einmal mehr ein Mensch. Möglicherweise war ich es noch nie gewesen.

«Dein Name ist nicht Rose oder Daisy oder Poppy. Dein Name ist Wisteria. Also benimm dich auch so, wie dein Name es dir vorgibt. Ich werde dich nicht noch einmal warnen. Ich habe diese Rebellion gebildet, um unserem Land zu helfen. Wir sind eine Truppe, eine Familie und durch dein Verhalten gefährdest du diese Familie. Du weisst, dass ich das nicht zulassen kann.» Eine weitere Warnung würde ich nicht brauchen. Es kam nicht oft vor, dass Daphne ihre Position mit solch einer Rede demonstrierte, aber wenn es vorkam, dann wusste man, dass es ernst gemeint war. Obwohl ich diese Truppe nicht als Familie wahrnahm, hatte sie Recht. Daphne hatte mich gerettet und aufgenommen. Sie hatte mir auf merkwürdige Weise ihre Aufmerksamkeit und Liebe geschenkt.

«Lass dich auf der Krankenstation von Ely untersuchen.» Mein mittlerweile wahrscheinlich blau verfärbtes Kinn blieb doch nicht unbemerkt. Der rasante Themenwechsel brachte mich kurz aus der Fassung, doch ich fing mich schnell wieder und realisierte, dass das Letzte, was ich wollte, ein Besuch auf der

Krankenstation war. Besonders, wenn gerade das ganze Höhlengewölbe von meinem Versagen erfahren hatte.

«Unnötig. Mir geht's gut.», antwortete ich knapp und
lief schnell weiter, bevor ich noch ein drittes Mal aufgehalten
werden konnte. Ich lief so schnell, dass man meinen konnte, ich
würde nie mehr zurückkehren.

Warum sollte man Menschen mit ihrem Namen ansprechen? Besonders, wenn sie ihn nicht einmal selbst auswählen konnten.
Namen waren nur Scheinheiligkeiten, die anderen Menschen ein
falsches Bild über die Persönlichkeit vermittelten. Wenn man den
Namen einer Person kannte, dann machte man sich nicht mehr
die Mühe, einander kennenzulernen, weil man schon seine
Schlüsse gezogen hatte. Jedenfalls in meiner Welt. Dazu kam
noch der Titel einer Person, der weitaus mehr Einfluss auf die
Meinung anderer hatte. Wenn man Lord vor seinem Namen
stehen hatte, dann war man grundsätzlich schon mehr wert als
das gemeine Volk. Wenn man Berater des Königs war, dann war
man zwar nicht so viel wert wie ein Lord, aber immer noch mehr
als das Volk. Und dann gab es noch den König. Dagegen waren
wir nur Soldaten und Arbeitskräfte. Selbstverständlich war auch
er wichtiger als das Volk. Im Grunde war in Eastwood jeder
besser als das gemeine Volk. Dann gab es noch uns andere. Wir,
die uns gegen dieses System zu wehren versuchten und dabei

verdrängten, dass wir nichts anderes machten als der König und seine Gefolgschaft. Wir töteten irgendwelche Leute, die *scheinbar* dem System schadeten. So lange, bis alle Problemquellen ausgeschaltet waren und wir so leben konnten, wie wir es wollten. Aber unsere Aufgabe würde niemals erfüllt sein. Es würde immer neue Herrscher geben, die das bisherige System weiterführten.

«Was machst du da?» Ich drehte meinen Kopf um und blickte in zwei wunderschöne, eisblaue Augen.

«Nichts», erwiderte ich und schaute wieder auf den spiegelglatten See vor mir.

«Daphne macht sich Sorgen um dich. Du gibst es zwar nicht zu, aber du hast ziemlich etwas abbekommen.» Das hatte ich, aber das war noch lange kein Grund, um wie ein Schwächling auf die Krankenstation zu rennen und mich zu beklagen. In diesem Königreich wurde man als Frau nicht anständig behandelt; das mussten einige unter uns endlich akzeptieren. Genau das war es, wogegen ich zu kämpfen versuchte, aber ich hatte mich schon lange dafür entschieden, dass das Verüben von Attentaten wahrscheinlich nicht der beste Weg war, um eine Veränderung zu erzielen.

«Es geht mir gut, Ely. Du musst nicht hierbleiben und meinem Ego noch mehr Schaden zufügen.» Ich schätzte ihre Gesellschaft normalerweise. Nur nicht, wenn ich wusste, dass ich einen Fehler gemacht hatte und man zu allem Überfluss noch darauf herumritt.

«Daphne hat mir erzählt, was passiert ist. Wir alle machen mal Fehler, Wisteria. Du musst dir keine Vorwürfe machen.»

«Tu nicht so, als ob du es verstehen würdest. Du hast keine Ahnung, wie es ist, dort draussen zu sein und das zu tun, was wir tun.» Mein Verhalten war in der Tat kindisch. Ich wusste ganz genau, was auf mich zukommen würde, als ich den Auftrag erhalten hatte. Ich konnte mich darauf vorbereiten und trotzdem war ich überrascht, als mir der Berater die Kleider vom Leib riss und mich aufs Bett warf. Dabei hatte ich sein Grinsen schon lange vor dem Klopfen an der Tür bemerkt und ich wusste ganz genau, was er sich dachte, als er von meinem nackten Körper glitt und die Tür öffnete. Ich wollte Ely nicht so harsch anblaffen und trotzdem bereute ich nicht, dass ich die Worte ausgesprochen hatte. Und ich würde mich nicht dafür entschuldigen. Ich wusste, dass Ely etwas an mir lag. Ich konnte es nie verstehen, aber Daphne hatte Recht. Irgendwie waren wir alle eine Familie. Eine ziemlich kaputte und kranke Familie, die irgendwelche Leute verführte, manchmal sogar mit ihnen schlief und sie anschliessend auf Befehl umbrachte, aber dennoch eine Familie.

«Okay, dann höre ich eben auf, einfühlsam zu sein. Eigentlich bin ich hier, um dir deinen neuen Auftrag zu übergeben.» So schnell nach Abschliessen eines Auftrages war ich noch nie eingesetzt worden. Ich streckte die Hand aus und nahm den Umschlag von Ely entgegen.

«Falls du ihn nicht ausführen willst, dann wird Bryonia das für dich übernehmen. Ich würde dir also raten, dass du es dir gut überlegst.» Mir kam es beinahe so vor, als ob sie es genoss, jedes Wort auseinanderzunehmen und darauf herumzureiten. Damit gab sie mir die Kälte zurück, die ich ihr vorhin ungewollt entgegengeschleudert hatte. Wirklich überaus klug. Daphne wusste genau, dass ich in diesem Fall den Auftrag nicht ablehnen würde. Bryonia war erst 11 Jahre alt und nur knapp ein Jahr in der Ausbildung gewesen. Jeder in unserer Höhlensiedlung wusste, dass sie es nicht überleben würde. Ich hatte also keine andere Wahl.

Mein Blick schien verschwommen zu sein. Ich sah die Umrisse einer Tür und jemanden, der sie öffnete. Hatte ich an die Tür geklopft? Erst, als ein Mann mit grauen Haaren und einem schwarzen Fell über den Schultern erschien, wusste ich, was vor sich ging. Der Mann griff nach meiner Hand und zog mich in das Zimmer. Ich spürte seinen Herzschlag in meiner Handfläche und meinen eigenen an der Stelle, wo seine Finger sich in meine bohrten. Der Mann verlor keine Zeit. Sofort fing er an, mich zum Bett zu bugsieren und an meinem Mantel zu ziehen. Als er den

Knoten gelöst hatte, fiel mein Dolch klappernd zu Boden. Der Mann hielt inne und starrte zuerst mich und dann den Dolch an. Ich war so schockiert, dass ich mich nicht bewegen konnte, doch als er sich in Bewegung setzte, um den Dolch aufzuheben, warf ich mich auf ihn. Meine Hände rutschten über das Fell auf seinen Schultern und ich fiel neben meinem Dolch zu Boden. Der Mann realisierte, was vor sich ging und versuchte, meine Haare zu packen. Blitzschnell rollte ich mich zur Seite und schnappte mir den Dolch, aber als ich mich umdrehte, stand der Mann mit einem Schwert über mir und liess es auf mein Gesicht zurasen.

ZWEI

Schweiss durchnässt schreckte ich aus dem Schlaf hoch. Dies war einer der wenigen Aufträge gewesen, die schiefgegangen waren. Ich wusste, dass der Mann in Wirklichkeit kein Schwert hatte und sich stattdessen auf dem Boden wälzte und mich anflehte, Gnade zu haben. In meinen Albträumen veränderte sich die Realität immer so, dass am Ende keine Schuldgefühle zurückblieben. Es blieb nichts, was einen bitteren Geschmack in meinem Gedächtnis zurückgelassen hätte. Ich musste mich nicht dafür schämen, meinen Dolch in den Bauch des Mannes gerammt zu haben. Ich musste mich ebenfalls nicht dafür schämen, dass er schrie, was eine Wache anlockte und ich musste mich sicherlich nicht dafür schämen, dass die Wache noch ein Kind war, das einen Auftrag erhalten hatte, von dem man dachte, dass er absolut ungefährlich war. Doch wofür ich mich ohne Zweifel nicht schämen musste, war die Tatsache, dass ich das Kind ohne zu zögern ermordet hatte.

Elys Brief enthielt mein nächstes Ziel. Die Zeichnung im Umschlag wurde nur sehr grob gekritzelt. Dunkle, kurz geschorene Haare, kantige Gesichtszüge, schmale Lippen und eine eher grosse Nase im Vergleich zum Rest seines Kopfes. Auch die Beschreibung war vage. Gross, schlank, mit einer Narbe auf der rechten Hand. Es würde wohl schwierig werden, ihn zu finden, doch bevor ich mir eine Strategie überlegte, ging ich in die

Küche und holte mir eine Scheibe Brot und ein Stück Käse. Das war etwas vom Ersten, was ich während meiner Ausbildung gelernt hatte. Nie mit leerem Magen versuchen, einen doppelt so schweren Mann auf den Boden zu bringen. Damals hatte ich es bitter bezahlt. Trotz meines Plans, mich zunächst umzusehen und die Gewohnheiten meines neuen Opfers zu studieren, kam es mir so vor, als ob ich die Energie noch brauchen würde.

«Sie hat dich also doch behalten.» Ich schreckte zurück und liess beinahe das Brot fallen. Es war dieselbe Stimme, die mich angewiesen hatte, Daphne Bericht zu erstatten.

«Ich bin kein Haustier und das weisst du ebenso gut wie ich, Euphorbia.» Ich versuchte so schlagfertig wie möglich zu sein, wenn ich mit Euphorbia sprach, doch sie hatte eine so gewitzte Zunge, dass ich oft keine passenden Worte fand.

«Ist das so? Ich hätte schwören können, dass es dir gefällt, dich von reichen, alten Männern kraulen zu lassen.» Autsch, offensichtlich kam sie gleich zur Sache. Wir konnten uns noch nie ausstehen, aber bisher blieben unsere Zwiste verbal. Dies würde sich ändern, sobald ich diesen Ort verliess.

«Warst nicht *du* diejenige, die damals nur knapp dem Emissär mit dem Messerfetisch entgangen ist? Nach dem, was ich gehört habe, hat er dir damals dreckige Wörter auf die Haut geritzt.» Eigentlich wollte ich diese abstossende Geschichte nicht ausgraben, aber bei Euphorbia musste man mit harten Mitteln kämpfen. Meine Bemerkung schien sie jedoch nicht so sehr zu ärgern, wie ich es mir erhofft hatte.

«Du hast wohl vergessen, welche Pflanze sich in meinem Namen versteckt. Ich bin erst giftig, wenn du mich schneidest. Ausserdem ziehe ich es vor, mit meiner Beute zu spielen, sonst würde das Ganze ja keinen Spass machen.» Euphorbia schlich durch den Raum wie ein Raubtier, um ihre Botschaft zu untermauern.

«Und ich vergifte dich, wenn du mich anfasst. Ich würde dir also empfehlen, mir nicht im Weg zu stehen.», sagte ich und ging zielstrebig zur Tür.

«Deine sadistische Veranlagung solltest du vor Daphne verstecken, sonst könntest du bald diejenige sein, die auf die Strasse gesetzt wird.», fügte ich hinzu, als Euphorbia keine Anstalten machte, mich aufzuhalten. Ich ass den Rest meiner Stärkung und bereitete mich auf meinen Auftrag vor. Die Zeiten, als ich mich selbst gefährdet hatte, um andere zu retten oder um jeden Preis den Befehlen anderer zu gehorchen, waren vorbei. Es war nicht mehr meine Aufgabe, mich mit den anderen Partisaninnen zu streiten, nur um mein Ego zu erfrischen.

Nach dem Essen ging ich zurück in meine Kammer und fing an, meine Messer zu schleifen. Ich wusste zwar noch nicht, welche

Waffe für dieses Attentat am besten geeignet sein würde, doch die Erfahrung zeigte, dass es sich auszahlte, immer ein paar geschliffene Messer und einen Dolch bei sich zu tragen. Trotz allem, was mir zur Verfügung stand, war meine Lieblingswaffe ein einfacher Stock mit einer Metallspitze am einen und einer Klinge am anderen Ende. Mit dieser Waffe hatte ich als Kind immer trainiert. Sie erinnerte mich an eine Kriegssense, die an beiden Enden tödlich war. Leider würde ich sie nicht mitnehmen können, da sie zu gross war und Aufmerksamkeit auf sich richtete. Das war das Letzte, was ich auf meiner Flucht gebrauchen konnte. Atropa, mit der ich mir eine Kammer teilte, war dabei, ihre Misericordia zu schleifen. Eine Art Dolch mit drei Kanten, welche eine sehr schmale Spitze hatte. Perfekt, um in Rüstungsfugen zu stechen und sehr effektiv im Nahkampf.

«Was, schon wieder einen neuen Auftrag? Du bist doch gerade erst zurück.», sagte Atropa halb in Gedanken bei ihrem Dolch.

«Sieht so aus, als ob man mich schon wieder braucht.», antwortete ich knapp und setzte mich mit dem Schleifstein und einem nassen Tuch auf das Strohbett. Atropa war eigentlich eine grossartige Mitbewohnerin, aber manchmal, wenn sie zu viele Äpfel gegessen hatte, die in der Küche herumlagen, dann wurde sie aus irgendeinem Grund sehr gesprächig. Vielleicht wegen des vielen Zuckers.

«Daphne will dich wohl noch ins Grab bringen.», bemerkte sie nun voll auf mich konzentriert und entlockte mir damit ein kleines Lächeln. Ja, das wollte sie wohl. Aber in Wahrheit war ich schon lange im Grab. Ich hatte es nur nie bemerkt. Schon seit Langem wartete ich darauf, mein Leiden zu beenden und aus der Rebellion auszutreten, aber etwas in mir hielt mich davon ab. Ich wartete schon lange auf den geeigneten Moment, aber er schien nie zu kommen. Ich fing an, daran zu zweifeln, dass ich dieses Leben jemals hinter mir lassen konnte, doch es war der einzige Weg für mich.

Überraschenderweise war es nicht schwierig, meine Zielperson zu finden. Er sass mitten auf dem Marktplatz auf dem Brunnenrand und begrabschte gerade ein junges Mädchen, das mit einem Korb Brot an ihm vorbeilief. Er riss sie an ihrem Kleid auf seinen Schoss und hielt sie an der Taille fest, obwohl sie sich gegen seinen harten Griff zu wehren schien. Dabei fiel mir sofort die feine, blasse Linie auf seinem rechten Handrücken auf. Das war er, der Glückliche. Ich beobachtete die Szene von der anderen Seite des Brunnens aus und wusch mir zur Ablenkung die Hände im eisigen Wasser. Am liebsten hätte ich sofort eingegriffen. Das Bild von seiner Hand, die unter den Rock des kleinen Mädchens rutschte, hatte mir das Rot in die Wangen getrieben. Das war wohl ein Grund mehr gewesen, weshalb Daphne Bryonia als meinen Ersatz auserwählt hatte. Da hatten wir einen, der auf kleine Mädchen stand. Beiläufig dachte ich mir, dass ich wohl erneut einen erwischt hatte, der ein Schwein im Bett war. Ich fragte mich, ob es diese Momente waren, die mich davon abhielten, meinen Dienst als Partisanin aufzugeben. Solche Aufträge gaben mir das Gefühl, dass ich etwas bewirken konnte. Dass ich meinen Anteil dazu leisten konnte, das Böse aus diesem Königreich zu vertreiben. Doch dann war der Moment vorbei und ich wurde mit meiner zersplitterten Seele zurückgelassen, denn das war es, was Mord mit der Seele anstellte. Sie zerriss einen in tausend Stücke, die man niemals wieder zusammenflicken konnte. Das Einzige, was mich zusammenhielt, war die Routine. Ich hatte schon im Kindesalter angefangen, Menschen zu töten und irgendwann wurde es so normal, wie jeden Morgen aufzustehen.

Als mein Ziel mit der Kleinen fertig war, knöpfte ich die obersten Knöpfe meines Kleids auf und liess den Schal, den ich vorher fest um meinen Hals geschlungen hatte, über die Schultern fallen. Dann griff ich mir vom nächsten Marktstand ein blaues Taschentuch, das zu meinem Kleid passte, und ging zu meinem Ziel rüber. Als ich in Reichweite war, liess ich das Taschentuch aus meiner Hand gleiten und stolperte beim Bücken mit einer ungeschickten Bewegung über meine eigenen Füsse. Wie erwartet, erregte dies die Aufmerksamkeit meiner Zielperson.

«Oh, wie ungeschickt von mir. Ich wollte Euch nicht im Weg stehen.», sagte ich mit einer hohen, mädchenhaften Stimme und versuchte hastig aufzustehen. Zwei starke Hände zogen mich wieder nach unten und ich landete auf zwei harten

Oberschenkeln. Genau wie das Mädchen zuvor, nur dass ich es so geplant hatte. Ich spielte Überraschung vor und kämmte mir rasch mit meinen Fingern die Haare aus dem Gesicht. Dann legte ich meine eine Hand auf seine Schulter und die andere auf seine Hand, die meine Hüfte umklammert hielt. Die kleine Rille der blassen Narbe schnitt in meine Fingerkuppe und ich verkniff mir den Drang, über seine Hand zu streichen.

«Verzeihung, ich wollte Sie keinesfalls belästigen. Ich war nur ungeschickt.», plapperte ich vor mich hin, in der Hoffnung, dass er auf diese Leier anspringen würde. Bevor ich noch etwas sagen konnte, spürte ich seine Lippen auf meinen. Seine Hand strich rau über die Beule an meinem Kinn, die ich versucht hatte zu verstecken. Als sich unsere Lippen wieder lösten, war ich komplett ausser Atem. Wie lange hatte der Kuss gedauert? Fingen die Leute schon an zu starren? Ich liess meinen Blick über den Marktplatz schweifen. Mittlerweile standen zwei Wächter in unserer Reichweite und beobachteten unsere Vorführrung. Ich hatte nicht genug Zeit, um darüber nachzudenken, weshalb die Wächter uns beobachteten, aber es konnte nichts Gutes bedeuten.

«Nur nicht so eilig. Wenn du schon von mir auf die Knie fällst, dann habe ich auch das Recht, mich mit dir zu vergnügen.» Nein, hatte er nicht, aber egal. Er würde ohnehin nicht mehr lange genug leben, um dieses Spiel mit anderen Mädchen zu spielen. Das würde wohl schon wieder ein improvisierter Auftrag werden. Ich versuchte, mir etwas einfallen zu lassen, aber ich konnte nicht denken.

«Hmm … du weisst wohl nicht, auf wessen Schoss du sitzt, nicht wahr?», fügte er hinzu, als ich nicht auf seinen Kommentar antwortete. Natürlich wusste ich, wer er war. Eine der Fähigkeiten, die man sich in meinem Beruf aneignete, war, Menschen nach sorgfältigem Beobachten besser zu kennen, als ihre eigenen Mütter es taten. Nur dass ich ihn noch nicht ausreichend beobachtet hatte, um mein Urteil fällen zu können. Normalerweise schlich ich wochenlang umher und verfolgte meine Ziele, um mir ihre Gewohnheiten und Eigenheiten zu merken. Doch das war meinem Ziel egal; das sagte mir die Tatsache, dass ich gerade auf seinem Schoss sass.

«Mein Name ist Ewan von Eastwood.» Meine Augen weiteten sich. Mist! Ich stemmte mich gegen den Griff des Mannes und versuchte zu entwischen, aber er klammerte sich noch stärker an meiner Hüfte fest. Daphne hat es wohl nicht für wichtig erachtet, mir zu sagen, dass ich den Thronfolger des Königreiches ermorden sollte. Niemand ausserhalb der Burg hatte jemals einen Thronfolger gesehen. Das Einzige, was dem Volk bekannt war, waren die Namen, da sie bei öffentlichen Veranstaltungen zur Ehrung der königlichen Familie genannt wurden. Seinen Namen auf einem Marktplatz voller wütender Bauern und Mägde so laut auszusprechen, war ziemlich mutig, das musste ich zugeben. Oder aber herausfordernd, was mich am Ende ebenfalls mein Leben kosten würde.

«Oh, eure Majestät! In diesem Fall tut es mir noch mehr leid, dass ich Euch mit meiner Ungeschicktheit belästige. Das wird sicherlich nicht erneut vorkommen.», erwiderte ich rasch und während ich weiterhin versuchte, mich aus seinem Griff zu lösen.

«Du kannst es wiedergutmachen, wenn du willst. Heute Nacht. In meinem Schlafgemach.» Natürlich.

«Oh, Ihr seid zu gütig. Ich wäre wohl kaum gut genug, eure Bedürfnisse zu befriedigen.», sagte ich gespielt ausser Atem und versuchte mich erneut zu erheben. Sein Griff lockerte sich nicht und ich konnte mich nicht daraus befreien, ohne die Wachen in Alarmbereitschaft zu versetzen.

«Nein, wärst du nicht, doch das ist mir aufgrund des momentanen Mangels an hübschen Frauen egal.» Hat er mich gerade indirekt hässlich genannt? Die Wächter traten noch einen Schritt näher auf uns zu. Einige Bauern, die in der Nähe standen, drehten sich zu uns und beobachteten die Wächter.

«Verzeiht mir meine Eile, aber ich muss nach Hause zu meinem Mann.», versuchte ich verzweifelt mich herauszureden. Hoffentlich würde das plötzliche Erwähnen eines Ehemannes ihn daran erinnern, dass ich älter war, als ich zu sein schien und ihn mit Abscheu erfüllen.

«Der ist doch keine Konkurrenz für mich. Denkst du etwa, dass ich mir nicht nehme, was ich will.» Oh, doch das wusste ich ganz genau. Einer der Wachen winkte seinen Kollegen am Tor zu und bedeutete ihnen, zu uns herüberzukommen. Ich musste mich irgendwie befreien, doch mich aus seinem Griff zu lösen, würde die ganze Situation wohl noch schlimmer machen. Ich versuchte weiterhin, mich hochzustemmen, aber gegen seinen festen Griff hatte ich ohne Aufsehen zu erregen keine Chance. Ich musste mich entscheiden. Entweder von den Wächtern verprügelt werden oder es riskieren, dass mich die Bauern überrannten, wenn sie gleich auf den Königssohn losgehen würden.

«Sieht so aus, als ob du dich in meiner Gesellschaft nicht sehr wohlfühlst.», sagte er und riss mich dabei noch etwas näher an sich heran.

«Wie Ihnen sicherlich bekannt ist, ist Ehebruch in diesem Königreich ein schweres Vergehen.» Das war es nicht. Niemanden interessierte, wer es insgeheim mit wem trieb, denn jeder hatte irgendwann in irgendeiner Art eine Affäre mit jemandem gehabt. Doch es war genauso bekannt, dass sich die königlichen Nachkommen wenig um das eigene Königreich scherten und sicherlich zuletzt um dessen Gesetze. Trotzdem musste ich versuchen, eine empfindliche Stelle zu treffen.

«Ich bin ein Nachkomme. Ich kann die Regeln ändern, wenn ich es will.» Auch das war mir bekannt und trotzdem hatte ich gehofft, dass meine Worte irgendein Schuldgefühl hervorrufen würden. Nun standen mittlerweile alle auf dem Platz vorhandenen Wächter mit gezückten Waffen um uns herum. Ein Schmied, der einen Hammer vom Boden aufhob und näher an den Brunnen trat, fiel mir ins Auge. Die Bauern spannten ihre Muskeln an und schlossen ihre Hände fester um Mistgabeln, Schaufeln und was auch immer gerade herumlag. Verprügelt zu werden war definitiv besser. Jetzt oder nie. Bevor ich noch einen Gedanken mehr an dieses königliche Ekel verschwenden konnte, drückte ich auf einen Druckpunkt an seiner Hand, was ihn dazu zwang, mich loszulassen. Ich verbeugte mich hastig beim Aufstehen, drehte mich um und lief hastig davon. Während der Schlamm meine nackten Beine bespritzte, hoffte ich, dass die Wächter wieder ihren ursprünglichen Platz einnehmen und von mir ablassen würden. Doch nicht nur das. Sie liefen an mir vorbei und gingen zielstrebig auf einen Hufschmied zu, der mit erhobenem Schmiedehammer auf meine Zielperson zustürmte. Bevor die Wächter ihn erreicht hatten, schwang der Hufschmied den Eisenhammer und zerschmetterte damit den königlichen Schädel der Person, die sich vor wenigen Minuten nach vorne gebeugt und mich geküsst hatte. Blut spritzte auf die Erde und das Gesicht des Angreifers. Die Geräusche jagten mir einen Schauer durch die Knochen. Es hörte sich an, als ob jemand ein Schwein schlachten würde. Während der Königssohn quiekte und versuchte, sich zu wehren, hörte ich das Geschrei des Schmieds. Schon bald traf das Eisen des Hammers auf entblössten Schädelknochen. Ein lautes Knacken war zu hören, bevor der schlaffe Körper meiner Zielperson in den Brunnen fiel und das Wasser hellrot färbte. Um uns herum griffen sich Frauen vor den Mund und wandten sich entsetzt von der Szene ab. Dann ging alles schnell. Die Wächter nahmen den Hufschmied gefangen und brachten ihn in die Burg. Als der Mann fortgeschleift wurde, rief er mit erhobenem Kinn: «Lang lebe Eastwood! LANG LEBE EASTWOOD!» Der Spruch, der hier überall zu hören und zu sehen war, wenn die Krone gerade nicht hinsah. Damit war keineswegs des Königs langes Leben gemeint, sondern Eastwood selbst.

DREI

«Du hast mir nicht gesagt, dass ich einen der wohl best-bewachten Männer dieses Königreiches umbringen soll!», schrie ich Daphne entgegen. Sie liess sich jedoch nicht von meinem Tonfall beeindrucken und lief auf die Feuerstelle in der Ecke des Raums zu.

«Was macht das für einen Unterschied?», fragte sie mit ihrer üblich ruhigen Stimme. Was das für einen Unterschied machte? Der Unterschied war etwa so gross, wie der zwischen einer Gabel und Atropas Misericordia.

«Ich hätte diesen Auftrag niemals ausgeführt.», sagte ich und drehte mich bereits zum Gehen um, doch Daphne versperrte mir den Weg. Zu spät bemerkte ich, dass ich «hätte» gesagt hatte. Mein Kopf hatte schon entschieden, dass der Moment gekommen war, diesen Ort zu verlassen, aber mein Herz hielt noch immer an meiner Familie fest.

«Du hattest freie Bahn. Du hättest mit ihm in die Burg gehen können. Die Wächter wären fortgeschickt worden und du hättest Gelegenheit gehabt zu verschwinden, bevor jemand etwas mitbekommt. Aber du hast es nicht getan.» Ihre Worte stachen in meinen Bauch, wie ein Dolch. Sie hatte es mit Absicht getan. Sie wollte herausfinden, ob ich ihr noch immer ergeben war. Dabei hatte sie vollkommen vergessen, dass ich es nie war.

«Wenn ich dabei erwischt worden wäre, wie ich einen der Thronfolger umbringe, dann hättest du mir genauso gut persönlich deinen Dolch ins Herz rammen können.» Das konnte ich auf keinen Fall riskieren. Auch wenn ich freie Bahn hatte. Ich war nicht vorbereitet, den Auftrag sofort auszuführen. Ich hatte bisher immer abgewartet, bis es dunkel war, bevor ich zuschlug. Es wurde immer von uns erwartet, dass wir sicherstellten, dass niemand etwas Verdächtiges sah, denn ich würde in Eastwood bleiben müssen und wenn irgendjemand Notiz von mir nahm, dann war meine Tarnung aufgeflogen. Ich müsste das Königreich verlassen und könnte nie mehr zurückkehren, falls ich die Flucht überhaupt überlebt hätte. Wäre damals schon klar gewesen, dass ich sowieso von diesem grausamen Ort verschwinden musste, dann wäre ich besser gleich gegangen, obwohl mein Entschluss längst feststand. Ich verlor weder die Nerven noch verfiel ich in Panik. Ich hatte offen gestanden noch nie eine so klare Sicht wie heute.

«Du weisst, was passiert, wenn du dich dafür entscheidest, unsere Truppe zu verlassen. Dann kann ich nichts mehr für dich tun. Dann bist du auf dich allein gestellt.» Meine Mutter ist gestorben, als ich noch ein Kind war und mein Vater hat sich dazu entschieden, sich selbst in Sicherheit zu bringen und mich zurückzulassen. Ich war von Anfang an allein. Ich wollte nicht mehr die Marionette von irgendjemandem spielen. Ich wollte einfach nur weg von hier, und zwar so schnell wie möglich. Seit einer Ewigkeit hatte ich mir ausgemalt, wie es wäre, dieses Leben hinter mir zu lassen. Je mehr ich darüber nachdachte, desto mehr verschwand der Nebel, der meine Sicht verblendete. Das hier war kein Leben, wie ich es führen wollte. Ganze neun Jahre hatte ich damit verschwendet, für diese Organisation zu arbeiten. Aber sie erzählten uns nicht bessere Lügen als der König. Der einzige Unterschied zu einem normalen Leben in Eastwood fand sich darin, dass Daphne für uns gesorgt hatte, auch wenn sie im Gegenzug etwas von uns verlangte. Ich wusste, was mich ausserhalb dieser Höhlengewölbe erwartete, aber eines war klar: Ich würde nie mehr zurückkehren zu diesem Leben … und ganz sicher nicht zu diesem Ort. Der Gedanke, ob ich Daphne vermissen würde, streifte kurz meinen Geist. Sie war diejenige gewesen, die einer Mutter am nächsten kam, doch ich durfte mich nicht von Gefühlen ablenken lassen. Mein Entschluss stand fest. Ich lief an Daphne vorbei und berührte beim Durchschreiten des Gangs aus Versehen leicht ihre Schulter.

«Bevor du gehst, gibt es noch etwas, was du wissen solltest.», sagte sie mit ruhiger Stimme. Ich war schon beinahe ausser Hörweite. Sie hat also gewartet, bis sie sich sicher war, dass ich gehen würde. Ich blieb stehen, drehte mich aber nicht um.

«Der König behandelt sein Volk wie das Vieh in der Scheune.», fing Daphne an zu erklären, doch ich unterbrach sie gleich.

«Davon musst du mir nichts erzählen. Ich weiss besser als alle anderen, wie das Volk behandelt wird.», entgegnete ich harsch.

«Darauf will ich nicht hinaus.», sagte sie mit ruhiger Stimme und wartete einen Moment, bevor sie fortfuhr.

«Weibliche Nachkommen werden schon seit Ewigkeiten aus Eastwood vertrieben. Frauen müssen auf den Feldern arbeiten und sterben häufig schon nach weniger als einem Jahr. Sonst werden sie nur für simple Aufgaben gebraucht, wie zur Herstellung von Kleidung. Das ist einer der Gründe, weshalb ich unsere Rebellion gegründet habe. Es wird endlich mal Zeit, dass wir anfangen, uns zu wehren.»

«Seit wann ist es meine Schuld, dass schlimme Dinge passieren? Warum muss ich der gute Mensch sein und eingreifen?», konterte ich. Zu spät bemerkte ich, was ich gerade gesagt hatte und vor allem, wie ich es gesagt hatte.

«Etwas zu unternehmen, macht dich nicht zu einem guten Menschen. Genauso wenig, wie es dich *gut* macht, wenn du nichts unternimmst. Der Unterschied liegt darin, dass du nicht nur für dich selbst sorgst. Das ist es, was dich von einem schlechten Menschen unterscheidet.», entgegnete sie mit einem belehrenden Unterton, der mich mehr störte, als er es sollte. Hatte sie sich je um jemanden anders als sie selbst geschert?

«Wir bringen Menschen um. Nichts daran ist ehrenhaft.», ausserdem habe ich es mir nicht ausgesucht, zur Attentäterin gemacht zu werden. Doch das würde ich niemals laut aussprechen. Ich habe ohnehin schon viel zu viel gesagt. Noch ein weiteres Wort und ich riskierte, meinen Vorsprung zu verlieren. Ich würde mich beeilen müssen. Die anderen würden es kaum erwarten können, mich zu verfolgen. Insbesondere Euphorbia, die mit der sanften und doch giftigen Stimme.

«Wer ist deiner Meinung nach besser: Der, der böse Menschen umbringt oder der, der die Unschuldigen nicht beschützt?» Eine Fangfrage, denn wir wussten beide ganz genau, was meine Antwort sein würde.

«Das habe ich mir schon gedacht.», sagte Daphne und lief ohne ein weiteres Wort davon. Es gab keine Antwort. Beide Personen waren gleich. Nur, dass dies eine Lüge war. Eine Maske, die ich mir vor Jahren aufgesetzt hatte, um meine echte Persönlichkeit zu verschleiern. Doch irgendwann wurde der Schleier ein Teil von mir und ich würde diese Maske nie mehr ablegen können. Sie war für immer ein Teil von mir.

Ich brach noch vor dem Morgengrauen auf. Zum einen wollte ich mich nicht von Atropa verabschieden müssen, denn ich hasste Abschiede, zum anderen war es besser, sich leise davonzuschleichen. Ich würde schnell sein müssen, denn Daphne hatte gestern beim Abendessen allen Bescheid gesagt, dass ich die Rebellion verlassen würde. Unser Gesetz besagte, dass die anderen Partisaninnen einen jagen durften, wenn man sich dazu entschied, die Höhlengewölbe zu verlassen und anderswo zu leben, denn man gehörte damit nicht länger zur Familie und kannte das Geheimnis, das wir alle schworen, zu bewahren. Meist überlebte man den Austritt zwei oder drei Tage, bevor die anderen einen fanden und töteten. Dazu kamen noch die 24 Stunden Vorsprung. Als ob das etwas ändern würde. Wer würde es überleben, jahrelang ausgebildeten Attentäterinnen verfolgt zu werden? Ich hatte mir diese Überlegung schon so viele Male gestellt und nie hätte ich gedacht, dass es einmal ernst werden würde. In den vielen Gedanken, die mir durch den Kopf geschwirrt waren, hatte es nicht einen gegeben, der mir den Weg nach Verlassen der Truppe zeigte. Ich hatte keine Ahnung, wo ich hingehen konnte. Ich kannte niemanden in Eastwood, dem ich genug vertrauen konnte, um dort zu leben. Ich kannte nicht einmal zehn Mitglieder unserer Truppe. Wir assen zwar meist zusammen im unterirdischen Speisesaal in den Höhlen, aber ich hatte mir nie ihre Gesichter angesehen. Ich würde Freund von Feind nicht unterscheiden können und das machte mir noch mehr Angst als die Frage, was ich nun tun sollte.

«Du wolltest doch nicht etwa gehen, ohne dich von mir zu verabschieden, oder?», sagte eine Stimme, die hinter der grossen Kastanie hervorzukommen schien. Mist, ich hätte wohl doch den Weg am Fluss entlang nehmen sollen. Schon seit Jahren kamen Atropa und ich hier in den Wald und suchten zusammen nach Beeren. Ich hatte mich für diesen Weg entschieden, um noch ein letztes Mal an die schönen Momente der letzten neun Jahre erinnert zu werden. An die Momente, in denen ich das Gefühl hatte, Schwestern zu haben, die mit mir umgingen, als ob wir eine richtige Familie waren. Ich konnte nicht noch mehr Gedanken daran verschwenden, denn sonst wäre das Risiko zu gross gewesen, dass ich umkehrte und zurück in die Höhlengewölbe ging.

«Ich habe noch ein paar Stunden, bevor die Jagd beginnt.», antwortete ich scharf. Harscher als beabsichtigt.

«Denkst du wirklich, dass ich es darauf auslege, dich zu verfolgen? Ich würde schon beim Versuch sterben, dir näher als zwei Meter zu kommen.», erwiderte sie mit einem kleinen Lächeln im rechten Mundwinkel.

«Ich könnte dir nie etwas tun», sagte ich nun etwas sanfter als vorhin. Unsere Freundschaft war schon immer speziell gewesen. Man kann nicht einfühlsam sein, wenn man tagtäglich Leute umbrachte. Wir hatten nie über unsere Probleme gesprochen oder bis spätabends über junge Wächter gelästert, die an der Burgmauer patrouillierten, wie es andere Mädchen taten. Ich hatte es eigentlich nie vermisst, doch jetzt wurde mir erst klar, was ich alles verpasst hatte.

«Ich wollte dir nur das hier geben.», sagte Atropa und kam einen Schritt auf mich zu. Sie hielt mir ein kleines Paket hin, das mit einem Lederband zusammengehalten wurde. Auch ich streckte meine Hand aus und griff nach dem Paket. Als ich vorsichtig die Schlaufe löste, rutschte das Schafsleder von einem mit Gravuren verzierten Metallgriff runter. Es war Atropas Misericordia.

«Ich … du weisst, dass ich das nicht annehmen kann.», sagte ich mit etwas zittriger Stimme. Wir durften keine Waffen und keine Verpflegung aus den Höhlengewölben mitnehmen, wenn wir es verliessen.

«Doch kannst du. Ich schenke es dir.» Atropa schien es sich genau überlegt zu haben, so selbstsicher wie die Worte ihren Mund verliessen.

«Du solltest jetzt gehen», fügte sie mit derselben ruhigen Stimme hinzu. Ja, das sollte ich. Ich wickelte das Schafsleder wieder um die scharfe Klinge und band das Päckchen sorgfältig zusammen. Dann steckte ich es in die kleine Umhängetasche mit meinen wenigen Habseligkeiten. Als ich mich drehte, um weiterzugehen, schlangen sich zwei Arme um meine Schultern. Atropa umarmte mich. Auch das hatten wir noch nie getan. Wir empfanden es immer als eine unnötige Geste. Niemals hätte ich mir gedacht, dass ich eine Umarmung so geniessen konnte, wie jetzt gerade. Als sich ihre Arme etwas lösten, sah ich ein letztes Mal in Atropas Augen. Sie bemerkte sicherlich das sanfte Zittern in meinem Körper, doch freundlicherweise ignorierte sie es.

«Wenn es jemand schafft, dann du.», da war keine Spur von Trauer in ihren Augen zu erkennen. Sie sah viel mehr überzeugt aus. Überzeug davon, dass dies nicht das letzte Mal sein würde, dass wir uns sahen. Obwohl ich nicht so richtig davon überzeugt war wie sie, legte ich eine Hand auf ihre Schulter und nickte sanft. Dann lösten wir uns voneinander und ich verschwand ins Dickicht.

VIER

Etwa eine Stunde lang hatte ich das Gefühl von absoluter Freiheit. Dann kickte die Realität mir mit Anlauf ins Gesicht. Wo sollte ich hingehen? Bei wem konnte ich bleiben, bis ich eine Lösung gefunden hatte? Nach einer weiteren Stunde wurde mir klar, dass ich die Sache viel zu wenig durchdacht hatte. So war ich eigentlich nicht. Ich hatte in meinem Leben immer alles geplant, was planbar war. Ich hatte für jedes Problem eine Lösung und mindestens zwei Notfalloptionen, falls mal etwas schieflief. Wenn es überhaupt keinen Ausweg gab, konnte ich mir immer etwas einfallen lassen. So wie damals, als ich einen Gelehrten der Königsfamilie umbringen sollte und mich als Wache ausgegeben hatte, um unauffällig in die Burg zu gelangen. Ein anderer Wächter hatte mich angesprochen, der dachte, ich sei sein Kollege. Ich konnte die Maskerade nicht fallen lassen, da wir von Personal und anderen Wächtern umgeben waren, also tat ich kurzerhand so, als ob ich ihn nicht gehört hatte, zog eine Zofe, die zufälligerweise vorbeilief, in eine dunkle Ecke und küsste sie leidenschaftlich. Innerhalb weniger Sekunden waren alle aus dem Gang verschwunden. Wahrscheinlich empfand die menschliche Natur es als unangemessen, Intimitäten zu beobachten, was ironisch scheint, wenn man bedenkt, dass etwa die Hälfte des weiblichen Volks hier in der Stadt schon einmal ihren Körper für Geld verkauft hatte. Jedenfalls endete die Geschichte damit, dass ich doch noch in die Kammer des Gelehrten kam und ihm dort etwas in den Wein mischte, das seinen Tod wie einen Herzinfarkt aussehen liess. Somit war ich fein raus.

Und nun schaffe ich es nicht einmal zu entscheiden, in welche
Richtung ich gehen sollte. Das Einzige, was mir beim Aufbruch
klar war, war, dass ich so schnell wie möglich Eastwood verlassen
musste. Im Königreich zu bleiben, bis die Jagd aufgegeben
wurde, schien mir keine gute Idee zu sein. Ich musste hier weg.
Am besten durch den Bach, damit meine Verfolgerinnen meinen
Fussspuren nicht folgen konnten, doch alle Partisaninnen
kannten diesen Trick und erwarten sicherlich, dass ich es versuchte. Druck baute sich in meinem Magen auf. *Warum hast du
deine Flucht nicht geplant, du Idiot?* Bevor ich noch mehr Zeit
verschwenden konnte, stieg ich in das kalte Wasser und liess
mich von der Strömung treiben.

Die Zeit verging wie im Flug und irgendwann musste ich wohl
die Stadtgrenze überquert haben, denn plötzlich kam ich wieder
in ein besiedeltes Gebiet. In der Ferne sah ich, dass der Wald sich
lichtete. Dann tauchten Hütten auf, in denen wohl Nahrungsmittel gelagert wurden. Kurz überlegte ich, ob ich einbrechen und
etwas stehlen sollte. Ich würde es später noch brauchen, doch
dafür musste ich die Männer, die die Hütte bewachten, umbringen. Nicht einen einzigen Tag konnte ich aushalten, ohne jemanden umzubringen? War es schon so weit mit mir gekommen?
Nein, ich hatte die Rebellion verlassen, um mein altes Leben aufzugeben und anständig zu werden. Wobei ich an meinem An

stand noch arbeiten musste, denn etwa eine halbe Stunde nach Aufbruch hatte ich eine Decke gestohlen, die an einer Wäscheleine neben einem Haus aufgehängt war.

Die Häuser waren schlicht gebaut. Je weiter man in das Herz der Stadt vordrang, desto luxuriöser und besser bewacht waren die Häuser. Hier sah es so aus, wie in jedem anderen Königreich. Bei einem Angriff würden die Reichen am längsten überleben, da zuerst das gemeine Volk abgeschlachtet wurde, dessen Behausungen an der Grenze des Königreiches lagen. Bevor jemand von meiner Anwesenheit Notiz nahm, ging ich ins nächste Gasthaus. Es musste wohl mittlerweile Nachmittag sein. Der Grossteil der Kundschaft würde also wahrscheinlich schon weg sein. Kaum hatte ich den Fuss ins Innere der Stube gesetzt, drang ein Schwall heisser, fauliger Luft zu mir durch. Ich liess die Kapuze meines schlichten, schwarzen Mantels über meine dunklen Haare fallen und sah mich im Raum um. Ich musste wohl dagestanden haben, wie eine Idiotin, denn plötzlich sprach mich jemand an.

«Ziemlich finstere Gestalten, nicht wahr?», fragte eine hohe, quietschende Stimme. Ich wandte mich zu der Quelle der mädchenhaften Stimme um und erst dann realisierte ich, dass die Stimme nicht das Einzige war, das mädchenhaft war. An dieser Frau war praktisch alles kindlich. Sie war etwa zwei Köpfe kleiner als ich, und ich war schon nicht wirklich gross, und hatte einen zierlichen Körperbau. Dadurch, dass das Oberteil ihres Kleids nur knapp ausgefüllt war, wirkte sie noch jünger, als sie wahrscheinlich war. Die erdbeerblonden Haare waren zu zwei Zöpfen geflochten und durch ein weisses Spitzentuch zurückgebunden. Nur an den Augen konnte man erkennen, dass die Frau schon viel erlebt hatte. Obwohl sie mich anlächelte, waren ihre Augen ausdruckslos und schienen durch mich hindurchzusehen.

«Nur weil jemand finster aussieht, heisst das noch lange nicht, dass die Gedanken ebenfalls finster sind.», antwortete ich und hatte kurz das Gefühl, etwas Weises gesagt zu haben. Immerhin wollte ich nicht nur mein Verhalten ändern, sondern auch meine Einstellung gegenüber anderen Menschen. Dies war wohl nicht das beste Beispiel, denn die Frau zog ihre Augenbrauen hoch und sah mich ungläubig an.

«Die Erfahrung sagt mir, dass diese Männer sehr wohl finstere Gedanken haben. Besonders, wenn so etwas Hübsches wie du sich hier herumtreibt.» Eigentlich war das wohl ein Kompliment, doch ich hatte nicht genug Zeit, um es zu verarbeiten, denn im nächsten Moment packte mich die Frau an den Handgelenken und zog mich mit festem Griff hinter den Tresen. Nicht nur ihre überraschende Kraft verwirrte mich. Sie drückte sich aus, als ob ich ein Kind war, das gerade etwas Dummes getan hatte.

«Wo bringst du mich hin?», fragte ich etwas ausser Atem, während mich die unvermutet rauen Hände eine Wendeltreppe nach oben zerrten. Ich wollte mich gegen ihren Griff wehren, aber die Reise hatte bereits an meinen Kräften gezehrt und so liess ich mich mitschleppen in der Hoffnung, nicht in eine Falle zu geraten.

«Du solltest nicht hier unten bleiben. Ich will nicht schon wieder einen Grabscher herausschmeissen müssen, weil ein junges Ding wie du das Gefühl hat, sich hier präsentieren zu müssen.» Das war genau das Gegenteil dessen, was ich vorhatte. Ich wollte möglichst unauffällig weiterziehen und hier nur eine kurze Rast einlegen. Zudem erschien es mir lächerlich, dass ein kleines Mädchen einen etwa doppelt so grossen Mann herausschmeissen wollte, doch statt Einsprache zu erheben, liess ich mich einen dunklen Gang entlang bis zur hintersten Tür dieser Spelunke führen.

«So, da wären wir. Ihre Suite, Mylady.», sagte die Stimme nun wieder quietschend und hoch. Mir war gar nicht aufgefallen, dass die Frau ihre Stimme während unserer Unterhaltung geändert hatte.

«Ich habe kein Geld.», sagte ich kurz und hoffte nicht zu beleidigend geantwortet zu haben, doch die Gesichtszüge der Frau waren so entspannt, wie schon die ganze Zeit über.

«Das habe ich schon vermutet. Das tut nichts zur Sache. Du kannst eine Nacht hierbleiben, wenn du willst. Es wird dir gleich jemand etwas zu Essen hochbringen, aber erst, wenn die Mittagszeit vorbei ist.» Ich sah ungläubig in die leeren Augen der

Frau. Waren in diesem Königreich etwa alle so freundlich? Ich nickte unsicher und als die Tür geschlossen war, horchte ich kurz, ob sie von aussen verriegelt wurde, doch nichts. Kein Klicken des Türschlosses war zu hören, also schob ich von innen den Riegel auf die andere Seite. Dann sah ich mich im Zimmer um. Es gab nicht gerade viel zu sehen. Einen schmutzigen Sessel und ein durchgelegenes Bett, ein winziges Fenster, durch das kaum Licht drang, da das nächste Haus unmittelbar davor gebaut wurde, einen ölig aussehenden Vorhang, um mindestens etwas Privatsphäre zu bewahren und ein braun verfärbtes Becken, das mit Wasser gefüllt war, wobei das Wasser erstaunlich sauber zu sein schien. Ich legte meinen Mantel auf das Bett und ging auf die Waschschüssel zu. Dann hielt ich meinen Finger in das zimmerwarme Wasser und steckte ihn mir anschliessend in den Mund. Merkwürdig, das Wasser schien nicht vergiftet zu sein. So viel zu meinem Vorhaben, weniger misstrauisch zu sein. Ich legte meine Umhängetasche auf das Bett und öffnete meinen Zopf. Zum Kämmen hatte ich zwar nichts, doch es tat gut, die straffe Frisur zu öffnen. Seit mehr als neun Jahren war es mir verboten gewesen, die Haare offen zu tragen, es sei denn, ich tat es, um ein Ziel zu verführen. *Partisaninnen tragen eine Frisur, die im Kampf dienlich ist. Du willst keinen Kampf verlieren, nur weil dir die Haare ins Gesicht gefallen sind, denn dann würde ich dich von den Toten auferstehen lassen und dich eigenhändig töten.* Hatte mir Daphne immer gesagt, wenn ich mich darüber beschwerte, dass meine

Kopfhaut schon zu brennen begann, wenn ich die Haare zu straff gebunden hatte.

Ich ging erneut auf das Waschbecken zu und schaufelte mir mit den Händen Wasser ins Gesicht. Es gab kein Handtuch im Zimmer, also wischte ich mir das Wasser mit dem Kleid ab. Auch einen Spiegel konnte ich nirgends entdecken. Obwohl das nicht sehr sonderbar war, denn Spiegel waren ziemlich rare Ware, die den Reichen vorbehalten blieb. Als ich mich gerade für einen Moment hinlegen wollte, hörte ich ein Knarren auf der losen Diele vor meiner Tür, die ich schon beim Betreten des Zimmers entdeckt hatte. Das darauffolgende Kratzen am Schloss sagte mir, dass es wohl nicht mein Mittagessen war, das versuchte, das Tür-schloss zu knacken.

FÜNF

Ich hatte gewusst, dass ich der Frau gegenüber misstrauischer hätte sein sollen. Wie ein Luftzug schnappte ich mir den Mantel und die Tasche und versteckte mich hinter der Seite des Bettes, welche nicht der Tür zugewandt war. Eine andere Versteckmöglichkeit gab es nicht. Um mir eine Verteidigungstaktik zu überlegen, blieb keine Zeit, denn so wie ich meine Kolleginnen kannte, war die Tür bald geknackt. Schon wieder breitete sich ein unangenehmes Gefühl in meinem Bauch aus. Nervosität war etwas, das ich nur selten empfand und ich hatte keine Ahnung, wie ich damit umgehen sollte. Als mein Blick über den Raum schweifte, entdeckte ich etwas Glänzendes unter dem Kissen auf dem Bett. Ich schob rasch das Kissen auf die andere Bettseite und zum Vorschein kamen drei Wurfmesser. Wo zum Teufel kamen die denn her? Wusste die Frau etwa, dass ich sie noch gebrauchen konnte? Dann hätte sie mich aber doch nicht in eine Falle gelockt, so wie ich es eben noch gedacht hatte. Ohne lange zu überlegen, schnappte ich mir die Messer und nahm zwei davon in die linke, eines in die rechte Hand. Dann schob ich das Kissen zurück an seinen Platz. Genau in dem Moment hörte ich, wie der Riegel der Tür klickte.

Die Tür schwang geräuschlos auf und nicht einmal stapfende Füsse waren zu hören. Barfuss, sehr clever, doch leider nicht ganz durchdacht, denn auch ohne Stiefel würde die fünfte Holzdiele knarzen, wenn man darauf stand. Ich wartete also, bis ich ein leises Quietschen des morschen Holzes hörte. Dann erhob ich mich und holte mit dem rechten Arm aus. Als ich aus dem Augenwinkel sah, wie die Person ebenfalls etwas Glänzendes erhob, liess ich die Hand nach vorne schnellen und als mein Arm ganz durchgestreckt war, liess ich den kalten Griff des Messers los, das nicht einmal meines war.

Die schattenhafte Figur wurde von der Wucht meines Wurfes zurückgeschleudert und im nächsten Moment spürte auch ich einen stechenden Schmerz in meiner rechten Schulter.

«Guter Wurf.», presste die Frauenstimme mit schmerzender Miene hervor. Mein Messer war knapp unter dem Schlüsselbein eingetreten und steckte noch.

«Convallaria, war ja klar, dass du die Erste sein würdest, die mich aufspürt, doch ich gebe zu, so schnell hätte selbst ich dich nicht eingeschätzt.», sagte ich mit möglichst selbstsicherer Stimme, doch auch ich konnte ein leichtes Zittern im Unterton nicht unterdrücken.

«Im Spurenlesen war ich schon immer die Beste.», prahlte sie nun mit etwas sichererer Stimme. Ich zog das Messer aus meiner Schulter heraus. Es steckte zum Glück nicht tief und hatte keinen grossen Schaden angerichtet. Das Messer behielt ich in der Hand, da ich es sicherlich noch brauchen würde.

«Im Spurenlesen ja, aber deine Zielkünste lassen zu wünschen übrig. Ausserdem hast du die Regeln nicht beachtet. Mir bleiben mindestens noch sechs Stunden», sagte ich und ging einen Schritt nach rechts. Das Bett stand zwar zwischen uns, doch es stellte kein grosses Hindernis dar.

«Auch du hast mein Herz nicht getroffen und wenn du mir nicht wegen einer Millisekunde den Schuss vermasselt hättest, dann würdest du jetzt nicht so selbstgefällig grinsen.» Mir war gar nicht aufgefallen, dass ich angefangen hatte zu lächeln. Ich konnte allerdings keinen weiteren Gedanken daran verschwenden, denn im nächsten Moment sprang Convallaria wie eine Katze über die Bettkante und trat gegen meine linke Hand, die die zwei verbliebenen Messer und dasjenige, das mit meinem Blut besudelt war, umklammert hielt. Zwei fielen klappernd aus meiner Hand, aber das Dritte rammte ich in Convallarias Oberschenkel, während ich mich zu Boden gleiten liess. Dann sprang ich hinter ihr wieder auf und schwang meinen unverletzten Arm um ihren Hals. Noch bevor ich richtig zudrücken konnte, schloss sie ihre Hände um meinen Unterarm und warf mich über ihre unverletzte Schulter. Ich flog mit einem dumpfen Geräusch auf die kaum federnde Matratze und drehte mich schnell weg, bevor Convallarias Dolch meinen Hals durchbohrte.

«Nicht einmal so schlecht, deine Nahkampffähigkeiten.», sagte sie etwas ausser Atem. Ohne etwas darauf zu erwidern, hob ich das letzte meiner Messer auf, das ich vorhin auf die andere Seite des Bettes getreten hatte, und zog zum Schuss auf. Die glänzende Klinge pfiff durch die Luft und traf Convallaria genau zwischen die Augen.

«Danke für das Kompliment, aber ich bevorzuge es, nicht mit meinen Gegnern zu plaudern.», erwiderte ich, obwohl Convallaria es nicht mehr hören konnte.

Ich hatte das einfach nicht durchdacht.

Ich meinte nicht den Ausstieg aus der Rebellion, obwohl das ebenfalls nicht durchdacht war. Ich meinte vielmehr, Convallaria hier im Zimmer zu töten. Seit einer viertel Stunde versuchte ich nun schon, die Leiche irgendwie loszuwerden, ohne zu viel Aufmerksamkeit auf mich zu ziehen. Aus dem Fenster werfen ging nicht, da das einzige Fenster in diesem Zimmer auf die Strasse gerichtet war. Durch die Tür konnte ich sie auch nicht herausschaffen, weil das Risiko zu gross war, jemandem zu begegnen. Plötzlich klopfte es an der Tür und einen kurzen Moment lang dachte ich, dass bereits meine nächste Gegnerin aufgetaucht war, doch ich realisierte schnell, dass das Klopfen absurd war, falls wirklich eine Partisanin vor meiner Tür stand. Trotzdem war ich vorsichtig und blieb hinter der massiven Wand stehen, anstatt der dünnen Holztür, da diese leicht mit einem Speer durchbohrt werden konnte. Die Leiche hatte ich vorhin in die dünne Strickdecke eingewickelt und unter das Bett geschoben. Zum Glück war Convallaria sehr dünn und leicht. Ansonsten hätte ich ein Problem gehabt.

«Wer ist da?», flüsterte ich beinahe. Kurz wurde es leise und ich war mir nicht sicher, ob die Person auf der anderen Seite der Tür mich gehört hatte. Dann ertönte dieselbe mädchenhafte Stimme von vorhin.

«Ich bin es. Ich bringe dir dein Essen.», antwortete die Frau von vorhin. Ich öffnete langsam die Tür und als sie mit einem kleinen Tablett eintrat, sah ich mich eilig im Gang um. Als ich mir sicher war, dass niemand hinter der nächsten Ecke lauerte, schloss ich die Tür und sperrte sie wieder mit dem Riegel zu. Die Frau stellte das Tablett auf dem Bett ab und ich hatte einen kurzen Moment lang das Gefühl, als ob sie innehielt, weil sie etwas bemerkt hatte, doch dann liess sie vom Bett ab und drehte sich zu mir. Ich hielt eines der Wurfmesser fest umklammert und wartete darauf, dass mich die Frau angreifen würde.

«Danke», sagte ich knapp. In der Hoffnung, sie schnell wieder aus dem Zimmer zu bugsieren.

«Gern geschehen. Ich bin übrigens Maelie. Aber alle nennen mich May.», stellte sich die Unbekannte freundlich vor. Mir war bisher gar nicht aufgefallen, dass ich ihren Namen nicht kannte. Genauso wenig, wie sie meinen kannte. Diese Frau hatte etwas Merkwürdiges an sich. Irgendwie schaffte sie es, mich zu verwirren, obwohl ich sonst immer die Übersicht behalten konnte.

«Und du heisst?», hakte May hartnäckig nach. Ich wusste nicht, was ich antworten sollte.

«Oder hast du etwa keinen Namen.», fügte May hinzu und setzte sich beiläufig auf das Bett. Selbstverständlich hatte ich einen Namen. Welcher Mensch hatte schon keinen Namen. Mays Blick sagte mir, dass sie nicht lockerlassen würde. Ich musste ihr also einen Namen nennen.

«Lou», sagte ich, beinahe ausser Atem.

«Mein Name ist Lou.» Ich streckte ihr meine Hand hin und sie griff etwas zögerlich danach. Diesen Namen hatte ich seit Jahren nicht mehr ausgesprochen. Als ich in die Rebellion aufgenommen wurde, hatte Daphne für mich einen Neuen ausgesucht. Seither habe ich meinen echten Namen beinahe vergessen. Den Namen, den meine Eltern damals für mich ausgesucht hatten. Der, der mit lauter schmerzhaften Erinnerungen verbunden war. Trotz allem würde ich nie mehr Wisteria als meinen Namen ansehen, denn das war ich nicht mehr. Das war ich nie gewesen.

May starrte mich mit ihren milchigen Augen an. Sie schien durch mich hindurch zu starren und ich konnte spüren, wie Schweissperlen auf meiner Stirn hervortraten. Diese Leere bedrückte mich mehr als die Tatsache, dass ich eine Leiche unter dem Bett versteckt hatte. Nur durch simples Anstarren schien May alles über mich erfahren zu haben. Alle meine Geheimnisse, meine Gedanken. Sie schienen nicht mehr in meinem Gehirn versteckt zu sein. Ich fühlte mich so, als ob in roten Grossbuchstaben «Mörderin» auf meiner Stirn stand, doch May sagte kein Wort. Sie sass einfach nur auf der dünnen Matratze und sah mich an. War es etwa an mir, etwas zu sagen? Ich war mir nicht sicher, also ging ich ein paar Schritte nach hinten und setzte mich auf den durchgesessenen Sessel in der Ecke. Das Messer liess ich unauffällig in meine Rocktasche gleiten. May hob eine Augenbraue und legte den Kopf schief. Dann öffnete sie endlich den Mund und durchbrach die erdrückende Stille.

«Na gut, wo ist die Leiche?» Die Stille war mir doch lieber gewesen.

«Was?», antwortete ich schnell. Zu schnell. Zu unsicher. May würde wissen, dass ich gelogen hatte. Ihre Augen hatten sicherlich schon so viele Lügner erblickt, dass sie mich bereits bei der ersten Begegnung durchschaut hatte.

«Du hast es mir nicht von selbst erzählt, also habe ich nachgefragt. Ich habe nicht den ganzen Tag Zeit, also sag schon.», fügte sie hinzu. Deshalb hatte sie also so lange gewartet.

«Ich weiss nicht, was du meinst.», sagte ich mit einem kleinen Lachen im Unterton, um die Stimmung aufzulockern. Vielleicht würde sie lockerlassen, wenn ich so tat, als ob ich ihren Witz durchschaut hatte, obwohl ich genau wusste, dass keiner von uns scherzte. Als ich es immer noch nicht zugab, deutete sie besserwisserisch auf einen kleinen roten Tropfen auf dem morschen Holz. Mist! Ich hatte nach dem Klopfen rasch meine Umhängetasche auf den grösseren Fleck auf dem Boden geworfen und dabei wohl denjenigen übersehen, der durch meine eigene Verletzung entstanden war. Immerhin hatte ich meine Verletzung so gut versteckt, dass May nichts davon mitbekommen zu haben schien. Die Wunde hatte kaum geblutet und konnte nur mit einem Stück Stoff verarztet werden.

«Hörst du jetzt auf, mich anzulügen und rückst mal raus mit der Sprache?», fragte sie nun mit einem etwas genervten Unterton.

«Hättest du sie nicht einfach bewusstlos schlagen können?», fragte May schwer atmend, als wir die, in einen Teppich eingewickelte, Leiche von Convallaria aus der Hintertür hievten.

«Dann hätte sie selbst die Treppe heruntergehen können und mein Rücken wäre nicht ruiniert.», fügte sie mit einem gespielt genervten Unterton hinzu. Ich wollte jedoch nicht über ihren Kommentar lachen, weil ich befürchtete, dass May es nicht lustig finden würde, also erwiderte ich nichts. Als wir die Leiche hinausgeschafft hatten, war es bereits dunkel geworden. Wir hatten zuvor die Blutflecke im Zimmer und diejenigen auf meinem Dolch beseitigt. Dann hatten wir einen Teppich aufgetrieben, was nebenbei bemerkt schwerer war, als erwartet. Im Schutz der Dunkelheit rollten wir den Teppich, in den Convallaria eingewickelt war, in den Wald. Es war üblich, dass man im Wald Löcher grub, um darin Leichen zu entsorgen. Dies hatte nicht nur den Zweck, dass man die Toten loswurde, sondern auch den überaus nützlichen Nebeneffekt, dass sich wilde Tiere an den Körpern der Toten und nicht an denjenigen der Lebenden ernährten. Da der Teppich Blutverschmiert war, konnten wir ihn nicht einfach so zurückbringen und wieder an seinen Platz legen. Wir entschieden uns also dazu, ihn auch zurückzulassen. Als sich May zum Gehen wandte, sagte ich ihr, dass ich noch einen Moment bleiben wollte und dann nachkam. Sie nickte kurz und verschwand anschliessend in der Dunkelheit. Ich wandte mich an Convallaria und sagte ihr, dass es mir leidtue, dass ich sie getötet hatte. Allerdings sagte ich ihr auch, dass sie mir keine andere Wahl liess. Normalerweise wurden den Verstorbenen aus unserer Truppe tröstliche Dinge gesagt, wie beispielsweise: Ich möchte mich bedanken, dass du für mich da warst und wünsche dir, dass deine Seele Frieden finden möge … oder so. Doch ich hatte keine tröstlichen Dinge zu sagen. Ich wollte nicht mehr blind irgendwelchen Vorschriften folgen, die ich nicht verstand. Die ich nicht verstehen wollte. Die ich nicht verstehen konnte. Warum sollte man einem Verstorbenen solche Dinge sagen? Sie konnten einen ohnehin nicht mehr hören. Ich hätte zu Lebzeiten mit Convallaria gesprochen, wenn ich wollte, dass sie mich hörte. Wenn ich zu Convallarias Leiche etwas sagte, dann nur aus dem Grund, weil es mir egal war, ob sie mich hörte oder nicht. Um nicht noch mehr Zeit in der eisigen Kälte allein mit den Raubtieren zu verbringen, die schon gierig auf ihre Mahlzeit warteten, ging ich zurück zu dem Ort, von dem ich nun wusste, dass er Portvillage hiess, um endlich ein bisschen Schlaf zu bekommen und meine Wunde neu zu verbinden.

Als ich wieder zurück war, teilte mir May mit, dass es im Keller einen Kupferkessel gab, der gross genug war, damit man darin baden konnte. Eigentlich war er für wohlhabendere Besucher bestimmt, doch in diesem Fall hatte sie eine Ausnahme gemacht. Wahrscheinlich nicht zuletzt, weil ich schon seit Tagen kein richtiges Bad mehr genommen hatte und weil mein ganzer Körper mit Blut verschmiert war, auch wenn man es in der Dunkelheit kaum erkennen konnte. Das Blut war nur schwer abzubekommen. Noch schwerer war es, meine Kleider zu reinigen, doch auch dieses Problem löste May, indem sie mir ein einfaches, weisses Baumwollkleid und ein Lederwams gab, damit ich meinen Dolch unbemerkt darunter verstauen konnte. Zudem trieb sie für mich ein Oberschenkelholster auf, welches ich für meine neu-gewonnenen Wurfmesser gebrauchen konnte. Ich wusste immer noch nicht, woher oder aus welchem Grund mir May die Messer

hinterlassen hatte. Nun kam noch das Rätsel des Oberschenkel-
holsters hinzu. Wer war diese Frau wirklich? Anschliessend
bedankte ich mich bei ihr und ging zurück auf mein Zimmer, wo
ich mir vornahm, einige Stunden zu schlafen.

Mitten in der Nacht wurde ich von einem höllischen Lärm
geweckt. Es klang beinahe so, als ob Geschirr durch die Gegend
geworfen wurde und anschliessend jemand zu schlechter Musik
im Rhythmus zum Klirren getanzt hätte. Als der Lärm nicht aufhörte, warf ich mir meinen Mantel über und ging nach unten. Zu
sagen, dass es ein komplettes Chaos war, war noch untertrieben.
Die kleine Stube war so von Menschenmassen zugestopft, dass
ich befürchtete, die Türen würden dem Druck nicht standhalten
können. May stand neben einem Tisch, an dem zwei Männer
sassen; finster aussehende Gestalten. Der eine wollte gerade seine
vernarbte, von Dreck geschwärzte Hand unter Mays Kleid
schieben, als sie den Bierkrug, den sie in der Hand hielt, auf die
Glatze des Grabschers hinabsausen liess. Dieser zuckte zwar
kaum zusammen, kam jedoch anschliessend ins Taumeln und fiel
vom Stuhl. Gerade als sich der Zweite erhob und May eine Ohr-
feige verpassen wollte, drehte sie sich um und hielt seine Hand
auf. Diese Frau war noch viel kräftiger, als ich gedacht hatte. Als
sie mich an meinem Arm nach oben gezogen hatte, hatte sie sich
wohl nicht einmal anstrengen müssen. Ich wollte gerade zu Hilfe
eilen und ihr den Mistkerl vom Hals schaffen, doch May lehnte
sich ganz entspannt nach vorne und flüsterte dem sichtlich über-
raschten Mann etwas ins Ohr. Dessen Augen wurden daraufhin

noch grösser, als sie ohnehin schon waren. Er packte seinen Freund an den Handgelenken und schleifte ihn nach draussen in die Kälte. Was hatte sie ihm wohl gesagt? Nachdem sich die Lage wieder etwas entspannt hatte, rief May eine der Serviererinnen nach vorne, die die Scherben des Bierkruges zusammenkehrte. Als die Schwingtür zur Küche aufging, sah ich, dass noch zwei weitere Frauen in der Küche arbeiteten. Eine davon kam gerade mit einem Tablett gefüllt mit Käse und Trauben nach draussen. May drehte sich zu mir um und kam, ohne zu zögern, auf mich zu.

«Sowas passiert normalerweise nicht. Jedenfalls nicht so dramatisch wie gerade eben, aber wenn es notwendig wird, dann muss man eben durchgreifen.», sagte sie mehr oder weniger emotionslos. Ein komisches Gefühl breitete sich in meinem Bauch aus. Ich hatte nicht oft das Gefühl, mich irgendwo einmischen zu müssen. Das war natürlich ironisch, weil ich mich aufgrund meiner «Arbeit» automatisch in alles einmischte. Aber wenn man so eine Situation sah, dann hätte wohl jeder Schuldgefühle. Ich denke, dass ich noch nie in meinem Leben so beeindruckt war. In Eastwood war es nicht gerade üblich, dass eine Frau sich wehren konnte. Normalerweise liess man es einfach über sich ergehen, so wie das Mädchen, das ich am Brunnen beobachtet hatte. Den Blicken der anderen nach zu urteilen, war es in Portvillage ebenfalls nicht üblich, dass Frauen sich gegen respektlose Männer wehrten. May griff nach meinem Arm und zog mich nach hinten in die Küche. Zuerst dachte ich, dass sie mich den anderen zwei

Frauen vorstellen wollte, doch sie bugsierte mich durch die Hintertür und dann auf die kalte, dunkle Strasse hinaus. Rechts ging es auf eine grössere Strasse, auf der man wahrscheinlich in das Zentrum des Dorfes gelangte. Links konnte ich nicht genau erkennen, wo man hinkam. Es sah beinahe so aus, als wäre da nichts als Wald, aber als sich meine Augen an die Dunkelheit gewöhnten, kam ein schmaler Pfad zum Vorschein.

«Ich weiss, wer du bist.», sagte May plötzlich. Ich hatte selbst Mühe zu definieren, wer oder was ich war. Wie konnte eine Fremde das einfach so wissen?

«Du bist nicht die erste Partisanin, die ich in meinem Leben gesehen habe. Du hast es anfangs gut versteckt, doch ich kann es in deinen Augen sehen. Sie sehen müde aus. So als ob du jahrelang einen Kampf mit dir selbst geführt hast. Das sieht man nur, wenn die Seele eines Menschen gelitten hat. Und wie sonst sollte eine Seele leiden, wenn nicht durch eine Arbeit, die einen Tag für Tag auseinanderreisst.» Wow. Eine Ansprache wie diese hätte ich definitiv nicht erwartet. Woher wusste sie das nun schon wieder? Diese Frau war für mich wirklich ein Rätsel. Wusste sie es vielleicht, weil sie dieselbe müde Erscheinung hatte. Dieselben Gedanken, die sie in der Nacht plagten und über die sie nicht sprach? Wusste sie es, weil sie mir geholfen hatte, Convallarias Leiche zu entsorgen?

«Ich kann dir helfen, wenn du willst.», sagte May schliesslich. Meine Menschenkenntnis hatte zwar durch meine Arbeit gelitten, aber jeder normale Mensch würde solch ein Angebot wohl infrage stellen.

«Was hast *du* von der ganzen Sache? Wieso bietest du mir deine Hilfe an? Du kennst mich kaum ein paar Stunden, aber bist nicht überrascht, als du mich mit einer Leiche im Zimmer vorfindest. Du hast mir dieses Zimmer angeboten, ohne im Gegenzug Geld zu verlangen. Du hast mir geholfen, die Leiche zu entsorgen und jetzt sagst du mir, dass du mich nach kaum einem Tag schon kennst?» Ich spuckte ihr die Worte praktisch entgegen. Sofort breitete sich in meinem Bauch ein Gefühl der Reue aus. Diese Frau hatte mehr für mich getan, als andere in neun Jahren getan hatten, und wie dankte ich es ihr? Indem ich sie beschuldigte, aus egoistischen Gründen zu handeln. Doch May blieb ruhig und kam einen Schritt auf mich zu. Dann liess sie meinen Arm los und nahm meine beiden Hände in ihre.

«Ich kann sehen, wie du leidest.», sagte sie sanft. Aus einem unerfindlichen Grund stiegen mir Tränen in die Augen. Vielleicht lag es daran, wie zart ihre Stimme klang. Vielleicht auch, weil es einfacher ist, einer fremden Person das Innere zu zeigen, als jemandem, den man kennt, aber am wahrscheinlichsten war es, dass sie genau das aussprach, was ich schon seit Monaten, seit Jahren wusste und Tag für Tag leugnete. Nun, da meine Freiheit zum Greifen nahe war, war es an der Zeit, dass ich mich der Welt öffnete.

«Ich sehe, wie du einen inneren Kampf mit dir führst. Ich kann es erkennen. Nicht in deinen Augen, aber in der Art, wie du gehst, wie du dir die Haare aus dem Gesicht streichst. Wie du die Finger umeinander schliesst, wenn du deine eigenen Hände hältst. Ich habe das alles schon einmal gesehen und nichts unternommen. Ich will diesen Fehler nicht noch ein zweites Mal begehen.» Ihr Geflüster berührte etwas, das tief in meinem Innern lag. Es brauchte viel Beherrschung, nicht zu weinen, doch ich konnte nicht loslassen. Noch nicht. Etwas in ihrer Stimme gab mir ein entspannendes Gefühl. Mein Körper füllte sich mit Wärme und Geborgenheit. *Genug.*

«Ich weiss nicht, was du für ein Spiel treibst, aber es reicht.», zischte ich. Als ich meine Hände von ihren trennte, war das warme Gefühl sofort verschwunden.

«Ich verstehe, dass du mir nicht vertrauen willst, aber ich bin wahrscheinlich die einzige Person, die dir helfen kann.»

«Nein! Du sollst aufhören, mich zu manipulieren. Ich weiss nicht, wie du es schaffst, in meinen Geist zu dringen, aber ich lasse mich nicht wie ein naives Lamm herumschubsen.» May legte ihren Kopf schief und knabberte auf ihrer Oberlippe.

«Ich bitte dich lediglich, mir zu folgen, damit ich dir jemanden vorstellen kann. Wenn ich dir etwas hätte antun wollen, denkst du nicht, dass ich es schon längst getan hätte?» Mein Verstand sagte mir, dass May die Wahrheit sagte, aber mein Gefühl warnte mich davor, leichtsinnig zu sein. May setzte sich langsam in Bewegung und lief einen Pfad entlang, der in die Dunkelheit führte. Das Misstrauen in mir hatte sich noch nicht verflüchtigt, doch ich folgte ihr.

Nach etwa zwanzig Minuten kamen wir zu einer Lichtung im Wald. Auf der anderen Seite war eine Hütte zu sehen, die von einem Holzzaun umrandet war. Als wir das Tor öffneten, kamen wir an einem prächtigen Garten vorbei. So etwas Schönes hatte ich in meinem ganzen Leben noch nie gesehen. Die Erde war üppig mit den verschiedensten Gemüsen und Früchten bestellt. Ich sah mindestens vier verschiedene Salatsorten, unzählige Karotten, duftende Kräuter, volle Beerensträucher, wunderschöne Blumen und prächtiges Wurzelgemüse. Auf der linken Seite der Hütte standen mehrere Obstbäume, die ich im Dunkeln nicht richtig erkennen konnte. Im weichen Mondlicht waren nur einige rote und grüne Früchte zu sehen, die von den Ästen hingen. Wir gingen am Garten vorbei und blieben vor der einfachen Holztür stehen. Durch die wenigen Fenster auf der Vorderseite der Hütte konnte man nur wenig erkennen. Im Inneren brannte eine Kerze, die dem Ganzen eine warme Stimmung verlieh. Es musste nun schon nach Mitternacht sein, wieso war diese Person so spät noch wach? May klopfte zweimal und trat

einen Schritt von der Tür weg. Ich machte es ihr nach. Das dünne
Holzbrett schwang nach innen auf und zum Vorschein kam eine
in weiss gekleidete Frau mit strohblonden Haaren, die streng
nach hinten gebunden waren. Sofort bemerkte ich die Ähnlichkeit
zwischen May und der Frau. Sie hatten beide blonde Haare,
wobei das von May einen leichten Kupferstich hatte, dieselben
Gesichtszüge, sogar dieselbe kindhafte Stupsnase. Das Einzige,
was anders war, war die Augenfarbe. May hatte grünliche,
beinahe graue Augen. Wohingegen die Frau tiefblaue Augen
hatte. Es kam mir beinahe so vor, als ob ein Stück des Abendhim-
mels auf die Augen der Frau gefallen wäre. Diese Augen sahen
zwar ganz anders aus als die von May, aber sie waren genauso
ermüdet vom Leben. Ich fragte mich, ob May mit dieser Frau
verwandt war oder ob es reiner Zufall war, dass sie Schwestern
hätten sein können. Wobei May um einiges jünger zu sein schien.
Die Frau sah uns kurz an und trat einen Schritt zur Seite. Damit
wollte sie uns wohl zu verstehen geben, dass wir eintreten
durften. Ich konnte es nicht genau erklären, aber sie sah nicht so
aus, als ob sie überrascht war. Zwei junge Damen standen mitten
in der Nacht vor ihrer Tür. Eine davon kannte sie nicht, und doch
war sie nicht überrascht? Da stimmte doch etwas nicht. May legte
sanft ihre Hand auf meinen Rücken und schob mich langsam
durch die Tür. Die Hütte bestand aus einem Wohnzimmer und
einer Art Vorratskammer, die jedoch nicht durch eine Tür
abgetrennt war. Links von der Tür stand ein kleiner Tisch, der bis
an die Wand geschoben wurde und somit direkt unter dem

Fenster stand. Wenn man gegenüber davon sass, dann hatte man freie Sicht auf den Garten und konnte jeden sehen, der sich der Hütte näherte. Auf dem schlichten Holztisch stand die Kerze, die ich schon von aussen gesehen hatte. Sie war scheinbar die einzige Lichtquelle im Raum. Trotzdem bot sie genug Licht, um der gesamten Hütte Licht zu spenden. May setzte sich auf einen der zwei Stühle, die um den Tisch standen. Die Frau schloss die Tür, schob den Metallriegel davor und lehnte sich an die Wand neben dem Tisch. Ich wollte nicht unhöflich erscheinen, also setzte ich mich auf den freien Stuhl, der dem Fenster gegenüberstand.

«Zu so später Stunde noch unterwegs? Dann muss es ja wirklich wichtig sein, nicht wahr, Maelie?», sagte die Frau und ich war überrascht, wie tief ihre Stimme klang. Wenn man sie ansah, dann dachte man, dass sie eher eine mädchenhafte Stimme hatte, wie die von May, wenn sie absichtlich höher sprach, als sie es normalerweise tat. Moment mal … Maelie? Wie war das nochmal mit «alle nennen mich May»?

«Es ist wichtig. Das ist Lou. Ich habe sie im Gasthaus kennengelernt. Sie hatte eine etwas unschöne Begegnung mit jemandem aus der Rebellion, also habe ich sie hergebracht. Ich dachte, sie will sich sicherlich mit dir unterhalten.» Mir stand der Mund buchstäblich offen. Zuerst einmal: Wer war diese Frau und was hatte sie mit der Rebellion zu tun? Und viel wichtiger: Sollte ich langsam die Beine in die Hand nehmen und wegrennen oder war dies die Möglichkeit, ein Gespräch mit jemandem zu führen, der sich mit Daphnes Truppe besser auskannte als ich?

«Also … ich gehe dann. Ich habe noch viel zu viele Töpfe abzuwaschen. Ich nehme mal an, dass es kein Problem ist, wenn Lou bei dir bleibt. Also dann, bis morgen.», verkündete May und stand auf. Dann lief sie, ohne sich umzudrehen, auf die Tür zu, schob den Riegel beiseite und ging hinaus in die eisige Kälte und die Dunkelheit.

SECHS

Mein Kopf konnte sich noch immer nicht entscheiden, was er tun wollte, also blieb ich einfach sitzen. Mein Körper spannte sich jedoch bereits an. Ich war bereit, um loszuspringen und die Frau zu Boden zu schleudern, wenn es sein musste. Sie blieb hingegen entspannt und stiess sich von der Wand ab, um die Tür wieder zu verriegeln. Es beunruhigte mich nicht sonderlich, da sie dies vorher schon tat, als May noch hier war. Die Alarmbereitschaft verschwand aber nicht. Die Frau setzte sich auf den Stuhl, auf dem eben noch May sass. Sie verschränkte die Beine und die Arme, lehnte sich zurück und sah mich an. Dann legte sie ihren Kopf etwas schief und runzelte die Stirn.

«Du siehst nicht gerade aus, wie eine eiskalte Mörderin. Ich meine, nimm es mir nicht übel. Ich nehme an, du bist gut in dem, was du tust, aber du passt nicht in das Profil, das normalerweise ausgewählt wird.» Ich war eigentlich schlagfertig, aber darauf hatte selbst ich keine Antwort, also sagte ich einfach nichts, lehnte mich etwas zurück, schlug ebenfalls die Beine übereinander und versuchte möglichst lässig auszusehen. Das alles, obwohl mein Körper noch vor Aufregung vibrierte.

«Wie auch immer, darum geht es ja nicht. May ist ein sehr enthusiastischer Mensch und hat schnell mal Schnapsideen. Ich nehme stark an, dass du dich lieber nicht mit mir unterhalten willst, also kannst du gehen, wenn du willst.» Dann stand die

Frau auf und ging zu der erloschenen Feuerstelle. Sie legte ein Holzscheit hinein und nahm die Kerze vom Tisch. Sie zündete ein Knäuel Stroh an und legte es auf das Bett aus kleineren Holzstücken, die schon vorher in der Feuerstelle lagen. Sie wollte mich so schnell wieder loswerden? Wir hatten kaum fünf Minuten miteinander verbracht und schon versuchte sie mich abzuschütteln, wie die königlichen Wächter es mit Bettlern auf der Strasse taten. Mein Kopf hatte sich nun entschieden. Ich wollte mehr über Daphne und ihre Partisaninnen erfahren. Wie hatte ich mir nur eingebildet, ich könnte von zu Hause weggehen und alles vergessen? Das war unmöglich, denn ich steckte schon mittendrin in der ganzen Geschichte. Die Frau hatte mittlerweile eine Kupferkanne mit Wasser gefüllt und ein paar Rosen- und Minzblätter hinzugegeben. Ich stand auf und streckte ihr meine Hand hin.

«Meinen Namen kennst du schon. Wie heisst du?», fragte ich möglichst höflich und mit sicherer Stimme. Die Frau hing den Krug an einen Haken über dem Feuer und sah mich stirnrunzelnd an. Ich überlegte kurz, ob ich die Hand wieder zurückziehen sollte, weil ich mir hier gerade wie ein Trottel vorkam, aber nach einer überaus unangenehmen Pause griff die Frau schliesslich nach meiner Hand und drückte sie sanft.

«Lorielie. Du kannst Lorie sagen.» Was war das nur mit den Namen, die abgekürzt oder vereinfacht wurden? Und warum hatten es sich meine Eltern so einfach gemacht und mich einfach nur Lou genannt? Damit nahmen sie mir jede Chance, auch so etwas sagen zu können.

«Es freut mich, dich kennenzulernen, Lorie.», sagte ich wieder überaus höflich und ging mit ihr zurück zum Tisch. Wir setzten uns und ich faltete meine Hände im Schoss. Daphne hasste es, wenn ich das tat, weil es immer so wirkte, als ob ich schüchtern war, aber mir kam es in dieser Situation so vor, als ob es in Ordnung war, wenn ich das tat. Lorie legte ihre Hände auf den Tisch und stütze sich mit den Ellenbögen ab. Eine durch und durch selbstsichere Pose, die einem klar machte, dass die folgenden Informationen wichtig waren.

«Du hast also für Daphne gearbeitet?», fragte Lorie mit ihrer schönen, tiefen Stimme. Ich wagte es nicht, den Mund zu öffnen, da ich befürchtete, dass meine Stimme im Vergleich lächerlich klang. Das hatte mir in meinem früheren Leben immer geholfen, weil die perversen Reichen darauf standen, aber hier war es hinderlich, also nickte ich nur.

«Und du bist ausgestiegen?» Ich nickte erneut.

«Das war ziemlich mutig von dir. Nicht viele überleben den Ausstieg.» Auch hier fragte ich mich wieder, woher Lorie das wissen konnte, aber es war eigentlich klar, dass nicht viele eine Verfolgung von einem guten Dutzend jahrelang ausgebildeter Partisaninnen überlebten. Als ich darüber nachdachte, wurde mir bewusst, dass mein Ausstieg wohl aussergewöhnlich erschien, denn … na ja ich war noch immer am Leben. Vielleicht hatten die anderen Partisaninnen Angst vor meinen Fähigkeiten und verfolgten mich deshalb nicht. Andererseits wurde ich bereits nach wenigen Stunden aufgespürt, was nichts Gutes bedeutete, da die anderen Convallaria nur hinterher spazieren konnten. Es würde wohl nicht lange dauern, bis ich wieder Besuch bekam. Hoffentlich würden die Folgenden vorsichtiger sein und mich beobachten, bevor sie angriffen. Dann hätte ich wenigstens ein paar Tage, um meine weiteren Schritte zu planen. Lorie stand auf und ging zu der Feuerstelle. Dann griff sie mit einem Tuch nach der Kanne und goss Tee in die zwei Becher, die sie bereitgestellt hatte. Ich konnte die Minze bis zum Tisch riechen. Ein warmer und würziger Duft, der meine Muskeln entspannte. Einen der beiden Becher stellte sie vor mir ab und den anderen stützte sie an ihre rosigen Lippen.

«Wieso bist du ausgestiegen?», fragte sie, während sie ihren Becher auf den Tisch stellte. Das war die erste Frage, die ich nicht mit Ja oder Nein beantworten konnte.

«Ich erhielt einen Auftrag, den ich nicht ausführen wollte. Ich hatte nicht alle Informationen erhalten und dachte, es wäre ein normales Ziel, aber es stellte sich raus, dass es etwas komplizierter war.», sagte ich in der Hoffnung, dass nicht nachgehakt werden würde.

«Das sieht Daphne nicht ähnlich, dass sie dich deswegen herauswirft.»

«Sie hat mich nicht herausgeworfen. Ich bin gegangen. Es war meine Entscheidung aufzuhören.», entgegnete ich rasch. Lorie zog eine Augenbraue hoch und neigte sanft ihren Kopf. Eine Geste des Unglaubens. Sie hatte Recht. Daphne hätte mich nicht gehen lassen, wenn ich hätte gehen wollen. Sie hätte mich zurückgehalten, wenn sie es wollte, aber trotzdem war ich hier. Jetzt kam es mir beinahe so vor, als ob es sie gefreut hatte, dass ich entschied zu gehen. Ausserdem reichte das Abweisen eines Auftrages nicht für einen Rausschmiss. Na gut, ich hatte auch andere Aufträge verbockt oder nicht sauber ausgeführt, aber auch das reichte noch nicht aus, um herausgeworfen zu werden. Schon seit einer Ewigkeit hatte ich Daphne zu verstehen gegeben, dass ich das alles nicht mehr wollte. Ich hatte Aufträge komplizierter gemacht, als sie waren. Bei meinen Trainings hatte ich kaum noch mitgemacht. Ich war viel weniger gesprächig und fing an, ihr nicht mehr Bericht zu erstatten. Es war klar, dass ich es nicht mehr lange aushalten würde. Es war klar, dass ich nicht für dieses Leben gemacht war, aber ich konnte auch nicht einfach herumsitzen und zusehen, wie die Menschen im Königreich dahingerafft wurden. Diese Rebellion brachte mich nicht zu der Lösung, die ich suchte. Es war an der Zeit, etwas zu ändern, und zwar richtig. Das Einzige, das mir Kopfzerbrechen bereitete, war, dass es so einfach erschien. Schliesslich hatte ich es ohne Komplikationen aus Eastwood heraus geschafft und war sicher in Portvillage

angekommen. Convallaria stellte keine grosse Gefahr für mich
dar, das wusste Daphne. Ich machte mir Sorgen, dass alles inszeniert war und Daphne nur darauf wartete, ihre Trümpfe auszu-
spielen.

Ich hatte mich gestern nicht mehr allzu lange mit Lorie unterhalten. Wir sprachen über meine Zeit mit Daphne und den anderen
Partisaninnen und dabei war mir aufgefallen, dass Lorie fast
nichts über ihre Vergangenheit aufgedeckt hatte. Woher wusste
sie überhaupt über Daphne und die Rebellion Bescheid? Woher
kannten May und Lorie sich? So viele Fragen und ich Trottel hatte
so viel von mir preisgegeben, ohne darüber nachzudenken, mit
wem ich sprach. Es hätte durchaus sein können, dass May auch
eine Partisanin war und mir nur mit Convallarias Leiche half, weil
sie mein Vertrauen gewinnen wollte, um mich anschliessend in
eine Hütte irgendwo im Nirgendwo zu bringen und mich dort
umzubringen. Und ich hatte ihrer Komplizin Lorie so viel über
mich erzählt. Es hätte mir gleich auffällig vorkommen müssen,
dass Lorie bereits so viel über mich wusste. Sie wusste, welche
Waffen ich bevorzugte, meine Taktik Ziele auszuspähen, wie ich
vermied Beweise zurückzulassen und noch so viel mehr. Ich hatte
gar nicht gemerkt, was ich ihr alles erzählt hatte und bevor ich
mich versah, hatte ich schon angefangen zu plaudern. Ich konnte
es nicht erklären, aber irgendwie fühlte ich mich seltsam
verbunden mit Lorie. Sie gab mir zwar das Gefühl von Distanz

und Kälte, aber gleichzeitig hörte sie aufmerksam zu und es schien fast so, als ob sie die Informationen sorgfältig in ihrem Kopf ordnete, um mir anschliessend möglichst ausgeklügelt zu antworten. Vielleicht war es deshalb so einfach für mich, mich einer fremden Person zu öffnen. Wenn man den Gesprächs-partner nicht kannte, dann hatte man das Gefühl, als ob man jeden Moment aufstehen und gehen konnte und nie mehr ein Wort über das Ausgesprochene wechseln musste. Nur war es nicht so, denn was einmal ausgesprochen war, wurde niemals mehr vergessen.

Ich ging zu meiner Waschschüssel und wusch mir das Gesicht mit dem kalten Wasser. Eines der schönsten Gefühle, die es gab. Nach Erledigen meiner Aufträge fühlte ich mich immer so schmutzig und hatte das dringende Bedürfnis, mich zu waschen. Im Sommer war ich oftmals ans Flussufer gegangen und hatte mich dort gewaschen. Das Wasser war eiskalt, sogar im Sommer, aber es war das beste Gefühl, das ich jemals empfunden hatte. Nach der Erfrischung zog ich mich an. May hatte mir gestern Abend ein Kleid und eine Art Sandalen auf das Bett gelegt. Das Kleid bestand aus Baumwolle und hatte weder Form noch Farbe. Es war langärmlig, was angemessen war, da es im Winter kälter wurde, doch dadurch reichte es auch fast bis zum Boden. Wie konnten Frauen in so etwas rennen oder einem Mann zwischen die Beine treten? Ich warf mir das Kleid über und schnürte das Ledermieder darüber zu, welches ich vor meiner Abreise einge-packt hatte. Im Gegensatz zum Wams war es viel leichter und

hörte unter der Brust auf. Es gab meiner Figur immerhin ein bisschen Form, obwohl das Kleid ab der Hüfte wie ein Wasserfall
herunterfiel. Ich hatte wirklich überhaupt keine Kurven. Das
hatte Lorie wohl damit gemeint, als sie sagte, dass ich nicht dem
klassischen Profil entsprach, das Daphne normalerweise aus-
suchte. Anschliessend versuchte ich, den Ausschnitt mit der
Schnürung etwas zusammenzuziehen. Da ich an der Länge des
Kleids wohl nicht viel verändern konnte, liess ich es so, wie es
war, und widmete mich meinen Schuhen. Unter gar keinen
Umständen würde ich diese Sandalen anziehen. Damit sah ich
sicherlich aus, als ob ich ein Gemälde war, das gerade zum Leben
erweckt wurde. Stattdessen zog ich meine warmen Ziegenleder-
stiefel an, die zufälligerweise perfekt zu meinem Mieder passten.
Mit diesen Schuhen konnte ich locker eine Stunde rennen, ohne
Blasen an den Füssen zu bekommen, was bei Stiefeln sehr rar war.
Meine Haare wollte ich eigentlich offen lassen, aber es kam mir
bequemer vor, sie in einen lockeren Zopf zu flechten. Ich hatte
immer viel Zeit in mein Aussehen investiert, da es Teil meiner
Aufgabe war, mich aufreizend zu kleiden und den reichen
Männern und dem Adel zu gefallen. Einige Gewohnheiten änder-
ten sich wohl nie. Als ich fertig war, rüstete ich mich mit meinen
Waffen aus. Das Mieder bot nicht nur mehr Bewegungsfreiheit,
als das Wams, sondern hatte auch viel Platz, um Waffen zu verstauen. Den Dolch, den ich gestern Nacht beim Eisenschmied
gestohlen hatte, schob ich darunter. Zwei Wurfmesser, die ich
noch von May bekommen hatte, steckte ich in meine Stiefel und

meine ... nein, Atropas Misericordia fand am Oberschenkelholster unter meinem Kleid Platz. Ich wollte gerade aus der Tür treten und verkünden, dass ich bis zum Einbruch der Nacht verschwinden würde, um die Gegend auszukundschaften, als plötzlich May in mein Zimmer stürzte.

«Sie sind hier. Du musst fliehen, sofort.» Zuerst hatte ich keine Ahnung, was oder besser gesagt, wen May meinte, doch ich wusste sofort, dass es ernst war. Und wenn wir ehrlich sind, dann wusste ich, worum es ging. Ich wollte es nur nicht wahrhaben und das war ein Unterschied. Ich kramte schnell meine Sachen zusammen und steckte sie in meine Umhängetasche. May öffnete den Schrank und holte einen rotbraunen Mantel heraus, den sie mir in die Hand drückte. Ohne darüber nachzudenken, schnappte ich ihn mir und warf ihn über. Ich öffnete die Tür und spähte raus in den Gang. Niemand da. Noch nicht. Ich ging voran in Richtung Treppe und sah mich immer wieder um, um sicherzugehen, dass uns keine Überraschungen auflauerten. May blieb dicht hinter mir. Als wir an einer Holztruhe vorbeigingen, zog sie mich an meinem Mantel zurück. Ich blieb stehen, ohne mich umzudrehen. Wenn ich die Aufmerksamkeit für einen Moment verlor, dann wären wir tot. May holte einen Gegenstand aus der Kiste und ich konnte aus dem Augenwinkel erkennen, wie sie sich etwas überwarf.

«Okay, wir können weiter.», sagte sie leise und ich konnte ihrem Tonfall entnehmen, dass auch sie hoch konzentriert war. Ich drehte mich kurz um und sah May mit gespanntem Bogen und Köcher an der Hüfte. Rücken an Rücken gingen wir auf die Treppe zu. Unten angekommen, zog mich May durch einen Vorhang hindurch zu einer Hintertür.

«Du gehst und ich regle das.», sagte sie mit dem konzentrierten Ton von vorher. Sie wollte, dass ich mein Leben rettete. Sie wollte mich überzeugen, mich wie ein elender Feigling zu verhalten, doch sie wusste, dass ich niemals weglaufen würde.

«May, ich werde dich keinesfalls allein lassen. Ich weiss, was uns erwartet. Du hast keine Chance ohne meine Hilfe.», antwortete ich scharf, in der Hoffnung, dass May einsehen würde, dass sie mich brauchte. Das war der Moment der Unaufmerksamkeit. Ich hörte ein leises Pfeifen und zog instinktiv May und mich zur Seite. Zentimeter neben unseren Köpfen steckte ein Wurfmesser in der Holztür. Ich drehte den Kopf und blickte in Coniums selbstgefälliges Gesicht. Sofort fühlte ich mich schlecht. Conium war zwar eine eiskalte, überaus effektive Auftragsmörderin, allerdings nur auf Distanz. Sobald sie in einen Nahkampf verwickelt wurde, hatte sie so gut wie verloren. Sie war langsam und viel zu nervös für den Nahkampf. Man musste den Gegner ausreizen, mit ihm spielen, sich Zeit nehmen. Bis jemand aus der Geduld ausbrach und einen unüberlegten Schritt machte. Ich hatte oft mit Conium trainiert und ich wusste, dass sie das noch nie gekonnt hatte. Ich fühlte mich schlecht, weil ich wusste, dass sie im Nahkampf innerhalb von fünf Minuten tot sein würde.

«Schön, dich zu sehen. Ich würde dich ja auf eine Tasse Tee einladen, aber ich denke nicht, dass du dafür lange genug leben wirst.», sagte Conium mit eitlem Unterton und strich sich eine blonde Haarsträhne aus dem Gesicht.

«Lou, es ist an der Zeit zu gehen.», wiederholte May. Aber wir wussten beide, dass ich nicht gehen würde.

SIEBEN

Verdammt. Ich fing an, Conium so richtig zu hassen. Eigentlich war ich sogar mit ihr befreundet. Ich hatte mir mal ein Kleid von ihr geliehen, mit dem ich aussah, wie eine Prostituierte … na ja, egal. Sonst hatten wir nie viel miteinander zu tun gehabt, aber es gab keinen Grund, mir ein Messer ins Bein zu werfen. Jetzt war ich bereits an meiner Schulter und meinem Bein verletzt. Noch zwei Besucherinnen und dann würde ich ein komplettes Wrack sein. Obwohl ich zugeben musste, dass ich meine Schulter kaum noch spürte. Im Gegensatz zu Convallaria hatte Conium mein Bein voll erwischt. Ich zog das Messer raus und warf es zurück, in der Hoffnung, dass ich irgendetwas traf. Aber Conium war so flink wie eine Raubkatze.

«Du hältst sie mit Pfeilen auf Trab und ich versuche näher an sie heranzukommen.», sagte ich zu May, während ich mein Bein mit einem Fetzen eines Vorhangs verband. Ich spürte, wie das Blut immer noch durch den Stoff durchfloss, aber ich hatte im Moment keine Zeit, um etwas dagegen zu tun. Ich griff mir Atropas Misericordia und ging auf Conium los. Zur gleichen Zeit schoss May Pfeil um Pfeil ab und zwang Conium, in Bewegung zu bleiben. Die perfekte Chance für mich, von der Seite her anzugreifen. Doch ich unterschätzte wohl Coniums Rundumsicht, denn ehe ich nahe genug an sie herankam, schoss ein Messer an meinem Gesicht vorbei. Sie hatte mich immerhin verfehlt, aber ich hatte die Nachricht verstanden. Ich rollte mich zur Seite und versuchte von hinten meine Arme, um sie zu schliessen, doch auch das sah sie kommen. Ich konnte noch knapp sehen, wie May Conium zur Seite riss, während sie auf mich konzentriert war. Die beiden fielen zu Boden und fingen an, um die Oberhand zu ringen. Ich steckte meinen Dolch weg und zog Conium von May herunter. Ein nach Lavendel duftender Luftzug rauschte an mir vorbei. Dieselbe Seife, die auch ich jahrelang benutzt hatte.

«Wer ist noch auf dem Weg hierher?», fragte ich sie mit einer unangenehmen Spannung auf meinen Stimmbändern.

«Sag es mir, oder ich werde dich umbringen.», fügte ich hinzu, um bedrohlicher zu wirken. Dann spürte ich einen Druck auf meinem Bein und ein plötzlicher Schmerz breitete sich in meinem ganzen Körper aus. Wir gingen zu Boden und ich konnte Coniums Hände auf meinem Hals spüren. Sie waren von dem ganzen Blut rutschig geworden und Conium schien Schwierigkeiten zu haben, meinen Hals zuzudrücken. Seit wann wusste sie, wo man jemandem die Luft abdrückte? Sie war noch nie gut darin gewesen, die Schwächen des menschlichen Körpers auszunutzen. Sie hatte immer nur auf ihn eingeschlagen, in der Hoffnung, etwas Wichtiges zu treffen. May versuchte mir zu Hilfe zu kommen, doch ich sah verschwommen, wie sie von jemandem zurückgezogen wurde. Ob es ein Freund oder ein Feind war, war nicht zu erkennen.

«Ah, da bist du ja endlich. Ich konnte nicht auf dich warten. Die Versuchung war zu gross, die Belohnung allein einzukassieren.», sagte Conium mit süssem Unterton, ohne sich umzudrehen. Also war die neue Mitmischerin ein Feind. Ich schlug mit meinen Unterarmen von innen in Coniums Ellenbogenhöhlen und als ihr Gesicht auf meines zu raste, verpasste ich ihr mit meiner Stirn einen Schlag auf die Nase. Sie fiel nach hinten um und hielt sich die blutende Nase. Ich konnte sehen, wie das Rot in Strömen zwischen ihren Fingern durchsickerte. Hustend rappelte ich mich auf.

«Jetzt ist es immerhin ein fairer Kampf.», presste Conium sichtbar schmerzlich hervor.

«Hol dir noch zwei Kämpferinnen. Dann ist es ein fairer Kampf.», entgegnete ich und stürzte mich auf sie. Ich bekam ihren blonden Schopf zu packen und riss sie an den Haaren nach hinten.

«Wie viel hat dir Daphne für meinen Kopf geboten?», fragte ich und drückte von hinten meinen Unterarm auf ihren Hals. Jedoch so, dass sie noch auf meine Frage antworten konnte.

«Ich würde es auch ohne Bezahlung tun.» Das war ziemlich beleidigend, aber beantwortete meine Frage nicht. Ich drückte ihr die Luft fester ab, doch ich wusste, dass sie mir niemals antworten würde. Wir wurden dazu trainiert zu schweigen, ganz egal, was man uns antat. Mit einem Ruck drehte ich ihren Kopf auf die Seite und brach ihr das Genick. Ihr Körper fiel schlaff zu Boden. Ihre Augen waren geöffnet und als ich ihr in die Augen sah, wurde mir klar, wozu wir wurden. Was Daphne aus uns gemacht hatte.

Ich hatte May komplett vergessen. Sie war gerade dabei, unsere zweite Gegnerin, die ich als Elodie identifiziert hatte, mit den Beinen zu umschliessen und sie bewegungsunfähig zu machen. Ich war kurz auf die Knie gesunken und hielt mein Bein. Der Stoff vom Vorhang war nach unten gerutscht und dort, wo sich Coniums Finger in meine Verletzung gebohrt hatten, war der Stoff an der Wunde angeklebt. Das getrocknete Blut war mittlerweile dunkelrot und bedeckte mein ganzes Bein. Ich stand auf und humpelte rüber zu May. Gerade, als Elodie ihr Bein heben wollte, um May ins Gesicht zu treten, stand ich mit meinem gesunden Bein auf ihr Fussgelenk. Meine Verletzung pochte und brannte wie verrückt, aber ich durfte keine Schwäche zeigen.

«Wie viele sind auf dem Weg hierher?», fragte ich nun Elodie. Sie hatte bei dem Foltertraining nie länger als zehn Minuten durchgehalten. Ich hoffte, dass sie den Mund öffnen würde. Doch sie schwieg, also trat ich mit Anlauf auf ihr Fussgelenk ein, bis ich ein Knacken hörte. Wahrscheinlich nicht gebrochen, aber möglicherweise ausgerenkt. Elodie schrie kurz auf, doch schwieg anschliessend wieder. Wirklich bemerkenswert, wenn es um etwas Wichtiges ging, dann konnte sie doch einiges aushalten.

May griff nach Elodies Hals und drückte mit dem Daumen zu. Ich konnte nicht sagen, was genau sie da versuchte, aber sie schien genau zu wissen, was sie tat. Der Schrei, den May ihr entlockte, war wohl bis ins nächste Königreich zu hören.

«Ist gut, ist gut! Ich erzähle euch, was ihr wollt, aber hört auf damit.», flehte Elodie uns an. Ich war sprachlos. So eine Verhörtechnik hatte ich noch nie gesehen. Wir hatten den Zielen oft Finger gebrochen oder heisse Metallstäbe auf ihre Haut gedrückt, aber so etwas hatte ich nie gelernt. Wir setzten Elodie auf einen Stuhl und banden sie mit dem restlichen Stoff des Vorhangs an.

«Also, wie viele sind auf dem Weg hierher?», fragte ich erneut. Elodie lächelte uns mit einem selbstgefälligen Grinsen an. Eine ungeheure Wut brodelte tief in meinem Innern und drohte, an die Oberfläche zu gelangen. Wenn Elodie nicht bald eine Erklärung liefern würde, dann würde sie nichts mehr sagen können.

«Du hast ja keine Ahnung, was dich erwartet.», fügte sie mit erstaunlich selbstsicherer Stimme hinzu. Jetzt reichte es.

«Wie viele?», schrie ich und packte sie am Mantel.

«Alle»

In meiner ganzen Laufbahn war es nie vorgekommen, dass alle Partisaninnen ausgesandt wurden, um eine Aussteigerin auszuschalten. Die Belohnung war nie gross genug gewesen, damit es sich gelohnt hatte, sein Leben aufs Spiel zu setzen. Ausserdem war die Wahrscheinlichkeit relativ klein, dass man die Person vor allen anderen fand. Wir waren halt sehr effektiv, auch bei Verbündeten, wenn es sein musste. Was hatte Daphne ihnen wohl angeboten, dass sie nun alle auf dem Weg hierher waren? Ich war nicht naiv. Ich wusste, dass wir schnell etwas unternehmen mussten, wenn wir den nächsten Tag sehen wollten, obwohl wir mit den letzten beiden Partisaninnen Glück hatten. Doch schon wieder hatte ich mir eine Verletzung zugezogen. May hatte mir geholfen, mich auf den Tisch zu legen. Dann holte sie eine braune Flasche von der Theke.

«Das sieht nicht gut aus. Ich muss die Wunde desinfizieren und sie dann nähen.», sagte sie, als sie zurück zum Tisch kam. Ich wusste nicht, was ich auf diese Aussage antworten sollte. Ich hatte schon schlimmere Verletzungen erlitten und die heilten ohne Nähen, doch ich verstand, was May damit meinte, dass die Wunde nicht gut aussah. Sie hatte immer noch nicht aufgehört zu bluten und das Blut sah mittlerweile eher schwarz aus als rot.

«Tu es. Ich werde versuchen, mich nicht zu bewegen.», ermunterte ich sie und das hatte ich auch vor, obwohl ich wusste, dass es höllisch wehtun würde. Ich legte mich auf den Tisch und hielt mich auf beiden Seiten am Holz fest. Dann spürte ich, wie May mein Kleid dort auseinanderriss, wo die Wunde war. Ein überaus warmes Gefühl breitete sich in mir aus, als der Alkohol mein Bein traf. Allerdings wurde dieses Gefühl von einem unangenehmen Brennen begleitet. Ich krallte mich an den Tisch und presste die Zähne zusammen, um nicht zu schreien. Dann hörte ich, wie die Tür quietschend aufschwang. Sofort griff ich nach einem Messer, das noch in meinem Stiefel steckte und machte mich bereit zum Wurf, doch dann sah ich die wunderschönen dunkelblauen Augen von Lorie. Wie hatte sie gewusst, dass wir in Schwierigkeiten steckten? Hatte sie etwa wirklich den Schrei von Elodie gehört? Mein Körper entspannte sich wieder und ich steckte mein Messer zurück in den Stiefel. Lorie kam auf uns zu und schien nicht überrascht zu sein von dem Blutbad, das wir veranstaltet hatten.

«Ich bekam gerade Besuch von einer charmanten jungen Dame, die mich nach euch beiden fragte.» Uns beide? Oh nein, sie wussten bereits von May. Das würde meine Pläne wesentlich erschweren.

«Was ist passiert?», fragte Lorie nun doch mit einem etwas verwirrten Blick. Ich wollte nicht alles erklären müssen, also sah ich May in der Hoffnung an, dass sie etwas sagen würde.

«Wir hatten ein paar kleine Schwierigkeiten mit ein paar anderen jungen Damen.» Ich hätte wohl einen erstaunten

Blick aufsetzen sollen, denn Lorie sah mich mit einem merkwürdigen Gesichtsausdruck an.

«Aber das ist jetzt egal, wir müssen Lou verarzten und die Leichen wegräumen, bevor jemand etwas davon mitkriegt.» Da hatte May allerdings Recht. Ich setzte mich auf und betrachtete die ausgewaschene Wunde. Sah nicht einmal so schlecht aus. Vielleicht ein bisschen ausgefranst und tiefer, als ich erwartet hatte, aber das würde sicherlich auch ohne Nähen wieder verheilen. Lorie kam rüber, um auch einen Blick auf mein Bein zu werfen.

«Du hast recht, wir müssen sie verarzten, aber dann müsst ihr beiden sofort verschwinden. Sie suchen nach euch und ich kann euch hier nicht beschützen. Geht zurück nach Eastwood zu Iliana. Sie wird euch helfen.» Woher wusste Lorie, dass ich aus Eastwood stammte? Sie wusste zwar von Daphne und der Rebellion, doch es hätte gut sein können, dass wir unser Quartier in ein anderes Königreich verfrachtet hatten. Ich wollte gerade aufstehen und mein Zeug zusammenpacken, doch Lorie und May drückten mich wieder zurück auf den Tisch.

«So kannst du nicht gehen. Die Reise ist ohnehin schon lang und anstrengend und mit so einer Verletzung lockt ihr wilde Tiere an. Wir müssen die Wunde verschliessen.», sagte Lorie und legte mir eine Hand auf die Schulter. Da May nicht ihr Nähzeug holen ging, wusste ich, was als Nächstes kommen würde. Solch eine tiefe Wunde konnte man nicht nähen. Man musste sie mit einem heissen Stück Metall ausbrennen, damit die Blutung aufhörte. Lorie legte eines meiner Wurfmesser ins Feuer und May rannte in die Küche, um Verbandszeug zu holen. Ich legte mich hin und bereitete mich darauf vor, den Mund zu halten, um nicht zu verraten, wo wir uns befanden. Wenn eine Partisanin zu Lorie ging, um sie nach May und mir zu fragen, dann waren auch noch andere ausgeschwärmt. Es war nur eine Frage der Zeit, bis sie uns finden würden.

«Nicht schreien, es ist viel verlangt, ich weiss.», sagte May. Ich nickte ihr möglichst zuversichtlich zu. Ich wusste genau, dass die anderen schon um uns herumschwirrten. Ich konnte spüren, wie ihre Augen auf mir ruhten und ich konnte hören, wie die Klingen noch ein letztes Mal geschärft wurden. May kam mit vollen Händen zurück und legte alles auf dem Tisch ab. Ich lehnte mich zurück und verankerte wieder die Fingernägel im Tisch. May schüttete ein hellbraunes Puder über meine Wunde.

«Aus einer Wurzel, mit desinfizierender Wirkung. Das verhindert, dass die Wunde sich entzündet.» Ich legte den Kopf auf den harten Holztisch und sah in Lories Augen, die über mir schwebten.

«Bereit?», fragte sie mit entschlossener Miene.

«Ja», antwortete ich knapp, bevor meine Stimme mich verliess. Dann legte mir Lorie ein zusammengerolltes Stück Stoff zwischen die Zähne, auf das ich beissen konnte. May kam mit dem glühenden Wurfmesser in der Hand zu uns und gab es Lorie. Dann umfasste May mein Bein und hielt es fest auf den Tisch gedrückt, doch ich war entschlossen, mich keinen Millimeter zu bewegen. Ich würde meine Stärke zeigen und keinen einzigen Ton von mir geben.

Es gibt einige erstaunliche Dinge, die einem beim Schreien bewusst werden.

Man hat das Gefühl, dass es etwas bringt, aber in Wirklichkeit versucht man sich nur verzweifelt von den Schmerzen abzulenken, die einem den Verstand verdrehen. Ich wusste nicht, wie lange ich mich schreiend auf dem Tisch wand. Irgendwann wurde meine Sicht verschwommen und ich fiel in ein schwarzes Loch.

Als ich wieder aufwachte, war mein Bein verbunden und ich hatte frische Sachen an. Ein weisses Baumwollhemd, das vom selben Mieder umschlossen wurde, wie das, was ich vorhin anhatte. Eine locker fallende, schwarze Stoffhose und meine Lederstiefel. Ich war erstaunt, dass man hier Hosen hatte. Für Frauen war es normalerweise nicht üblich, Hosen anzuziehen und man wurde in der Öffentlichkeit angestarrt. Üblicherweise trugen wir Kleider, wenn wir auf unsere Zielpersonen zugingen. Nicht nur, um unauffällig zu sein, aber auch um noch verführerischer zu wirken. Meine Haare waren zu einem Zopf geflochten und meine gepackte Umhängetasche lag neben meinem Kopf auf dem Tisch. Als ich den Kopf drehte, sah ich May und Lorie, die sich unterhielten. Ich konnte nicht verstehen, was sie sagten, weil mein Kopf alle Geräusche zu dämpfen schien, aber ich hatte das Gefühl, als ob es in der Unterhaltung um mich ging. Ich versuchte, mich aufzusetzen, aber mein ganzer Körper wurde von Schmerzen durchzuckt. Stattdessen kam nur ein leises Wimmern aus mir heraus. Lorie und May umarmten sich kurz, dann kam May rüber und half mir, mich aufzusetzen. Ich rieb mir die Augen und versuchte eine klare Sicht zu bekommen, aber mein Blick wurde immer wieder neblig. Ich sah mich um. Wir waren noch immer im Speisesaal und es lagen noch immer drei Leichen auf dem Boden. Moment mal … drei Leichen? Vorher waren es doch noch zwei.

«Ihr hattet wohl noch eine unerfreuliche Begegnung mit einer jungen Dame.», stellte ich erstaunt fest. In ihrem Kopf steckte ein Metallstab, der eigentlich für die Kohle im Kamin gebraucht wurde. In Mays Gesicht hatte sich ein grosser blauer Fleck entwickelt, aber ich konnte nicht sagen, ob er vom Kampf mit Elodie stammte oder von der dritten Begegnung mit einer Partisanin. Diese Leiche kam mir nicht bekannt vor. Wahrscheinlich waren wir uns noch nie zuvor begegnet. Ich schnappte mir meine Umhängetasche und rüstete mich mit neuen Waffen aus.

«Am besten geht ihr zur Hintertür raus und verschwindet über den Hügel. Sobald ihr im Wald seid, kann euch keiner mehr sehen.», sagte Lorie schnell und schob uns zur Hintertür.

«Warte, kommst du etwa nicht mit?», fragte ich, als ob meine Frage unnötig war, da Lorie selbstverständlich ebenfalls mitkam. Nun, da die Rebellion sicherlich schon von ihr gehört hatte. Keine Ahnung wie, aber solche Informationen verbreiteten sich immer rasend schnell.

«Jemand muss hier aufräumen.», antwortete sie mit einem Lächeln und deutete auf die Leichen, die wir hinterlassen hatten. Überall war Blut und einige Dolche und Pfeile steckten noch in den Wänden der Stube. Das würde Stunden dauern. Ausserdem waren mit Sicherheit noch mehr Partisaninnen auf dem Weg und wenn Lorie hier allein zurückblieb, war sie so gut wie tot.

«Nein! Du hast keine Chance, allein zu überleben. Die wissen, wer ihr seid und dass ihr mir geholfen habt. Sie stehen sicherlich schon vor der Tür und warten nur darauf, hier hereinzustürmen und ein Massaker zu veranstalten.» Ich hatte schon von Anfang an das Gefühl, dass ich sie nicht überzeugen konnte, mit uns zu kommen, aber ich wollte es trotzdem versuchen. May und Lorie waren so nett zu mir gewesen, wie niemand zuvor. Sofort hatte ich Schuldgefühle, dass ich ihnen misstraut hatte. Lorie sah sich um und ich konnte förmlich sehen, wie der Gedanke in ihrem Kopf auf und ab ging. Wie sie abwägte und versuchte einen klaren Entschluss zu fassen, doch dann schüttelte sie langsam den Kopf.

«Ich kann nicht.», sagte sie so leise, dass ich sie kaum verstehen konnte. Ich spürte Mays Hand auf meinem Arm. Sie zog mich langsam und sanft zur Hintertür. Dabei hielt ich Kontakt mit Lories Augen und versuchte ihr möglichst viel Zeit zu verschaffen, damit sie sich noch umentscheiden konnte. Mein Bein brannte und pochte bis in die Zehen hinunter, aber der einzige Schmerz, den ich empfand, war der Emotionale, der mein Gehirn vergiftete und mich erstarren liess. Wenn ich Lorie hier zurückliess, dann würde ihr Blut an meinen Händen haften.

«Lou, wir müssen gehen.», flüsterte mir May leise ins Ohr und zog mich weiter zur Tür. Ich würde nicht ohne Lorie gehen. Ich hatte mein Leben lang zugesehen, wie Menschen dahingerafft wurden. Zuerst das Volk von Eastwood und dann all diejenigen, die ich auf Befehl umbringen musste. Obwohl es schlechte Menschen waren, konnte ich immer noch ihre Gesichter sehen. Wie die Muskeln sich entspannten und ihnen der Kopf nach unten kippte. Wie ihre Seele die sterbliche Hülle verliess. Ich werde kein einziges Gesicht mehr vergessen. Nie in meinem Leben. Ich würde nicht zulassen, dass Lories Gesicht zu einem von vielen wurde. Das Scheppern von Holz und Metall dröhnte durch den Raum. Hinter uns flog die Tür zur Gaststube auf und wir wurden sofort von einem Gefühl der Wärme umhüllt. Schwarze, lockige Haare wurden von hinten in das Gesicht der Frau geweht. Sie hatte so schöne, von der Sonne gebräunte Haut, dass wir anderen wie Leichen aussahen. Die fast schwarzen Augen erinnerten an die von Mäusen und verliehen der Frau noch mehr Schönheit, als sie ohnehin schon besass. Ihr Körper war zwar schlank und lang gezogen, aber trotzdem an den richtigen Stellen kurvig. Sie entsprach der perfekten Ausge-glichenheit des weiblichen Körpers. Nur eine einzige Person war so perfekt. Das Blut schoss in meine Beine und ich spürte, wie mein Herz anfing, schneller zu schlagen, bis es sich beinahe nur nach einem durchgehenden Schlag anfühlte. Vor uns stand die einzige Person, mit der ich beim Training immer auf ein Unent-schieden gekommen war. Diejenige, deren Stimme so süss war, dass man nie vermutet hätte, dass sie einer Mörderin gehörte.

Ich war bereit. Ich hatte meine Misericordia bereits in die Hand genommen und May hinter mich geschoben, doch plötzlich wurde ich aus meinem Fokus herausgerissen, als ein Holzbrett vor meinem Gesicht erschien. Nicht ein Holzbrett, sondern die Holztür. Lorie hatte uns nach draussen gestossen und die Tür verriegelt.

«Nein» Es war nur ein Flüstern, das ich hervorpressen konnte. Ich fing an, auf die Tür einzuschlagen und mit meinem gesunden Bein dagegen zu treten, aber sie gab nicht nach. Bevor May etwas sagen konnte, humpelte ich so schnell wie ich konnte zum Vordereingang, doch auch da wurde gerade die Tür zugeknallt. Bei jeder Bewegung pulsierte mein Bein so sehr, dass es taub wurde, doch ich ignorierte den Schmerz. Ich sah durch das kleine Fenster in der Tür nach drinnen und blickte in zwei schwarze Knopfaugen. Ich konnte den Rest des Gesichtes nicht sehen, doch die Augen lachten voller Stolz. Ich wartete darauf, dass die Tür aufsprang und mir ein Dolch in mein Herz gerammt wurde, doch es passierte nichts. Wir sahen uns einfach nur an. Ich konnte in ihren Augen erkennen, wie sie es genoss, über mir zu stehen. So war es immer in den Trainings gewesen, wenn wir realisierten, dass keine von uns die Überhand gewinnen konnte. Sie hatte immer gelächelt, als ob sie schon von Anfang an die Siegerin war, doch wir wussten beide, dass es nie eine Siegerin geben würde. Wir konnten die Bewegungen der anderen voraussehen und darauf reagieren. Wir wussten, welcher Angriff kommen würde, noch bevor es die Andere wusste. Ich konnte spüren, dass Euphorbia die Tür öffnen würde. Ich konnte sehen, wie wir mitten auf der Strasse gegeneinander kämpften und gelegentlich andere einmischten, um jemandem von uns einen Vorteil zu verschaffen. Mir war klar, dass dies der Ort war, an dem wir unsere Fehde austragen würden. Aber es geschah nichts. Wir sahen einander nur in die Augen. Dann wurde eine kleine

Metallklappe vor das Fenster geschoben, die meine Sicht verdeckte.

«Nein!», schrie ich, in der Hoffnung, dass die Tür doch noch geöffnet werden würde, doch nichts passierte. Ich schrie so lange, bis mich May an meinem Arm packte und mich in die Dunkelheit des Waldes zog.

Es fühlte sich an, als ob wir schon seit Stunden rannten … na ja humpelten. Mein Bein pochte seit dem ersten Schritt und es geschah nicht selten, dass ich so starke Schmerzen empfand, dass ich stehen bleiben musste. Ich wollte es zwar nicht zugeben, weil ich in der Rebellion immer mit meiner ausgezeichneten Schmerztoleranz angegeben hatte, aber mein Bein brannte so sehr, dass ich beinahe in Ohnmacht fiel. Die Haut um die Wunde war stramm und heiss von der Entzündung und ich hatte die starke Vermutung, dass ich die Nacht mit Fieber verbringen würde. Was aber noch mehr schmerzte, war die Tatsache, dass ich Lorie nicht retten konnte. Dieses Gefühl klebte an meiner Seele, wie der Dreck auf den Strassen von Eastwood. Ich fing schon an, ihr Gesicht zu vergessen. Ihre wunderschönen blonden Haare. Doch was ich nie vergessen würde, waren ihre Augen, die mich an den Sternenhimmel über unseren Köpfen erinnerten.

«Wir müssen möglichst weit weg von Portvillage. Bald sollten wir einen Fluss erreichen. Das wäre die perfekte Möglichkeit, unsere Spuren zu verwischen.» Und mein Bein zu kühlen. Es war zwar tagsüber warm, da die Sonne die Luft erwärmte, aber die Gewässer waren noch immer kühl und angenehm. Ich versuchte, irgendein Geräusch im Wald wahrzunehmen, aber es herrschte Stille. Kein einziges Tier war zu hören und ich bildete mir ein, dass der Wald Angst hatte, vor dem, was uns verfolgte. Es waren nicht die Partisaninnen, die mir Angst machten, sondern der Tod, der uns verfolgte und den wir nicht abschütteln konnten. Ich dachte daran, was passiert wäre, wenn ich in Eastwood geblieben wäre.

«Woher weisst du, dass wir in der Nähe eines Flusses sind?», fragte May und blieb stehen. Auch ich blieb stehen und war insgeheim froh um die Pause, da mein Bein schon wieder brannte und pochte.

«Ich höre das Wasser.», gestand ich schliesslich. Praktisch alle meiner Fähigkeiten, die ich mir während des Trainings bei Daphne angeeignet hatte, waren noch vorhanden. Ich wünschte, ich konnte sie loswerden und ich wünschte auch, dass ich nicht dauernd gezwungen werden würde, sie wieder hervorzuholen. Wir gingen langsam weiter und versuchten, trotz der offensichtlichen Abwesenheit der wilden Tiere, möglichst wenig Geräusche zu machen. So langsam konnte ich spüren, wie die Sonne sich verabschiedete. Es wurde immer kühler und wir kamen weniger oft an Sonnenstrahlen vorbei, wo der Wald nicht so dicht war. Das schien auch May zu beunruhigen, wie ich ihren schnellen Schritten entnahm. Nach einiger Zeit kamen wir an den

Fluss, wobei es eher ein Bach war, aber es würde reichen, um unsere Fussspuren zu verwischen. Wir stiegen vorsichtig in das Flussbett und bewegten uns überwiegend auf den Steinen. Das war zwar langsamer und anstrengender, lenkte mich jedoch von Lorie und meiner Verletzung ab. Das kalte Wasser umströmte meine Wunde. Es war zwar schmerzhaft, aber auch angenehm, dass das heisse Pochen von einer stechenden Kälte abgelöst wurde. Es erstaunte mich, dass May kein Wort sagte. Sie schien gut mit Lorie befreundet zu sein, aber sie hatte sich kaum verabschiedet. Abgesehen von dem kurzen Gespräch, das ich nur mitansehen, nicht aber hören konnte. Ich fühlte mich schlecht, weil ich nicht mit ihr redete, aber ich wusste nicht, womit ich anfangen sollte. Innerhalb von wenigen Tagen hatte ich mein altes Leben zurückgelassen, ging in ein anderes Königreich, hatte May und Lorie kennengelernt und musste wieder flüchten. Das Schlimmste an dieser Geschichte war, dass ich ohne die beiden nicht einen Tag allein überstanden hätte. Ich konnte mich verteidigen, aber nicht gegen Dutzende von Partisaninnen. Dies bereitete mir das schlechteste Gefühl. Ich hatte May praktisch gezwungen, mich zu begleiten. Ich war der Grund, weshalb sie ihr Leben, ihr glückliches Leben, hinter sich lassen musste. Ich war der Grund, weshalb Lorie sterben würde, wenn sie nicht schon tot war.

«Alles gut bei dir?» Ich löste mich aus meiner Starre und sah mich um. Mittlerweile war es schon beinahe dunkel geworden. Die Zeit war wie im Flug vergangen und ich hatte es kaum bemerkt. Mein Bein brannte noch immer, aber die Entzündung fühlte sich weniger schlimm an als vorhin. Vielleicht hatte ich Glück und ich würde nicht an Fieber sterben, obwohl ich bezweifelte, lange genug zu leben, um von meiner Verletzung umgebracht zu werden, aber vielleicht hatte mich auch das merkwürdige Pulver gerettet, das meine Wunde reinigen sollte.

«Ich habe nur nachgedacht.», antwortete ich knapp. Doch es war nicht die ganze Wahrheit. Bei Weitem nicht. May nickte, so als ob sie mir sagen wollte, dass auch sie nachdachte.

«Ich … es tut mir ehrlich leid, May. Ich wollte dich und Lorie nicht in solch eine Situation bringen. Ich wollte nur ein neues Leben ausserhalb von all dem. Aber-»

«Aber das kannst du nicht.», unterbrach mich May. Stille drängte sich zwischen uns, die die Last auf meinen Schultern noch beschwerte.

«Nein, das kann ich nicht. Aber ich wollte eigentlich sagen, dass ich egoistisch war. Ich habe Hilfe von dir angenommen in dem Wissen, dass sie auch dich verfolgen würden, wenn sie mich erst gefunden hatten.» May öffnete den Mund, doch ich redete einfach weiter. Die Worte schienen nun aus mir herauszusprudeln.

«Ich war eine Partisanin, eine Attentäterin, ein Mitglied der Rebellion. Ich habe Tag für Tag Menschen umgebracht, auf

Befehl der Anführerin unserer Truppe. Ich weiss, dass du das schon wusstest, da du mich zu Lorie gebracht hast; ich weiss nur nicht woher.» Es war keine Frage an May, sondern vielmehr eine Feststellung. Ich hatte noch nie ausgesprochen, was ich eigentlich war. Ich hatte mir nicht einmal selbst eingestanden, wozu mich Daphne und die Rebellion gemacht hatten. Mir wurde neun Jahre lang eingeredet, dass dieses Leben besser war als jedes, welches ich hätte führen können, doch es hat mich zerstört. Jeden Tag war ich aufgestanden und hatte die Menschen um mich herum belogen und verführt, damit sie alles taten, was ich von ihnen wollte. Ich habe für jedes meiner Ziele eine andere Rolle eingenommen, so lange bis ich vergass, wer ich wirklich war. Das Problem ging sogar über die Rebellion hinaus. Ich konnte nicht einmal erklären, wie es dazu kam, dass die neunjährige Lou als Prostituierte arbeiten musste, um Geld zu verdienen. Ich konnte nicht erklären, wer daran Schuld war, dass ich zu dem geworden war, was ich zu sein schien. Ich konnte nicht erklären, wer *ich* war.

«Ich habe als Kind einmal meine Tante in Eastwood besucht. Sie war mit einem Gelehrten verheiratet, der normalerweise arme Kinder unterrichtete. Manchmal sogar, ohne etwas dafür zu verlangen. Er wollte den Kindern einfach nur … Hoffnung geben. Einen Grund zu leben und etwas aus ihrem Leben zu machen.» Es beunruhigte mich, als Mays Stimme schwach wurde. Sie war mir bisher so stark und furchtlos vorgekommen. Sie hatte im Gasthaus tagtäglich mit furchterregenden Männern zu tun gehabt, doch sie war stets selbstsicher aufgetreten.

«Ich habe nie daran geglaubt, dass das Leben ein Geschenk ist. Ich hatte immer die Überzeugung, dass die Menschen im Himmel leben und jeden Tag jemand von irgendeinem Gott dazu verflucht wird, sein Leben als Sterblicher auf der Erde zu verbringen. Eher ein Fluch als ein Segen. Aber er, mein Onkel, hat immer an das Gute geglaubt. Eines Tages wurde ihm eine Stelle im Königshaus angeboten. Er sollte die Kinder des Königs unterrichten, jedoch nur ein paar Tage, da der eigentliche Gelehrte auf seiner Reise aufgehalten wurde. Er nahm das Angebot sofort an und war so stolz. Ich habe ihn noch nie so glücklich gesehen. Für ihn war es eine Ehre, die Kinder einer so wichtigen Person zu unterrichten. Dann, als er nach Beendigung der Lektionen auf dem Weg nach Hause war, bin ich ihm entgegengerannt und wollte ihn über alles ausfragen, was er gesehen und erlebt hatte, aber dann wurde er vor meinen Augen erstochen. Einen Dolch mitten durch die Kehle. Als mein Onkel auf dem Boden lag und nach Luft rang, drehte die Gestalt ihn auf den Rücken, um sein Gesicht zu sehen. Eine zweite Gestalt tauchte auf und die beiden fingen an zu streiten. Ich realisierte, dass sie den Falschen erwischt hatten. Das eigentliche Ziel war der Gelehrte des Königs gewesen, der aufgehalten worden war.» Ich konnte selbst in der Dunkelheit sehen, wie ihr eine Träne über die Wange lief. Auch mir hatte Mays Geschichte einen Schauer durch das Rückgrat gejagt.

«Der Punkt ist, dass ich die Partisaninnen eigentlich hassen sollte, aber die Geschichte geht noch weiter. Nachdem die eine der beiden einen so schlimmen Fehler begangen hatte, konnte ich sehen, wie noch eine Frau auftauchte. Sie bewegte sich so majestätisch und voller Selbstsicherheit, dass mir klar war, dass sie das Sagen hatte. Ohne zu zögern, zog sie ein Messer und schnitt der Frau die Kehle durch. Dann wandte sie sich der anderen zu und sagte, dass sie genauso schuld sei, wie die andere, weil sie den Fehler nicht bemerkt hatte und tötete auch sie. Da habe ich begriffen, dass nicht diejenigen die Schuld tragen, die Befehle ausführen. Wer die Marionetten an den Fäden führt, hat das Blut an den Händen.»

ACHT

Nach Mays Geschichte wusste ich nicht, was ich sagen sollte. Ich hatte zwar kein schlechtes Gewissen, da sie mir erklärt hatte, was sie über die Rebellion und die Partisaninnen dachte, aber ich wollte nicht mit ihr darüber reden, weil ich schlichtweg nicht wusste, was ich sagen sollte. Die Sonne war nun vollständig untergegangen und wir waren schon so lange im Flussbett gegangen, dass ich davon überzeugt war, unsere Spuren verwischt zu haben. Wir stiegen aus dem Fluss und schlugen im Schutz der Bäume unser Lager für die Nacht auf. May hatte eine Plane eingepackt, die wir als Unterlage benutzten. Wir wickelten uns in unsere Mäntel ein und legten uns nahe aneinander auf den Boden. Ich konnte eine Wurzel spüren, die in meine Schulter stach, doch ich hatte nicht genug Kraft übrig, um mich aufzusetzen und bequemer hinzulegen. Ich hatte es bis jetzt nicht realisiert, doch der Tag hatte alle Kraft aus meinem Körper gezehrt. Auch May konnte wohl nicht schlafen, denn ich hörte, wie sie etwas aus ihrer Tasche kramte. Kurz darauf ertönte ein vertrautes Geräusch, wie wenn Metall auf einem Schleifstein reibt. May hatte eine Klinge hervorgezogen. Ohne zu zögern, hob ich meine Hände und drückte sie an den Handgelenken auf den Boden. Dann schwang ich mich auf sie und versuchte ihr das Messer zu entreissen.

«Nicht!», sagte sie ausser Atem, doch ich hielt nicht inne. Es war ein Fehler, sie so nahe an mich heranzulassen. Kaum schloss ich meine Augen, wollte sie mir ein Messer in mein Herz jagen. Ich war jedoch erstaunt, dass sie sich kaum wehrte. Ich nahm ihr das Messer aus der Hand. Es war ein Dolch, dessen Griff mit wunderschön geschwungenen Linien verziert war. Die Klinge war so scharf, dass sie einen ohne Probleme durchdringen konnte. Ich erinnerte mich daran, dass mir Daphne beigebracht hatte, mit Dolchen umzugehen, als ich in die Rebellion aufgenommen wurde. Ich konnte schon immer gut mit Messern umgehen, aber die Waffe, die in meinen Händen am tödlichsten war, war die Kriegssense. Das war die erste Waffe gewesen, die ich jemals in den Händen gehalten hatte.

«Ich wollte dich nicht damit angreifen.», rechtfertigte sich May. Sie war immer noch ausser Atem. Vermutlich, weil ich sie mit meinem Gewicht zu Boden drückte.

«Wenn ich nicht schlafen kann, dann nehme ich mein Messer hervor und übe damit.» Das war meiner Meinung nach durchaus sinnvoll, aber ich war mir trotzdem nicht sicher, ob May die Wahrheit sagte. Weshalb sollte sie mir aber helfen zu fliehen und mir Waffen und Kleidung geben? Langsam stieg ich von ihr herunter und hielt dabei meinen Blick sorgsam auf sie gerichtet. Ich konnte in der Dunkelheit kaum ihre Augen sehen, aber ich konnte fühlen, dass von May keine Gefahr ausging. Trotzdem verbot es mir mein Gehirn dieser Fremden zu trauen. Ich sass neben ihr auf der Plane und sah das Messer in meiner Hand an. Dann nahm ich ein frisches Tuch hervor und verband meine Wunde neu. Sie war wohl aufgeplatzt, als ich auf May losging.

«Ich hätte nicht weggehen sollen.», sagte ich beiläufig, ohne eine Antwort zu erwarten.

«Wir hatten keine andere Wahl. Lorie blieb zurück, um uns die Flucht zu ermöglichen. Sie-»

«Ich meine nicht Portvillage. Ich meine Eastwood.» Diese Antwort hatte May nicht erwartet. Nicht einmal ich hatte sie erwartet.

«Convallaria, Elodie, Conuim sie hatten den Tod nicht verdient. Lorie … » Ich konnte den Satz nicht zu Ende bringen. May sah mich mit mitleidigem Blick an und ich fing an, zu hassen, was ich gesagt hatte. Ich wusste, dass Lorie May viel bedeutete und doch hatte ich ausgesprochen, was wir beide dachten. Sie war tot.

«Ich weiss nicht, was dich dazu bewegte zu gehen, aber ich weiss eines ganz genau. Du hast sehr lange darüber nachgedacht. Solch eine Entscheidung trifft man nicht leichtfertig und du siehst nicht wie jemand aus, der aufgrund einer Schnapsidee sein ganzes Leben umstellt.» Das stimmte zwar, doch ihre Worte schenkten mir keinen Trost. Der Gedanke, dass Lorie wohl einen langsamen und qualvollen Tod erlitt, drückte mir die Kehle zu und brach mir das Genick. Es war meine Schuld, meine allein.

In dieser Nacht hatte ich kaum ein Auge zugetan, obwohl ich so müde war, dass ich wohl im Stehen hätte schlafen können. Wir packten kurz vor Sonnenaufgang unsere Sachen zusammen und machten uns auf den Weg. Sofort überkam mich ein leises Schuldgefühl. Ich hatte uns unauffällig in eine andere Richtung geführt. Als ich aus Eastwood geflohen war, hatte ich mir selbst geschworen, nie mehr dorthin zurückzukehren. Das konnte ich nicht riskieren, ganz besonders nicht, da ich nun von May begleitet wurde. Ich war froh, dass sie bisher noch nichts von meinem Plan mitbekommen hatte. Sie schien sich mit vielen Dingen auszukennen, doch ich hatte vermutet, dass sie wohl noch nie in einem anderen Königreich gewesen war. Die meisten Leute hatten kein Geld, um zu reisen, und da May in einem Gasthaus arbeitete, hatte ich nicht erwartet, dass sie genug Zeit hatte, um herumzureisen. Ich hingegen war schon so viel gereist, dass ich beide Hände brauchte, um die verschiedenen Dörfer abzuzählen. Viele meiner Ziele musste ich auf der Reise abfangen oder in anderen Königreichen töten, um möglichst wenig Aufmerksamkeit zu erregen. Zudem half es, die Schuld auf andere Reiche zu schieben oder deren Sicherheitsvorkehrungen lächerlich dastehen zu lassen. Ansonsten wären wir wohl schon lange erwischt und hingerichtet worden. Ich hatte bisher nur drei Aufträge in Eastwood ausgeführt, obwohl ich streng genommen für den letzten nicht selbst verantwortlich war. Es war erstaunlich, wie wenig ich von der Welt gesehen hatte, obwohl ich so viel gereist war, dass es für mein ganzes Leben reichte.

Schon seit etwa einer Stunde hatten May und ich einander angeschwiegen. Ich konzentrierte mich darauf, mein Bein möglichst wenig zu belasten. Es schmerzte erstaunlicherweise kaum noch, doch ich wollte nicht riskieren, dass die Wunde aufplatzte. Ich fragte mich, was Lorie und May mir gegeben hatten, denn ich hatte es noch nie erlebt, dass eine Wunde so schnell heilte. Die Sonne war mittlerweile aufgegangen und wir kamen schneller voran, da wir weniger darauf achten mussten, nicht in ein Loch im Boden zu fallen. Wir kamen erneut an einem Fluss vorbei, den wir überqueren mussten. Glücklicherweise war es wärmer als gestern, was unseren Kleidern wohl beim Trocknen helfen würde. Plötzlich kamen wir an eine Stelle, an die ich mich nicht erinnerte. Es war eine steile Felswand. Sie war zwar nicht sonderlich hoch, doch der Aufstieg wäre trotzdem gefährlich gewesen. Ich sagte May, dass ich kurz nachsah, ob man die Wand nicht umgehen konnte, doch vor uns lag eine Klippe, und wieder zurückzugehen würde uns mehr als einen Tag kosten. Wir banden unser Gepäck um die Schultern und fingen an zu klettern. Ich war mit meinen Stiefeln klar im Vorteil, da sie sich besser in den Felsen verhakten. May hingegen hatte mit den glatten Sohlen ihrer Schuhe zu kämpfen. Einmal rutschte sie ab und konnte sich gerade noch an einem kleinen Felsvorsprung festhalten. Als ich oben angekommen war, legte ich schnell mein Gepäck ab und nahm May die Taschen ab. Ohne das zusätzliche Gewicht fiel es ihr leichter hochzuklettern, aber sie war trotzdem erschöpft vom harten Aufstieg.

«Machen wir kurz eine Pause? Ich will mich in der Gegend umsehen und sichergehen, dass uns niemand folgt.», sagte ich beiläufig und packte einige meiner Waffen ein. Ich wusste nicht, weshalb ich das gesagt hatte, aber irgendwie hatte ich das Gefühl, dass es May unangenehm war, erschöpft zu sein und ich wollte ihr diese Last von den Schultern nehmen. Sie nickte ausser Atem und setzte sich auf das weiche Gras. Ich steckte mir ein Wurfmesser in den Stiefel und dann ging ich los. In welche Richtung war mir in diesem Moment egal. Ich wollte nur weg und einen Moment allein sein. Ich hatte von Anfang an das Gefühl, dass ich nicht hätte gehen sollen. Ich hatte mir die Sache zwar überlegt, aber ich hätte niemals gedacht, dass ich es eines Tages tun würde. Ausserdem hatte ich gedacht, dass es mir leicht fallen würde zu gehen. Nicht einmal aus dem Grund, dass ich es in der Rebellion so hasste, sondern vielmehr, weil ich mich nach einem anderen Leben sehnte. Nach einem schönen Leben. Jetzt wusste ich, dass das etwas war, was wir niemals bekommen konnten. Es tat mir weh, diese Einsicht zu akzeptieren, aber niemand konnte den Tod schlagen. Ich wusste, dass ich niemals nach Eastwood zurückkehren konnte, wenn ich es einmal verlassen hatte. Wenn man es endlich aus der Hölle geschafft hatte, dann rannte man nicht gleich bei der nächsten Gelegenheit zurück. Ich wollte es nicht zugeben, aber erst jetzt bemerkte ich, dass ich Eastwood nie verlassen hatte. Mein Körper war zwar herumgereist, aber mein Geist hielt noch immer an meiner Heimat fest. Daphne hatte mir das schon so oft eingeprügelt, dass es keine Rolle spielte, was wir in unserem Leben taten, weil wir alle genau gleich enden würden, nämlich in einem Loch im Boden. So ein Schwachsinn. Wie machten wir diese Welt besser, indem wir *böse* Menschen umbrachten? Wie machten wir sie schlechter, indem wir *böse* Menschen am Leben liessen? Wer bestimmte überhaupt, ob diese Menschen gut oder schlecht waren? Ich hasste die adligen, privilegierten Lords und Gelehrten, aber woher wussten wir überhaupt, dass sie nicht dazu gezwungen wurden, für die Krone zu arbeiten? Es war höchste Zeit geworden, dass ich aufhörte, mir meine Meinung von anderen vorschreiben zu lassen. Es war an der Zeit, dass ich anfing, wirklich etwas zu verändern. Es war an der Zeit, die Krone zu stürzen.

~ ~

Auf dem Weg zurück zu May hatte ich realisiert, worüber ich gerade nachgedacht hatte. Den Entscheid, den König von Eastwood zu stürzen, hatte ich auf einem Feld mitten im Irgendwo infolge eines mentalen Zusammenbruchs und einer Identitätskrise getroffen. Trotzdem fand ich, dass man etwas unternehmen sollte. Selbstverständlich wollte ich nicht Daphnes Ansatz verfolgen und langsam, schleichend das Königshaus ausrotten. Dies hatte in meinen Augen noch nie Sinn ergeben, weil dieses Personal immer wieder ersetzt werden konnte. Was etwas

bewirken würde, wäre, der Schlange den Kopf abzuschlagen.
Nur stellte sich die Frage, wie ich in die Burg gelangen und bis
zum König vordringen konnte.

«Wir können von mir aus weiter.», sagte May, als ich
von meinem kleinen Ausflug zurückkam. Ich hatte keine
Ahnung, wie ich die Sache mit May regeln sollte. Wahrscheinlich
würde ich sie im nächsten sicheren Königreich absetzen und dann
leise in der Nacht verschwinden. Sie wäre sicher und könnte dort
ein neues Leben anfangen. Sich vielleicht sogar verlieben und
eine Familie gründen oder was auch immer ihr beliebte.

«In diese Richtung.», antwortete ich und ging voran.
Doch May stand nur da und sah mich an. Ich blieb stehen und
drehte mich zu ihr um.

«Was ist los?», fragte ich etwas verwirrt.

«Ich denke, dass wir zuerst miteinander reden sollten.»
May klang immer noch etwas ausser Atem, obwohl wir sicherlich
schon eine halbe Stunde rasteten.

«Worüber willst du reden?», fragte ich mit derselben
Verwirrung in der Stimme.

«Wir müssen endlich anfangen, ehrlich miteinander zu
sein.» Diese Antwort hatte ich nicht erwartet. May schien viel
über mich zu wissen, doch nun, als ich darüber nachdachte,

wusste ich nicht viel über sie. Ich legte mein Gepäck ab und setzte mich ins Gras. May tat das Gleiche und setzte sich mir gegenüber.

«Ich weiss mehr, als man mir zutrauen mag.» Ein merkwürdiger Anfang für ein Gespräch.

«Ich weiss beispielsweise, dass meine Mutter Mitglied einer Untergrundorganisation war, die versuchte das Königreich Eastwood zu stürzen, Ich weiss, dass sie alles in ihrer Macht Stehende tat, um mir eine glückliche Kindheit ermöglichen zu können und ich weiss auch, dass meine Mutter verraten wurde. Von den eigenen Reihen. Genauer gesagt von der Anführerin der Organisation.» Mir stand wortwörtlich der Mund offen. Ich hatte schon vermutet, dass May in der Vergangenheit etwas mit der Rebellion zu tun hatte, aber nicht in meinen wildesten Träumen hätte ich erahnt, dass Daphne ihre eigenen Leute verriet. Doch ich entschied zu schweigen und May ausreden zu lassen.

«Damals hat meine Mutter für Daphne gearbeitet, nachdem sie jahrelang von ihrem Ehemann geschlagen wurde. Ihr Ehemann war ein einfacher Händler aus einem anderen Königreich gewesen, der sein altes Leben aufgab, um bei der Liebe seines Lebens zu sein. Doch schon einen Tag nach der Hochzeit fing er an, meine Mutter anzuschreien und sie an den Handgelenken durch das ganze Haus zu zerren, sie im Schrank einzusperren. Bis eine Partisanin von Daphne den Mann vor den Augen meiner Mutter umbrachte. Sie wurde daraufhin von

Daphne rekrutiert und arbeitete jahrelang für sie.» May machte eine Pause und sah auf das dunkelgrüne Gras, auf dem wir sassen. Ein Windstoss erfasste ihre blonden Haare und wehte sie ihr ins Gesicht.

«Meine Mutter bekam den Auftrag, einen Berater des Königs zu töten. Es klang wie eine einfache Aufgabe, denn die Berater waren bei weitem nicht so gut beschützt, wie die Lords und Ladys. Ihre Zielperson war auf der Reise zurück nach Eastwood und ritt nur mit zwei oder drei Wächtern. Sie hatten wohl die Hoffnung, dass sie unauffällig wieder heimkehren konnten. Meine Mutter hat sie tagelang beobachtet und als der Berater einmal allein an den Fluss ging, um sich zu waschen, sah sie die perfekte Möglichkeit. Sie schlich sich an und wartete, bis er nahe genug am Wasser war, dass sie ihn ersäufen konnte, doch als er sich umdrehte und sie ihm in die Augen sehen konnte, da war sie wie versteinert. Sie hat mir damals gesagt, dass sie das Sternbild in seinen Augen sehen konnte und dass er sie angeblickt hatte, als ob sie das wunderschönste Wesen auf dieser Welt war. Es war wie in einer Liebesgeschichte. Dann ging alles den Bach runter. Wortwörtlich. Sie haben entschlossen, miteinander aus Eastwood zu fliehen und um möglichst schnell von dort zu verschwinden, gingen sie in den Fluss und schwammen möglichst weit weg. Sie fanden Unterschlupf in einem dichten Wald und verbrachten dort die Nacht zusammen. Alles schien wunderschön zu sein und meine Mutter hatte die Hoffnung, dass sie ein glückliches Leben mit dem Berater führen könnte. Am nächsten Morgen schlug die

Realität jedoch zu und sie begriff, dass sie keine Ahnung hatte, wo sie hinsollte. Sie beschlossen zusammen nach Eastwood zu gehen, damit meine Mutter ihre Sachen aus dem Höhlengewölbe holen konnte, doch dann wurde der Berater auf Befehl von Daphne von einer Partisanin umgebracht. Sie hatten alles so inszeniert, dass es aussah, als ob meine Mutter ihn umgebracht hatte. Plötzlich tauchte ein Mann auf, der behauptete, eine junge blonde Frau gesehen haben zu wollen, die sich verdächtig verhielt. Die Waffe, mit der der Berater umgebracht wurde, wurde meiner Mutter zugesteckt und somit war der Fall für die Wächter klar. Sie war gezwungen, aus Eastwood zu fliehen und fand Unterschlupf in Portvillage. Erst Wochen später bemerkte sie, dass sie ein Kind erwartete und da fängt meine Geschichte an.»

Dem Tonfall nach zu urteilen, war May an diesem Punkt der Geschichte fertig, obwohl ich davon überzeugt war, dass sie noch ein Stück weiterging. Ich wusste nicht, was ich darauf antworten sollte, denn ich konnte noch immer nicht glauben, dass Daphne ihre eigenen Leute verriet. Wir waren nicht einfach nur eine willkürlich zusammengewürfelte Gruppe von Frauen. Wir waren eine Familie. Wenn auch eine merkwürdige Familie, aber wir passten aufeinander auf und halfen einander. Aus der Rebellion auszutreten bedeutete, die Familie zu verraten. Ich hatte mich damit abgefunden, aber in Mays Geschichte sah es so aus, als ob Daphne zu ihren eigenen Zwecken ihre Familie ausliefern würde. Das konnte ich nicht glauben. Das *wollte* ich nicht glauben. Ausserdem musste Daphne noch ein Kind gewesen sein, als Mays Mutter rekrutiert worden war. Diese Geschichte kam mir also in allerlei Hinsicht merkwürdig vor. Vielleicht hatte sie May nur erfunden, damit ich endlich anfing umzudenken, was ihr selbstverständlich in die Karten gespielt hätte, da ich ihr dann alles glauben würde. Nichtsdestotrotz tat ich so, als ob ich über ihre Worte nachdachte und dann setzte ich einen Gesichtsausdruck auf, als ob ich ihr glauben würde.

Nachdem mir May die Geschichte ihrer Eltern erzählt hatte, waren wir etwas entspannter. Trotzdem lag eine Stimmung in der Luft, die ich nicht mit Worten beschreiben konnte. Es fühlte sich beinahe so an, als ob zwischen uns ein Feuer loderte, dem wir beide nicht zu nahe kommen wollten. Wir liefen weiter und sprachen ab und zu über unwichtige Dinge, wie den Gesang der Vögel und wie man die verschiedenen Vogelarten voneinander unterscheiden konnte. May hatte dieses Wissen von einer Frau, die mit ihr im Gasthaus in Portvillage arbeitete, die aber schon nach kurzer Zeit an einer mysteriösen Krankheit starb. Dann geschah etwas Seltsames. Wir kamen über einen Hügel und ich erkannte verdächtig bekannt aussehende Dinge. Ein Haus, dessen Dach mit Moos überwachsen war und keine Fenster hatte. Eine kleine Brücke, die jedes Jahr zusammenfiel und jedes Jahr wieder aufs Neue zusammengeflickt wurde. Das war nicht eine kleine, verlassene Stadt, in die ich uns geführt hatte. Es war Eastwood.

Ich konnte mir nicht erklären, wie ich mich so hatte ablenken lassen, dass ich nicht bemerkt hatte, wohin wir gingen. Ich hatte keine Ahnung, warum ich uns hierhergeführt hatte. Es war sicherlich nicht mit Absicht gewesen, denn ich wusste genau, dass ich mich nicht so schnell in diesem Königreich blicken lassen konnte. Ich war nun verbannt aus diesem Land, und zwar für immer und ewig oder bis ich einen Plan hatte, den König umzubringen. Wenn die Wächter oder Daphne mich so unvorbereitet hier erwischten, dann konnte ich mir genauso gut Atropas Misericordia ins Herz rammen. Ich sagte bewusst «wenn» und nicht «falls», denn ich wusste, dass es nur eine Frage der Zeit war, bis ich aufflog. Ich mochte gut sein in dem, was ich tat, aber ich war keinesfalls so naiv zu glauben, dass ich es mit hunderten von Wächtern, der Rebellion und Daphne aufnehmen konnte.

«Was ist los?», fragte May, die schon einige Schritte weitergegangen war.

«Ich … ich weiss nicht, wieso wir hier sind. Ich wollte uns nicht hierherführen.» Meine Stimme klang fast wie bei einem kleinen Mädchen, das sich verirrt hatte und nach Hilfe suchte.

«Ich weiss. *Ich* habe uns hergeführt.», antwortete May knapp. Ich erinnerte mich daran, wie ich gedacht hatte, dass sie nichts von meinem hinterlistigen Plan mitbekommen hatte. Ich realisierte, dass ich wohl noch nie in meinem Leben so blind und dämlich gewesen war.

«Ich muss mich wohl irgendwie … Moment mal, *was?*», schrie ich sie an. Ich wollte eigentlich nicht so harsch klingen, aber irgendwie rutschte mir der fiese Unterton raus.

«Ich habe uns hergeführt, so wie es mir meine Mutter gesagt hatte.» Ich war verwirrt. Von Anfang bis Ende.

«Deine … Lorie. Ich verstehe dich nicht, May. Ich verstehe das alles nicht. Warum hast du uns hierhergeführt? Was ist hier eigentlich los?», fragte ich mit verwirrter Miene. Dies war der geeignete Zeitpunkt, um die Wahrheit zu erzählen. Die ganze Wahrheit.

«Wir haben gewusst, dass dieser Tag einmal kommen würde. Wir wussten, dass es an der Zeit war, etwas zu ändern und als du eines Tages ins Gasthaus geschneit kamst, da wussten wir, dass wir unseren Plan umsetzten konnten.»

«Hör auf, in Rätseln zu sprechen und sag mir, was hier gerade passiert, denn ich kann es mir beim besten Willen nicht selbst zusammenreimen.», sagte ich wieder etwas zu laut.

«Ich meine Lorie und mich. Bevor wir aus Portvillage flohen, hat sie mit mir über den Plan gesprochen, an dem wir bereits seit Jahren gearbeitet hatten.» Zu sagen, dass ich sprachlos war, war die Untertreibung des Jahrhunderts. Nach dem ersten Schock schlug mir die Realität mit Anlauf in den Bauch. Ich würde für einen Plan benutzt werden? Ich liess mein Gepäck von der Schulter gleiten und kniete mich ins Gras.

«Euer Plan ist es also, das Königreich zu stürzen?» Obwohl diese Dinge nur feststellte und nicht als Frage formulieren wollte, kamen die Worte wie eine Frage aus meinem Mund. Mays Lippen verzogen sich in ein sanftes Lächeln.

«Wir werden weit darüber hinaus gehen.» Ich verstand nicht, was May meinte. Ich verstand im Allgemeinen nicht, was hier gerade passierte.

«Zuerst werden wir den König vom Thron stossen und dann Daphnes Rebellion auslöschen.»

NEUN

«Du planst, uns in die Burg einzuschleusen, das Vertrauen der Wächter und des Personals zu gewinnen und dann soll ich ein Attentat auf den König ausführen? Ist das dein Ernst?», fragte ich mit aufgerissenen Augen. Ich hatte schon zu grosse Bedenken gehabt, den königlichen Nachkommen zu töten. Wie sollte ich da den König selbst ermorden? Zugegebenermassen hatte ich beim ersten Attentat Angst gehabt, dass ich erwischt und aus Eastwood vertrieben werden würde, was ohnehin eingetreten war, aber trotzdem. Die Tatsache, dass ich in Kürze selbst ein Attentat auf den König geplant hätte, versuchte ich ebenfalls zu verdrängen. Ich war mir im Allgemeinen nicht sicher gewesen, wie ich dieses Chaos hätte lösen sollen, aber dass May mir eine Lösung auf dem Silbertablett servierte, hatte ich definitiv nicht erwartet. Was mir Sorgen bereitete, war, dass ich das Attentat nicht selbst planen würde. Bisher hatte ich mich immer auf meine *eigenen* Fähigkeiten verlassen.

«Und wie genau sollen wir in die Burg kommen?» Ich wollte Mays Plan nicht heruntermachen, aber wenn wir das tatsächlich durchziehen wollten, dann musste jedes Detail stimmen. Ich zog ihre Pläne gar nicht erst in Betracht, bevor ich mir sicher sein konnte, dass es reibungslos funktionieren würde.

«Ich habe hier eine Tante, bei der wir wohnen können, bis wir angestellt werden. Sie hat Verbindungen zum Königshaus und weiss, dass dringend ein Gelehrter und ein Dienstmädchen für eine Tochter des Königs gesucht werden. Sie kann uns die Stellen besorgen.» Lorie hatte sicherlich gewusst, dass sie eines Tages zurückkehren und Eastwood von dem diktatorischen Regime befreien würde, also hatte sie logischerweise Vorkehrungen getroffen, wie beispielsweise ihre Schwester in die Burg zu bringen, um das Vertrauen der Krone zu gewinnen. Nur, dass ich an ihrer Stelle hier stand.

«Ich bin nicht Lorie. Ich habe Eastwood gerade erst verlassen und habe mich seither kaum verändert. Sie werden mich erkennen und du wirst mit mir auffliegen. Der Strick ist bereits geknüpft.» Ich war selbst nicht überzeugt von meinen Worten, da ich mir nicht vorstellen konnte, in solch einem grossen Königreich aufgefallen zu sein, aber trotzdem hatte ich meine Bedenken. Was, wenn wir jemandem aus der Rebellion in die Arme liefen? Es waren noch mehr als genug am Leben, um uns zu verfolgen. Es würde nicht lange dauern, bis sie unsere Spur fanden.

«Sobald wir in den Mauern der Burg verschwunden sind, werden wir nichts mehr mit dem Volk zu tun haben. Alles innerhalb des Walls ist komplett vom Rest des Königreichs abgeschirmt.» Genau das hatte mich an meinen eigenen Worten zweifeln lassen. Immer wenn wir Aufträge im Inneren der Schutzmauern ausführen sollten, hatte Daphne dafür gesorgt, dass wir ohne Schwierigkeiten hineingelangten.

«Was ist, wenn jemand aus der Rebellion in der Burg einen Auftrag ausführt und mich erkennt?» Ich wollte May von ihrem Plan abbringen, doch irgendetwas sagte mir, dass sie standhaft daran festhalten würde, egal, was ich sagte. Ausserdem war dies die Gelegenheit, Eastwood umzukrempeln. Genau das hatte ich gewollt, doch nun, da die Möglichkeit zum Greifen nah war, war ich mir nicht mehr so sicher.

«Als Gelehrte wirst du ein Zimmer neben dem der Königstochter bekommen. Sie sind durch eine Verbindungstür getrennt und du kannst über einen Fenstersims aufs Dach und dann von dort aus in die ganze Burg. Wenn es dunkel ist, wird dich niemand sehen.» Sie hatten alles bis ins kleinste Detail geplant. Moment mal … ich? Eine Gelehrte? Das würde wohl unterhaltsam werden, insbesondere, da ich kein Mann war.

«Was machen wir, nachdem der König tot ist?» Ich hätte wohl eher fragen sollen, wie wir *fliehen* wollten, nachdem der König tot war, denn sobald die Krone fiel, würde auf diesem Boden ein Tumult ausbrechen.

«Die Wächter dienen dem König nicht aus freien Stücken, sondern weil sie Angst vor den Konsequenzen haben, falls sie es nicht tun. Das Volk ist stark und fest entschlossen, seine Freiheit zu erlangen. Nachdem die Krone gefallen ist, werden wir die Tore der Burg öffnen und das Volk wird die neue Regierung bilden. Eastwood wird frei sein. Während alle noch in die

Geschehnisse vertieft sind, werden wir zu Daphne gehen und die Rebellion auslöschen.» Ich konnte nichts mehr entgegenbringen, was für May ein Problem hätte darstellen können. Mir fiel nichts ein, was ich noch hätte sagen können, aber ich wollte nicht von einem Problem ins Nächste rutschen.

«Du bist eine Hexe, weisst du das?», sagte ich mit einem Lächeln im Mundwinkel. Ich wusste noch immer nicht, wie May ein spezielles Gespür für gewisse Dinge hatte. Ich hatte keine Erklärung dafür, wie sie mich von meinem Kurs abbringen konnte und uns nach Eastwood geführt hatte. Und ich hatte keine andere Erklärung dafür als Hexerei.

«So etwas wie eine Hexe gibt es nicht.», erwiderte sie mit demselben Lächeln, das ich ihr soeben geschenkt hatte. Ich hatte gerade meine Tasche vom Boden aufgehoben, da rannten zwei Jungen an uns vorbei und rempelten uns dabei an. May öffnete gerade den Mund, um etwas zu sagen, aber sie kamen uns zuvor.

«Schnell, beeilt euch. Gleich wird eine Hexe verbrannt!»

Das war zugegebenermassen ein überaus unglücklicher Zufall. Es kam oft vor, dass in Eastwood jemand bei lebendigem Leibe verbrannt wurde. Der häufigste Grund war Hexerei, aber manchmal wurden auch einfach so Leute zum Tode verurteilt, doch es war nicht das Volk, das darüber richtete, sondern der König. Das Volk tat immer so, als ob sie sich über die Hinrichtung freuen würden, damit sie nicht die nächsten waren. Wir rannten den Berg hinab und gingen auf den Treffpunkt zu, den May mit ihrer Tante vereinbart hatte. Offenbar hatte sie in einer Nacht, als ich am Schlafen war, eine Taube nach Eastwood geschickt, die eine Nachricht überbrachte. Mays Tante liess uns über einen Hintereingang in das Königreich hinein. Es war eine Art Tunnel, über den Lebensmittel nach Eastwood gebracht wurden. Er verlief unterirdisch, bis eine kleine Rampe nach oben in den Hof führte. Die Tante hatte erstaunlicherweise kaum Ähnlichkeit mit May oder Lorie. Sie hatte dunkle, struppige Haare, die zu einem losen Zopf geflochten waren. Sie war eher klein, aber dafür hatte sie breite Hüften und kräftige Arme. Ihre gebräunte Haut schimmerte im Sonnenschein und in ihrem Gesicht konnte man blasse Sommersprossen erkennen, die ihrem Gesicht eine besondere Art von Schönheit verliehen. Ihre Augen waren, im Gegensatz zu Lories, braun wie ein Stück dunkles Leder. May hatte sie im Tunnel mit dem Namen Iliana angesprochen. Ein Name, der überhaupt nicht zum Gemüt von Mays Tante passte. Iliana führte uns quer über den Hof in eine schmale Seitengasse, die ich noch nie zuvor gesehen hatte. Wir waren auf der anderen Seite der Stadt hereingekommen. Ich folgte Iliana und May still und möglichst unauffällig. Beide bewegten sich erstaunlich leise und elegant durch die engen Winkel von Eastwood. Ich konnte mir nicht alle Verzweigungen und Biegungen unseres Weges merken; falls es also zu einer Flucht kommen würde, wäre ich verloren. Ich konnte mich nicht daran erinnern, jemals in diesem Teil von Eastwood gewesen zu sein. Normalerweise blieben die Partisaninnen ohnehin in den Höhlengewölben, ausser wir führten Aufträge aus.

«Hier durch.», sagte Iliana mit einer rauen Stimme, die ich fast nicht hören konnte, weil sie schon beinahe ausser Reichweite war. Wir bogen noch einige Male ab und kamen schliesslich an die Rückwand eines Hauses, das in einem verwinkelten Quartier lag. Iliana hob ein Gitter aus dem Boden und wies uns an, ins Loch zu klettern. May ging voran und sagte mir nach kurzer Zeit, dass ich nachkommen konnte. Nachdem mein Kopf im Loch verschwunden war, legte Iliana das Gitter zurück an seinen Platz und ging langsam und entspannt um das Haus herum zum Vordereingang. Im Hausinneren war es so dunkel, dass ich fast nichts sehen konnte. Es war üblich, dass die Häuser des einfachen Volks wenige Fenster hatten, damit möglichst wenig Wärme verloren ging und weil Glas schlichtweg zu teuer war. May zündete eine Kerze an und erst im trüben warmen Licht erkannte ich, dass wir in einer Vorratskammer standen. Diese wurde wenige Augenblicke später von Iliana geöffnet und wir kamen in einen etwas grösseren Raum. Viel gab es nicht zu sehen. Eine Tür, ein einziges Fenster, eine Leiter, die zu den Betten führte, eine Feuerstelle und einen Tisch mit einer Sitzbank.

«Eure Betten sind oben. Hinter dem Haus geht ein kleiner Bach durch, wo ihr euch waschen könnt, aber geht über den Hintereingang raus und passt auf, dass euch niemand sieht.» Ich hatte keinen Hintereingang gesehen. May sprach noch ein wenig mit Iliana, während ich unser Gepäck nach oben brachte und den schweren Mantel auszog. Er war von der Reise verschmutzt und an einigen Stellen angerissen, wo ich an Sträuchern hängen geblieben war. Ich versuchte zu hören, worüber May mit Iliana sprach, aber ich konnte nichts verstehen. Wir packten unsere Sachen aus und gingen in der Dämmerung nach draussen, um uns zu waschen. Zwischendurch liefen einige der Bewohner an uns vorbei, aber wir schienen nicht aufzufallen. May bestand darauf, unsere Kleider zu waschen, und da ich todmüde war, willigte ich ein. Als ich wieder ins Haus kam, sass Iliana am Feuer und mahlte Linsen. Ein grosser Korb, randvoll mit Linsen, stand auf dem Boden neben ihrem Stuhl. Ich überlegte kurz, ob ich einfach nach oben gehen und sie in Ruhe lassen sollte, doch es kam mir unhöflich vor, nichts zu sagen. Diese Frau riskierte immerhin ihr Leben, um uns zu helfen. Ich nahm mir einen Hocker, der in der Dunkelheit versteckt in einer Ecke stand und setzte mich neben sie. Dann holte ich ein Geschirr aus dem Regal neben der Feuerstelle und fing an, die verfaulten Linsen auszusortieren. Zuerst schien Iliana überrascht zu sein, doch sie wandte schnell ihren Blick ab und setzte ihre Arbeit fort. Eine Zeit lang sprachen wir kein Wort miteinander. Es war so still, dass ich jedes Geräusch hören konnte, welches von draussen durch die dünnen Hauswände drang.

«Ich werde morgen früh in die Burg gehen, um über die offenen Stellen zu sprechen. Wenn alles nach Plan läuft, dann könnt ihr am folgenden Tag anfangen.», sagte sie etwas abwesend und doch mit präzisem Tonfall. Ich wusste nicht, was ich darauf antworten sollte, also nickte ich nur leicht. Sofort breiteten sich Schuldgefühle aus, weil ich ihr gegenüber kein Wort der Dankbarkeit ausgedrückt hatte. Iliana sah mich an, wandte aber ihren Blick ab, als ich nichts sagte.

«Ich danke dir für deine Hilfe.», brabbelte ich, um die Stille zu durchbrechen.

«Ich habe dieses Königreich satt. Es wird Zeit, dass jemand etwas unternimmt und wenn ich meinen Beitrag dazu leisten kann, dass der Kopf des Königs über den Steinboden im Hof rollt, dann werde ich das tun.» Diese Antwort hatte ich nicht erwartet. Ich wusste, dass alle insgeheim genau das dachten, aber bisher hatte ich noch nie gehört, wie es so unverblümt ausgesprochen wurde. Jedenfalls nicht von jemandem aus dem Volk. Wenn ein Wächter Ilianas Worte gehört hätte, dann könnte sie wohl ihren eigenen Strick knüpfen. Urplötzlich hörten wir, wie die Gespräche draussen lauter wurden. Füsse trampelten über den Boden und Türen wurden quietschend geöffnet. May stolperte herein, in den Händen unsere durchnässte Kleidung.

«Was ist denn los?», fragte Iliana und legte den Mörser beiseite. Ich legte ebenfalls meine Sachen zur Seite und stand auf.

«Die Hinrichtung findet gleich statt.», antwortete sie etwas ausser Atem und warf die Kleider auf den Tisch. Ich hatte die Hexenverbrennung komplett vergessen. May und ich zogen Mäntel an, die wir von Iliana bekamen, und gingen raus, um uns unauffällig umzusehen. Eine Hinrichtung war der perfekte Moment, ungesehen durch die Strassen von Eastwood zu schlendern.

Alle bewegten sich in Richtung Burgtor. Leider mussten wir ebenfalls dort entlanggehen, weil wir keine andere Möglichkeit hatten, durch die Menschenmasse zu kommen. Dabei hielten wir unsere Köpfe gesenkt, um nicht aufzufallen. Vor dem Tor war eine Art Podest aufgestellt, auf welchem sich ein Holzpflock inmitten eines Scheiterhaufens befand. Unter anderen Umständen wäre dies nichts Aussergewöhnliches gewesen, doch ich erkannte das Gesicht der Frau, die an den Pflock gefesselt war. Ihr Messer ruhte in einem Halfter an meinem Oberschenkel.

Ich hatte nie eine freundschaftliche Beziehung zu Atropa gehabt. Es war eher eine Art Respekt, da man sich in der gleichen Situation befand und trotzdem eine schwesterliche Liebe, die man füreinander empfand. Dennoch eine distanzierte Liebe. Das war möglicherweise auch der Grund dafür, dass ich nicht geweint hatte, als der Wächter mit der Fackel auf Atropa zuging. Ich weinte nicht, als er sie senkte und das Öl auf dem Holz anfing zu brennen; weil ich meine Familie nie geliebt hatte. Weil ich nie gelernt hatte, wie man liebte. Ich erinnerte mich daran, wie ich mich von ihr verabschiedet hatte, doch damals hatten wir beide gedacht, dass ich diejenige war, die zuerst sterben würde, doch hier stand ich nun. Vor dem Scheiterhaufen, auf dem ein Mitglied meiner Familie brannte und ich hatte kein Gefühl in meinem Körper, das sich aufdrängte. Kein Bedürfnis zu schreien oder sich nach vorne zu werfen, um Atropa zu retten. Ihre Schreie konnte ich durch den Schutzwall, den mein Gehirn errichtet hatte, kaum hören. Ich stand nur da und sah zu, wie das Volk jubelte und die Arme in die Luft warf.

«*Endlich* werden die Mordanschläge auf die königliche Familie ein Ende haben. Die Hexe, die für all das verantwortlich ist, ist nun tot!», las einer der Wächter aus einer Schriftrolle vor, die wohl der König verfasst hatte. Wie oft hatte der König schon solche Schriften vorlesen lassen? Wie oft hatte das Volk von Eastwood diese Reaktion schon vorgespielt? Vielleicht war es mittlerweile egal, wer für die Morde und das Leid bezahlte. Hauptsache, jemand verlor sein Leben im Gegenzug.

May hatte nach einigen Schritten bemerkt, dass ich nicht mehr hinter ihr stand. Sie konnte wohl erahnen, dass ich die Frau kannte, die gerade hingerichtet wurde, doch sie fragte mich nicht darüber aus, was ich zu schätzen wusste. Stattdessen zog sie mich sanft am Ellbogen mit. Die Gestalten zogen an meinem Blick vorbei und es kam mir so vor, als ob die Szene sich in meinem Kopf abspielte. Ich wusste genau, dass es nur meine Sicht war, die die Wirklichkeit verzerrte. Obwohl ich versuchte dagegen anzukämpfen, fing mein Gehirn an, die Situation zu realisieren und sich gegen die Realität aufzulehnen. Der weisse Schleier, der meine Sicht verdeckte, verschwand. Meine Augen sahen wieder klar. Ich hatte schon wieder jemanden verloren, der mir am Herzen lag. Ich konnte es nicht laut aussprechen. Ich konnte es mir nicht einmal selbst eingestehen, aber Atropa war die Einzige von der Rebellion gewesen, der ich etwas bedeutet hatte und nun war sie fort. Und ich hatte nichts unternommen, um ihr zu helfen. Erneut sah ich Menschen, aber keine Menschlichkeit. Diesmal jedoch nicht um mich herum, sondern in mir selbst. Das war es, wozu ich getrieben worden war. Ich hatte meine Seele verloren. Alles, was mir wichtig war, wurde in den Hintergrund geschoben. So als ob ich emotionslos dastand, befreit von jeglichem Gefühl.

Ich wurde von der Stille geweckt. Die Sonne war noch nicht aufgegangen und es herrschte komplette Stille auf den Strassen und im Haus. Dann hörte ich ein leises Rascheln und das anschliessende Quietschen der Haustür. Iliana war gegangen. May und ich kamen gestern erst spät wieder zurück. Da ich nicht mehr einschlafen konnte, ging ich nach unten und zog mich an. Iliana hatte gestern Abend frische Kleider für May und mich herausgelegt. Ich hatte zugegebenermassen noch nie so aussergewöhnliche Kleider gesehen. Von Weitem betrachtet sahen sie genau so aus, wie normale Kleider, doch bei genauerem Hinschauen fiel auf, dass sie aus zwei Teilen bestanden. Der obere Teil war aus robustem Material und doppelwandig. Perfekt, um Wurfmesser darunter zu verstecken, ohne sich bei einer falschen Bewegung selbst zu verletzen. Der Rock liess sich an der Taille abnehmen und darunter versteckten sich Hosen, die bei Weitem mehr Bewegungsfreiheit boten. Iliana hatte uns auch neue Schuhe besorgt, aber ich bevorzugte meine eigenen aus Ziegenleder. Dann befestigte ich noch mein Oberschenkelholster und steckte die Misericordia ein. Kurz nachdem ich mich fertig angezogen hatte, hörte ich oben ein Geräusch. May war ebenfalls aufgewacht und machte sich gerade daran, die Leiter herunterzuklettern, was im Halbschlaf nicht so einfach war. Auch sie hatte ein Kleid wie meines erhalten, jedoch mit Platz für eine kleine Axt am Rücken. Ich fragte mich, ob dies auch zum Plan dazugehörte und woher Iliana meine Masse kannte. May musste ihr wohl im Brief beschrieben haben, wie ich aussah. Wir assen eine Scheibe Brot und setzten uns zusammen an den Tisch.

«Willst du mir erklären, wie es jetzt weitergeht?», fragte ich, nachdem ich den letzten Rest des trockenen Brots heruntergewürgt hatte.

«Iliana sollte um den Mittag herum mit Neuigkeiten zurück sein. Ich bin fest davon überzeugt, dass sie den König überreden kann, uns einzustellen und dann werden wir morgen unsere Stellen antreten.» Die Erklärung von May klang so simpel, dabei steckte viel mehr dahinter. Es gab unzählige Stolpersteine und Gefahren, in die wir im Verlauf unseres Aufenthaltes in der Burg geraten konnten.

«Wie kannst du so sicher sein, dass wir eingestellt werden?», hakte ich nach.

«Iliana hat über die Jahre Vertrauen zur Königsfamilie aufgebaut und Verbindungen geknüpft. Wir bekommen die Stelle.» Ich wollte mir keine Sorgen machen, aber ich hatte noch nie die Leitung einer Mission jemand anderem übergeben. Es fühlte sich merkwürdig an, die Kontrolle abzugeben und sich blind auf etwas einzulassen. Ausserdem fühlte ich, dass May mir noch nicht den ganzen Plan erzählt hatte. Da ich noch nicht ganz wach war, hörte ich jedoch auf, Fragen zu stellen, und ass noch ein Stück Brot. May sagte mir nach dem Essen, dass ich als Gelehrte über einiges an Wissen verfügen musste, damit sie uns die Rolle abnehmen würden.

«Kann ich nicht einfach das Dienstmädchen spielen?», fragte ich etwas genervt und zugleich mit einem kleinen Schmunzeln im Mundwinkel, doch May sagte mir kurz und knapp, dass es von grosser Wichtigkeit war, dass ich die Gelehrte war. Wobei dieser Begriff einigermassen übertrieben war, da es Frauen in Eastwood nicht erlaubt war, sich Wissen anzueignen. Deswegen hatten May und Lorie vorgesorgt und Iliana mitgeteilt, dass sie dem König mitteilen solle, dass die Gelehrte aus einem weit entfernten Reich stamme. Scheinbar hatten sie sogar einen Brief vom dortigen König gefälscht, indem sie einen Boten auf dem Weg abgefangen und das Königssiegel kopiert hatten.

Iliana kehrte zur Mittagszeit aus der Burg zurück. Ich wusste nicht, welche Aufgabe sie dort hatte, doch ich empfand es als merkwürdig, dass es ihr erlaubt war, um diese Tageszeit nach Hause zu gehen. Normalerweise lebten die Angestellten ohnehin innerhalb der Burgmauern.

«Es läuft alles nach Plan, aber ihr sollt schon heute Abend anfangen. Ich hoffe, dass das unsere Pläne nicht zu sehr durcheinanderbringt.», berichtete uns Iliana. May sah zu mir rüber und ihre Mundwinkel verzogen sich zu einem kaum sichtbaren Lächeln. Es war also noch besser gelaufen als geplant. Es sei denn, das alles war nur inszeniert.

May und ich hatten eine Suppe gekocht und etwas Brot gebacken, welches wir schnell hinunterschlangen. Danach packten wir unsere Sachen, die wir ohnehin noch nicht ausgepackt hatten. Iliana gab mir andere Kleidung, die mich mehr nach einer Gelehrten aussehen lassen würde. Wir behielten unsere speziell gefertigten Kleider an, damit wir unsere Waffen in die Burg schmuggeln konnten. Sie würden uns zwar sicherlich durchsuchen, aber die geheimen Verstecke waren so geschickt eingenäht, dass man sie nicht finden würde. May sass neben mir am Feuer und versuchte mich auf meine Rolle vorzubereiten. Sie brachte mir die Namen der verschiedenen Königreiche bei und wer diese regierte, und plötzlich war es mir peinlich, dass ich gedacht hatte, May kenne sich nicht mit solchen Dingen aus. Dies erklärte auch, weshalb sie wusste, wo sie uns hinführte. Danach lehrte sie mir, wie man die alten Schriftzeichen gebrauchte und wie man sie las. Das war aber so kompliziert, dass ich es kaum schaffte, mir alles zu merken. Ich konnte einfachere Schriften lesen und schreiben, doch eine Gelehrte musste auch die älteren Sprachen beherrschen. Vielleicht könnte ich es irgendwie schaffen, diese Aufgabe zu umgehen. Wir sahen uns noch einige andere Dinge an, doch meine Gedanken waren schon lange zu unserem Plan herübergeglitten. Ich hatte keine Ahnung, wie wir in der Burg vorgehen würden oder wie wir unser Ziel erreichen konnten, ohne dabei bemerkt zu werden. Ich wusste nicht einmal, was geschah, nachdem wir es in die Burg geschafft hatten. Mein Herz fing an, merkwürdig zu schlagen. Die Unregelmässigkeit brachte mich unerwarteterweise aus der Fassung. Bevor ich einen klaren Gedanken fassen konnte, erfand ich eine Ausrede, um frische Luft schnappen zu gehen. May sagte mir beim Hinausgehen, dass ich vorsichtig sein solle, doch ihre Stimme klang für mich wie ein weit entferntes Echo einer Stimme, die mir schon jahrelang gesagt hatte, ich solle vorsichtig sein; Atropa.

Die Nacht brach rasch über uns herein und sie brachte nicht nur Dunkelheit, sondern auch Veränderung. In der Dämmerung sah alles friedlicher aus als tagsüber. Das Leben war beinahe verschwunden und nun konnte man endlich sehen, was Eastwood eigentlich war. Es wurde von den Bewohnern und dem König zu etwas gemacht, was es nicht verdient hatte, denn meine Heimat war kein schlechter Ort. Er war ein von Menschenhand zerstörter Ort.

Nachdem die Sonne untergegangen war, nahmen wir unsere Sachen und machten uns auf den Weg. Iliana hatte uns etwa eine Stunde zuvor gesagt, dass sie kurz etwas erledigen gehen müsse, weswegen May und ich noch etwas Zeit für uns hatten, um ein paar Dinge zu besprechen. Sie sagte mir unter anderem, dass wir Iliana im Schloss begegnen würden, aber dass wir uns nicht anmerken lassen durften, sie zu kennen.

«Sie werden uns sicherlich einige Fragen stellen. Eastwood ist immer misstrauisch gegenüber Fremden, aber wir haben für eine gute Tarnung gesorgt. Halte dich einfach an das, was wir besprochen haben.», fügte sie hinzu. May hatte mir ein paar Hintergrundinformationen erzählt, die ich hervorholen konnte, falls es die Situation verlangte. Nachdem Iliana zurückgekehrt war und uns gesagt hatte, dass wir gehen konnten, machten wir uns auf den Weg in die Burg.

Die Mauer war etwa dreimal so hoch, wie ein hochgewachsener Mann. Mich erstaunte immer wieder, dass der König nie einen Burggraben hatte ziehen lassen, wie es in anderen Königreichen üblich war. Er hatte nur zwei Wächter vor dem Tor postiert, die von weiteren Wächtern auf der Mauer unterstützt wurden. Der König hatte solch eine grosse Angst, sein Leben zu verlieren und doch tat er nichts für die Sicherheit in seiner Burg. Wahrscheinlich hatte er gedacht, dass es seine Feinde bei einem Angriff ohnehin nicht durch die gewaltigen Menschenmassen in Eastwood schaffen würden. Wir liefen langsam auf das Tor zu und blieben stehen, als einer der beiden Wächter auf uns zukam. Ich konnte sein Gesicht durch den Helm kaum erkennen, aber er schien nicht sonderlich erfreut darüber zu sein, dass zwei fremde Frauen sich der Burg näherten. Wie May es mir geraten hatte, schwieg ich.

«Wir sind die Gelehrte und das Dienstmädchen, die auf Befehl des Königs hier arbeiten sollen.», sagte sie mit unsicherer Stimme, wohl mit Absicht. Sie hatte wieder diese kindhaften Züge, wie damals in Portvillage. Sie kramte hastig einen Brief aus ihrer Tasche hervor und übergab ihn mit zittrigen Händen dem Wächter. Dieser öffnete ihn emotionslos und las den Inhalt kurz durch, bevor er ihn anschliessend dem anderen Wächter übergab. Dieser nahm wiederum ein Blatt Papier hervor und glich es mit unserem Brief ab.

«Lass sie durch.», wies er den ersten Wächter an. Er ging, ohne zu zögern, zur Seite und liess uns passieren. Das

Innere der Burg schien eine ganz andere Welt zu sein. Der Boden hatte kaum Spalten und unebene Steine. Der Marktplatz war dekoriert und in einem Halbkreis im Hof aufgestellte Stände bildeten die Balance zwischen Stein und Holz. In der Mitte prangte, wie auch ausserhalb der Mauern, ein Brunnen, dessen Fontänen fast bis zum Rand der Mauern zu reichen schienen. Es war wunderschön. Beinahe schon unverschämt schön, wenn man bedachte, wie der Rest von Eastwood aussah. Ein weiterer Wächter kam auf uns zu, der den gleichen Zettel in der Hand hielt, wie der am Tor.

«Wenn ihr mir folgen würdet.», sagte er mit ernster Stimme und führte uns in die Burg. Das zweite Tor wurde geöffnet, um uns in die gigantische Halle eintreten zu lassen. Zuerst war nicht viel zu sehen. Hier und da sah man das Dienstpersonal herum hetzen und an einigen Ecken der Burg waren Wachen postiert, die das Geschehen beobachteten. Doch je mehr man hinsah, desto mehr konnte man erkennen. Plötzlich sah man, wie Leute aus der Küche in den Speisesaal und wieder zurück in die Küche hetzten und dabei Teller und Tablets trugen. Dienstmädchen huschten unauffällig die Treppen hoch und runter und brachten schmutzige Wäsche in den Keller. Wachen marschierten auf und ab und gelegentlich sah man sogar einen Lord, der sich gerade mit einem Mädchen in seine Gemächer aufmachte. Das Einzige, das man hier nicht sah, aber am meisten erwartete, war die Königsfamilie.

Der Wächter übertrug die Verantwortung, uns in unsere Gemächer zu bringen, einem Dienstmädchen. Sie führte uns eine Wendeltreppe nach oben und einen Gang entlang. Wir liefen an vielen alten Rüstungen und Waffen vorbei und bogen nach links in einen etwas schmaleren Gang, dessen Wände mit Teppichen verziert waren. May wurde in einem Zimmer am Ende des Gangs einquartiert. Ich versuchte einen Blick in das Innere des Raums zu erhaschen, aber das Dienstmädchen schloss die Tür sofort wieder, nachdem May eingetreten war. Wir gingen den gegenüberliegenden Gang entlang in die entgegengesetzte Richtung. Schliesslich kamen wir an einer Holztür vorbei, hinter der sich eine weitere Wendeltreppe befand. Ich war erstaunt, dass wir auf dem Weg nur wenigen Bediensteten begegneten. Ich hatte erwartet, dass sich hier die Gemächer des Dienstpersonals befanden, doch dieser Teil der Burg schien beinahe leer zu sein. Hatte das etwas damit zu tun, dass der König dringend ein weiteres Dienstmädchen und einen Gelehrten brauchte? Nachdem wir oben angelangt waren, führte ein Gang zu meinem Gemach, das auf der rechten Seite lag. Durch die Fenster schien das kalte Licht des Mondes, das uns den Weg erhellte. Andere Lichtquellen gab es hier oben nicht. An der linken Wand meines Zimmers war eine Halterung für eine Kerze befestigt. Die Kerze brannte jedoch nicht, was den ganzen Raum kaltes Licht tauchte. Ich drehte mich um, um mich beim Dienstmädchen zu bedanken, aber die Tür war bereits geschlossen und die Frau war verschwunden. Ich sah mich im Raum um, obwohl es nicht viel zu sehen gab. Gegenüber der Tür gab es ein grosses Fenster mit Blick auf Eastwood. Mein Blick glitt über die Mauer hinweg. Von hier aus schien dieses Königreich gar nicht so viele Probleme zu haben, obwohl ich wusste, dass meine Augen mich täuschten. Links stand ein grosses Bett an der Wand, welches an beiden Seiten mit schweren Vorhängen geziert war. Auf der rechten Seite liess sich eine kleine Feuerstelle erahnen und daneben in der Ecke hatte man einen Tisch mit einer Waschschüssel hingestellt. In der Mitte des Raums lag ein grosser Teppich auf dem kalten Steinboden, der das Zimmer etwas freundlicher aussehen liess. Darauf stand ein Tisch mit Blumen und einer Schüssel Äpfel. Nirgendwo war eine Verbindungstür zu sehen, so wie May es mir erzählt hatte. Dieser Ort war auch sonst ungeeignet, um ein kleines Mädchen einzu-quartieren. Doch dann fiel mir ein weiterer Vorhang auf, der links neben dem Bett an der Decke befestigt war und bis zum Boden reichte. Ich zog ihn beiseite und eine Holztür kam zum Vorschein. Ich drückte den kalten Metallgriff nach unten, aber die Tür bewegte sich keinen Zentimeter. Es waren keine Geräusche zu hören, was mir sagte, dass die Königstochter noch nicht in dieses Zimmer umgezogen war, wenn sie es denn überhaupt noch tun würde. Ich legte mein Gepäck auf den Teppich neben dem Tisch und liess mich erschöpft auf das Bett fallen. Das Spiel hatte begonnen.

ZEHN

In dieser Nacht träumte ich zum ersten Mal nicht von einem Auftrag. Ich stand Atropa gegenüber, doch diesmal war ich diejenige, die auf dem Scheiterhaufen stand und Atropa beobachtete mich versteckt in der gigantischen Menschenmenge. Ich fühlte, wie sich Hitze in meinem Körper ausbreitete, doch es war nicht die Hitze eines Feuers. Es war die Hitze von Wut, die meinen Körper bis in die hinterste Ecke heimsuchte. Ich war wütend, dass Atropa nichts unternahm, um mich zu retten. Ich konnte nicht glauben, dass es niemanden gab, der sich für mich einsetzte. Es gab niemanden, der sich für mich interessierte. Ein Klopfen weckte mich aus meinen Gedanken. Zu meinem Erstaunen wurde ich langsam aus dem Traum gezogen und zurück in das kalte Zimmer geführt. Mein Schlaf wurde von einem spätabendlichen Besuch unterbrochen. Es war ein Dienstmädchen, das mir ausrichtete, ich werde morgen früh im Speisesaal erwartet. Als ich sie eintreten liess, legte sie ein Kleid und etwas zu Essen auf den kleinen Tisch in der Mitte des Raums. Ich bedankte mich bei der Frau und öffnete ihr die Tür. Ich hatte nicht erwartet, dass eine Gelehrte hier so freundlich behandelt wurde. Nicht weil ich eine Fremde war, sondern vielmehr, weil ich eine Frau war. Es war in jedem Königreich bekannt, dass Eastwood Frauen verabscheute. Sogar die Königstöchter wurden weggeschickt, wenn sie das 18. Lebensjahr antraten. Der König zeigte sich wohl gezwungenermassen gastfreundlich. Zum ersten Mal fragte ich mich ernsthaft, warum der König so dringend Ersatz für seinen ehemaligen Gelehrten brauchte.

Die Sonne war noch nicht aufgegangen, aber ich stand trotzdem auf und sah mir die Kleider an, die der König bringen liess. Es war ein schlichtes braunes Kleid, das bis knapp über den Boden reichte. Die Taille wurde von einem aus Leder geflochtenen Gürtel betont, aber sonst schmeichelte die Form des Kleids der weiblichen Figur nicht sonderlich. Ich zog es an, ersetzte aber den Ledergürtel durch mein Wams. May und ich hatten ausgemacht, dass wir unsere Waffen heute noch bei uns tragen würden, da während unserer Abwesenheit sicherlich die Zimmer durchsucht werden würden. Verzweifelt suchte ich nach etwas, womit ich meine zerzausten Haare bändigen konnte. Neben der Wasch-schüssel fand ich einen Kamm aus Holz, der mit Schnitzereien verziert war. Der Kamm würde die Knoten in meinem Haar wohl eher herausreissen, als dass er sie lösen würde, aber ich hatte keine andere Wahl. Ich setzte mich vor die Feuerstelle, die ich gestern angezündet hatte und in der die glühende Kohle leicht flimmerte. Nach einer halben Ewigkeit waren meine Haare glatt genug, damit ich sie in einem Knoten zusammenbinden konnte. Ein paar kleine Strähnen drehte ich zu Zöpfen, die ich um den Rest meiner Haare wickelte. Die Frisur, die eine Gelehrte tragen würde. Die Sonne erhellte mein Zimmer und machte Eastwood freundlicher. Naiverweise dachte ich, dass meine Sicht bis ins nächste Königreich reichen würde, aber das Glas, das mich vom belebenden Morgenwind trennte, verzerrte die Landschaft. Ich hatte noch nicht oft Glas gesehen. In den Höhlen hatten wir sowieso keine Fenster und die Häuser des Volks von Eastwood hatten nur schmale Schlitze, durch die das Licht hereinfiel. Deswegen hatten wir oft grosse Feuerstellen, die Wärme spendeten. Hier bei den Wohlhabenden war Glas etwas Selbstverständliches. Ich schob den Riegel am Fensterrahmen zur Seite und die Fenster öffneten sich wie die Flügel eines Schmetterlings. Eine kalte Brise zog durch mein Zimmer und brachte die rote Farbe in der Kohle der Feuerstelle wieder zurück. An der Burgmauer sah ich einen Vorsprung, etwa einen Meter unterhalb meines Fensters. Nach links schien ich nirgendwo hinzukommen, da dort das Zimmer der Königstochter war. Rechts konnte ich jedoch mit etwas Geschicklichkeit auf das Dach klettern und schnell verschwinden, falls es einmal nötig sein sollte. Ich lehnte mich noch weiter aus dem Fenster und versuchte einen Weg nach unten zu finden, aber es gab keine Möglichkeit sicher nach unten zu klettern. Ich müsste mir also etwas anderes einfallen lassen, falls ich in Schwierigkeiten geraten würde. Aus der Ferne hörte ich ein leises Klopfen an der Holztür. Ich schloss rasch die Fenster und verriegelte sie mit dem kleinen Metallteil, das ein leises Quietschen verursachte, als ich es herüberschob. Dann strich ich mein Kleid glatt und ging zur Tür, um sie zu öffnen. Es war das gleiche Dienstmädchen, das mich gestern schon in meine Gemächer geführt hatte. Sie hielt einen Korb in der Hand, der nicht besonders schwer zu sein schien, da sie ihn nur mit einem Arm an ihre Hüfte drückte. Die Frau machte eine Geste, um mir zu zeigen, dass ich ihr folgen solle, also zog ich schnell meine Stiefel an und trat zur Tür hinaus. Die Gegend schien lebhafter zu werden, als wir die zwei Wendeltreppen hinuntergestiegen waren. Wir bogen durch die Gänge und durchschritten ein paar Durchgänge, bis wir in eine grosse Halle kamen, in dessen Mitte ein langer Tisch stand. Er war mit so vielen Gedecken bedeckt, dass ich keine Zeit gehabt hätte, sie zu zählen, selbst wenn ich eine Stunde so dastand, wie jetzt. An einem Ende des Tischs sass ein alter Mann mit einem weissen Bart, der den Hals knapp bedeckte. Zu seiner Rechten und Linken scharte sich das Dienstpersonal und auch einige Wächter, die auf den Stühlen neben dem König Platz nahmen. Auf der gegenüberliegenden Seite des Tischs war ein Mantel über den Stuhl gehängt. Ich hatte das Gefühl, dass dort jemand sitzen sollte, jedoch kurzfristig abwesend war und man deshalb spontan einen Mantel hingehängt hatte, damit der Raum nicht ganz so leer wirkte. Dabei wusste ich genau, dass da eigentlich die Königin von Eastwood sitzen sollte, wenn sie nicht schon vor Jahren aus diesem Königreich geflüchtet wäre.

«Ah, ich habe Sie bereits erwartet. Bitte setzen Sie sich doch.», sagte der König mit einer einladenden Geste. Ich überlegte kurz, ob ich mich umdrehen und sichergehen sollte, dass er wirklich zu mir sprach, denn ich war noch nie von einer so bedeutenden Person höflich angesprochen worden. Dann erinnerte ich mich aber an meine Rolle, also ging ich langsam auf den Tisch zu und setzte mich irgendwo in die Mitte. May hatte mir nicht gesagt, wo man als Gelehrte üblicherweise sass, aber ich versuchte mir meine Unwissenheit nicht anmerken zu lassen. Da mich niemand zurechtwies, ging ich davon aus, dass ich die Etikette gewahrt hatte oder dass sich niemand dafür interessierte, wo ich sass.

«Ich habe Sie hergebeten, weil ich mit Ihnen einige Dinge bezüglich der Erziehung meiner Tochter klären möchte.» Der König kam also gleich zur Sache. Bevor ich etwas darauf antworten konnte, flog die Tür zum Speisesaal auf und May wurde von einem Dienstmädchen, das ich bisher noch nicht gesehen hatte, hineinbegleitet. Sie setzte sich mir gegenüber hin und kaum hatte sie den Stuhl zurechtgerückt, kam auch schon das Küchenpersonal herein, das unser Essen auftischte. Sie servierten uns einen Getreidebrei und eine Schüssel mit verschiedenen Traubensorten. Die Gläser wurden mit einem dunkelroten Wein gefüllt, in dem ich mich spiegelte. Ich hatte noch nicht oft Wein getrunken, da dies eines der Luxusgüter war, an die man als normaler Bürger nicht herankam.

«Ich möchte, dass meine Tochter in den grundlegenden Dingen unterrichtet wird. Ihr Wissen sollte jedoch nicht zu sehr wachsen, wenn Sie verstehen, was ich meine. Es ist nicht nötig, dass sie lernt, sich über etwas eine Meinung zu bilden. Die simplen Dinge wie lesen und schreiben sollten genügen.» Ich ballte meine Faust um den Stoff meines Rockes, damit ich dem König vor Wut nicht ins Gesicht schlug. Mir war bewusst, dass ich solche Anweisungen bekommen würde und doch war ich schockiert von der Art, wie er die Worte aussprach.

«Nun zu dir.», fuhr er mit einem Blick zu May fort.

«Die Dienstmädchen wurden bereits angewiesen, dir alles zu lehren, was du wissen musst. Du kannst gleich nach dem Essen anfangen, in der Waschküche zu arbeiten, und den Rest wirst du wohl innerhalb einer Woche gelernt haben.» Damit war das Thema für Ihre Majestät wohl abgeschlossen, denn er hob seinen Kelch an den Mund und widmete sich seinen Wächtern. May und ich assen schnell auf und entschuldigten uns anschliessend, damit der König die wichtigen Dinge mit seinen Wächtern besprechen konnte, jetzt, da wir nicht mehr zuhörten.

Als sich unsere Wege trennten, hatte mir May einen Zettel in die Hand gedrückt. So unauffällig wie möglich verschwand ich in einem Schatten und faltete das Papier auf. May hatte mir einen Treffpunkt genannt, an dem wir uns bei Sonnenuntergang treffen würden. Ich ging kurz auf mein Zimmer, um meine Sachen abzuholen, die ich für das «Unterrichten» brauchen würde. Iliana hatte mir eine Tasche mitgegeben, in der sich einige Bücher, Papier und ein Kohlestift befanden. Ich hatte keine Ahnung, was ich genau damit anstellen sollte, aber irgendetwas würde mir wohl einfallen. Dann wurde ich von einem Dienstmädchen in die Küche gebracht, um das Dienstpersonal kennenzulernen. Wobei kennenlernen wohl etwas übertrieben war, da mir nicht einmal die Namen gesagt wurden. Ich konnte May nirgendwo sehen, aber dann fiel mir ein, dass der König sie in die Waschküche verbannt hatte. Das Dienstmädchen führte mich einen verlassenen Gang entlang zu den Stallungen und ich sah die perfekte Möglichkeit, um eine Freundschaft zu knüpfen. May hatte mir eingebläut, dass es von grösster Wichtigkeit war, einen Freund zu gewinnen, damit unser Plan aufging. Weshalb das so wichtig war, hatte sie mir jedoch noch nicht verraten.

«Mein Name ist Lou.», sagte ich und drehte der Frau meinen Oberkörper zu, um ihr zu zeigen, dass ich gerne mit ihr sprechen wollte. Sie blieb nicht stehen und wurde auch nicht langsamer und ich dachte kurz, dass sie mich vielleicht nicht gehört hatte. Dann kam aber doch eine Antwort von ihr.

«Sarah» Eine zugegebenermassen sehr kurze Antwort, aber dennoch ein erster Schritt des Kennenlernens.

«Wo gehen wir hin?», fragte ich, um das Gespräch aufrechtzuerhalten. Obwohl sie mir schon gesagt hatte, wo wir als Nächstes hingehen würden, sprach ich diese Frage aus. Nicht zuletzt, weil mir nichts anderes in den Sinn kam, worüber ich hätte sprechen können, aber auch weil ich wusste, dass Dienstmädchen nicht über wichtige Dinge sprechen durften. Als Dienstmädchen bekamen sie natürlich allerlei Dinge mit, die hinter verschlossenen Türen besprochen wurden. Vielleicht war es ja von besonderem Nutzen, wenn ich solch eine Freundin gewinnen konnte.

«Als Nächstes gehen wir in die Stallungen und dann zu den Wächtern in den Trainingshof.», antwortete sie leise. Ich fragte mich, ob sie befürchtete, dass dies ein gemeiner Trick des Königs war, um die Loyalität des Personals zu testen. In dieser Hinsicht verstand Eastwood etwas vom Regieren. Der König schaukelte das Volk ständig gegeneinander auf und brachte sein Personal dazu, niemandem etwas anzuvertrauen, damit es keiner schaffte hinter seinem Rücken einen Putsch zu planen. Nur, dass sein Plan überall Löcher aufwies. Er führte öffentliche Hinrichtungen von angeblichen Unruhestiftern aus, nur um zu zeigen, dass er jeden noch so gewitzten Auflehnungsversuch aufdecken konnte. Dabei gab es hinter seinem Rücken überall versteckte Untergrundorganisationen, die das Königshaus infiltrierten und Sabotageakte durchführten. Bisher hatte man es meist geschafft, alles zu vertuschen, aber das würde sich bald ändern.

«Wie lange lebst du schon in Eastwood?» Dumme Frage, zu persönlich.

«Seit meiner Geburt.» Das hätte ich mir denken können. Welchen Grund gab es sonst, nach Eastwood zu kommen. Dieser Boden war wie ein Strudel. Wenn man Eastwood betrat, dann konnte man es nicht mehr verlassen; wenn man hineingeboren wurde, dann hat man es noch schwieriger.

Als wir bei den Stallungen ankamen, blickten uns alle mit grossen, neugierigen Augen an. Die Arbeit wurde niedergelegt und uns wurde hinterher gegafft, als wir an den Ställen vorbeimarschierten, um in den Hof zu gelangen. Einer der Männer fiel mir auf. Sein Gesicht wurde teilweise von dunklen, zerzausten Haaren bedeckt und er hatte sich in einer schattigen Ecke versteckt. Ich konnte ihn nicht richtig erkennen, aber er sah so aus, als ob er uns tiefgründiger beobachten würde. Seine Augen waren nur zwei schwarze Löcher, in denen kein Leben vorhanden zu sein schien. Seine Körperhaltung war gerade und starr, aber trotzdem schien er bereit zu sein, auf eine Gefahr loszugehen, um sie aus dem Weg zu räumen. Die Ausbildung seiner Muskeln verriet mir, dass er für den Kampf trainiert war. Obwohl sein Körperbau nicht sehr robust wirkte, war einem klar, dass man diesen Mann nicht unterschätzen sollte. Ich hielt es nicht länger aus, in diese zwei dunklen Abgründe zu blicken, also wandte ich mich von ihm ab und ging brav weiter.

«Etwas Schönes entdeckt?» Sarahs Frage warf mich buchstäblich aus der Bahn. Ich stolperte über ein Werkzeug, das von Stroh bedeckt war und konnte mich gerade noch fangen, bevor ich mit dem Gesicht voran in einen Heuhaufen fiel.

«Was?», presste ich hervor, während ich mein Kleid ausschüttelte.

«Nichts.» Die Tür zum Hof schwang auf und ich musste mich beherrschen, nicht schon wieder zu stolpern. Der ganze Hof war gefüllt mit Männern, die mit Schwertern aufeinander einschlugen und mit Holzschildern die Angriffe abwehrten. Körper schlugen zu Boden und ich hatte sogar das Gefühl, das Knacken von Knochen zu hören. Ein Schauder lief mir über den Rücken, als sah, was der König innerhalb der Mauern aufbaute. Auf Befehl bildeten die Soldaten blitzschnell eine Angriffsformation. Diese Armee wurde nicht geschaffen, um Eastwood zu verteidigen, sondern um die anderen Königreiche zu zerstören. Ich versuchte mir nicht anmerken zu lassen, wie schockiert ich war, was offenbar nicht so gut gelang, wie ich es gehofft hatte, da Sarah mich mit einem misstrauischen Blick betrachtete. Ich konnte nicht genau identifi-zieren, was sie versuchte mir mitzuteilen, aber ich wusste, dass sie das Gleiche dachte, wie ich. Niemals im Leben hatte der König sie angewiesen, mir seine Armee zu zeigen.

Als wir am Zimmer der Königstochter angekommen waren, herrschte das Chaos. Auf dem Weg hatte ich versucht, Sarah näherzukommen und ein bisschen etwas über sie herauszu-finden, aber die meiste Zeit über schwieg sie oder antwortete nur kurz oder knapp, bis auf ein paar sarkastische Seitenhiebe, wie den Kommentar über den Schatten, den ich im Stall angestarrt hatte. Ich hatte nichts über sie herausgefunden, das mir half, eine persönliche Beziehung aufbauen zu können. Für den Anfang musste es mir reichen, dass ich es geschafft hatte, ihr ein paar wenige Wörter zu entlocken. Um uns herum rannten Kammerzofen und Dienstmädchen hin und her und trugen die verschiedensten Gegenstände in das neue Zimmer der Königstochter. Ich konnte sie zuerst nicht sehen, doch dann fiel mir ein kleines Mädchen auf, das am Fenster sass und auf das Königreich blickte, von dem sie wusste, dass es nie ihres sein würde.

«Hallo», sagte ich aus einer angemessenen Distanz, um sie nicht zu erschrecken. Doch sie zeigte keine Reaktion auf meine Begrüssung. Ich ging vor ihr in die Hocke, so dass sie mich aus dem Augenwinkel sehen konnte.

«Ich heisse Lou. Verrätst du mir deinen Namen?» Hauchte ich sanft, sodass es die anderen Anwesenden im Raum nicht hören konnten. Kurz fragte ich mich, ob das Mädchen mich überhaupt hören konnte. Sie schien sich in irgendwelche Gedanken vertieft zu haben. Ich versuchte zu sehen, worauf ihre Augen so fixiert waren, und mir wurde klar, dass es nicht das Königreich war, das sie mit staunenden Augen betrachtete. Es war der königliche Garten. Als sie meinen Blick bemerkte, hob sie ihren Kopf und sah in die weite Landschaft hinaus. Ich stand wieder auf und drehte ihr den Rücken zu.

«Falls du das Bedürfnis hast, mir Gesellschaft zu leisten, dann findest du mich dort unten.», sagte ich und nickte in Richtung Hof, wo das Tor zum Garten stand. Dann ging ich auf die Tür des Zimmers zu, ohne mich umzudrehen. Kurz dachte ich, dass mein Plan nicht funktioniert hatte, bis ich leise Schritte hörte, die mir folgten.

Meiner Ansicht nach war der Garten nichts Besonderes. Es gab viele verschiedene Blumen, doch ich hatte die meisten ihrer Namen schon lange vergessen. Meine Eltern hatten ein paar Felder, die sie bestellten und ab und zu wuchsen Blumen während der Zeit, in der mein Vater den Boden ruhen lassen wollte. Er hatte mir immer gesagt, dass die Blumen der Dank der Erde seien, dass wir ihm eine Pause gönnten. In Wirklichkeit hatte meine Mutter Blumensamen besorgt und ausgestreut, um mir eine Freude zu bereiten. Schon als Kind wurde ich angelogen und obwohl es getan wurde, um mir eine Freude zu machen, verurteilte ich meine Eltern dafür.

«Das ist eine Goldrose.», hörte ich eine Kinderstimme hinter mir sagen. Das Mädchen trat näher an den Teich heran, vor dem ich stehen geblieben war, und zeigte auf etwas Glänzendes im Wasser.

«Jedes Jahr blüht eine neue Blume unter Wasser. Die Dauer ihrer Blütezeit verrät uns, wie glücklich sie in ihrer Heimat ist.», fügte sie hinzu und scheinbar war mir das Staunen ins Gesicht geschrieben, denn beim Anblick meines offenen Munds trat die Andeutung eines Lächelns in das Gesicht der Königstochter.

«Und wie lange blüht diese Goldrose hier schon?», fragte ich und sah dabei in den Teich.

«Hier blühen Goldrosen nie länger als einen Tag.»

Wir streiften weiter durch den Garten und ich war erstaunt, wie viel das Mädchen über die Blumen und die anderen Pflanzen wusste. Sie verriet mir jedes noch so kleine Detail über die Pflege der Pflanzen, ihre Wirkung bis hin zu der Bedeutung des Namens. Als wir an einem grossen Baum mit lilafarbigen Blüten stehen blieben, sagte mir das Mädchen, dass sie schon viele Jahre hierherkam, aber noch immer nicht herausgefunden hatte, was das für eine Pflanze war.

«Ich dachte immer, dass es ein Baum sei, aber jetzt bin ich mir nicht mehr so sicher. Die blau-lila Blüten erinnern an-»

«Blauen Regen.», beendete ich den Satz. Das Mädchen sah mich mit grossen Augen an. Ihre Augen hatten beinahe die gleiche Farbe wie die Blüten des Baumes, der vor uns stand.

«Weisst du etwa, was das für ein Baum ist?», bohrte sie neugierig nach. Ich nickte langsam und ging auf den Baum zu. Die Blüten hingen von den Ästen herab und reichten teilweise bis zum Boden. Ich streckte die Hand aus, um mit den Fingern durch die zarten Blüten zu streichen, dann erinnerte ich mich daran, dass ich diese Pflanze nicht berühren konnte.

«Das ist eine der wenigen Pflanzen, die ich kenne.»,
sagte ich verträumt, zu verträumt. Das Mädchen blieb ausserhalb
des Blumenvorhangs stehen und sah sich den Baum von oben bis
unten an.

«Wie heisst der Baum denn?» Der Name lag mir auf der
Zunge und wartete darauf, ausgesprochen zu werden. Ich war
mir nur noch nicht sicher, ob ich das zulassen wollte, doch die
neugierigen Kinderaugen, die mich erwartungsvoll ansahen,
überzeugten mich schliesslich.

«Wisteria»

ELF

«Kiana!», drang der Ruf einer männlichen Stimme zu uns durch. Ich erkannte sie. Es war die Stimme des Königs. Das Mädchen drehte sich abrupt um und blieb wie versteinert stehen.

«Wie oft habe ich dir schon eingebläut, dass du hier nicht herumspazieren darfst.», spuckte er dem kleinen Mädchen entgegen und sofort meldete sich mein Beschützerinstinkt. Dann wurde mir jedoch klar, dass ich den König nicht einfach so anschnauzen durfte, also versuchte ich ihm mit ruhiger Stimme entgegenzutreten.

«Euere Majestät, es ist mein Fehler. Ich wusste nicht, dass es verboten ist, den Garten zu betreten. Ich wollte mit dem Studium der Pflanzen anfangen, bevor wir zur Literatur übergehen.», entgegnete ich und trat dichter neben das Mädchen, das der König mit dem Namen Kiana angesprochen hatte.

«Auf ein Wort, Gelehrte.», sagte der König und drehte sich von uns weg. Ich legte meine Hand an Kianas Rücken und schob sie nach vorne, um ihr zu signalisieren, dass sie zurück in die Burg gehen solle. Nachdem sie in Begleitung eines Wächters verschwunden war, wandte der König sein Wort an mich.

«Ich habe mich heute Morgen möglicherweise nicht klar genug ausgedrückt. Ich habe Sie angewiesen, dem Kind nicht mehr beizubringen, als es benötigt, um zu überleben.» Obwohl seine Worte neutral waren, konnte ich die Wut heraushören, die in ihnen mitschwang.

«Ich dachte, dass das Studium der Pflanzen für das Leben nützlich sein könnte. Zumal ihre Tochter sich dafür zu interessieren scheint.», versuchte ich möglichst sachlich zu antworten und presste den Stoff meines Kleids zusammen, um meinen Zorn unter Kontrolle zu halten. Ich sah vor meinem geistigen Auge, wie der König die Worte schrieb, die bei Atropas Hinrichtung verlesen wurden. Wie er mit einem breiten Grinsen im Gesicht am Tisch sass und die Lügen eine nach der anderen auf das Papier kratzte. Ich konnte fühlen, wie der Schweiss aus jeder noch so kleinen Pore meines Körpers drang und das Kleid durchnässte, das an meinem Oberkörper klebte. Mein Herzschlag beschleunigte sich und ich atmete tief durch, um meinen Körper wieder unter Kontrolle zu bringen. Es war mir egal, dass er Atropa getötet hatte. Wir waren nicht befreundet gewesen. Wir hatten uns nur gekannt und die Tatsache, dass sie mir geholfen hatte, indem sie mir ihre Misericordia schenkte, bedeutete nichts. Es war eine unbedeutende Geste, die ich bald vergessen würde.

«Ich interessiere mich nicht dafür, was das Kind interessiert. Ich will, dass es schreiben und lesen lernt und bei Bedarf, wie es gehorcht. Unnötiges wird vom heutigen Tag an aus dem Lehrplan gestrichen. Ist das so klarer ausgedrückt?», warf mir der König entgegen. Von wegen König. Wohl eher eine feige Ratte, die es nicht ertragen könnte, wenn die eigene Tochter über mehr Wissen verfügte als er. Er, der sich davor fürchtete, dass ein Kind ihn eines Tages vom Thron stürzen würde, wenn es sich genug gebildet hatte. Doch er hatte zwei Dinge ausser Acht gelassen. Zum einen, dass Kiana schon jetzt über mehr Weisheit verfügte, als sie der König jemals erlangen konnte, und zum anderen, dass er sich vor anderen fürchten sollte.

«Wie ihre Majestät wünscht.» Mit diesen Worten hatte ich meine Gnade für heute ausgeschöpft. Ich ignorierte die Regeln der Höflichkeit und stolzierte davon.

In meinen Gemächern angelangt legte ich mich kurz auf das Bett und plötzlich überrollte mich das Bedürfnis, mich zusammenzurollen und zu schlafen. Ich wusste, dass es Vieles gab, worüber ich mir Gedanken machen musste. Meine Mündigkeit würde diese Dinge nicht einfach vertreiben, so sehr ich es mir auch wünschte. Angeschlagen stiess ich mich von den weichen Kissen ab und ging durch das Zimmer. Ich öffnete den Schrank, den ich zuerst nicht gesehen hatte, weil er direkt neben der Tür stand und so unscheinbar aussah, dass man meinen könnte, er gehöre zur Wand. Im Schrank sah ich verschiedene Dinge, von denen ich teilweise nicht wusste, wofür man sie brauchte und ob sie überhaupt für mich bestimmt waren oder ob sie die letzte Person in diesem Zimmer zurückgelassen hatte. Ich sah einige Tücher und ein Stück Seife. Auf dem Boden des Schrankes war ein schönes Paar Schuhe mit hohen Absätzen hingestellt worden. Ich sah sie mir genau an und versuchte hineinzuschlüpfen, aber sie waren etwas zu klein und quetschten meine Zehen zusammen. Ich stellte die Schuhe wieder zurück in den Schrank und mein Blick fiel auf ein blaues Kleid, das ganz am rechten Rand des Schrankes hing. Es war mit silbernen Fäden verziert und hatte einen Schlitz, der etwa bis zur Mitte meines Oberschenkels reichte. Das Kleid wurde am Rücken von dünnen Schnüren zusammengehalten, die sich um den Körper schlängelten. Ich fragte mich, ob das Kleid für mich in den Schrank gelegt wurde und wenn ja, wann ich es anziehen sollte. Die anderen Kleidungs-stücke, die man mir gebracht hatte, waren schlicht gehalten. Ein Nachthemd aus weisser Baumwolle, das mir bis knapp über die Knie reichte und einen dunkelgrünen Mantel mit Kapuze mit einer goldenen Schnalle. Ich schloss den Schrank und ging zum kleinen Tisch, um etwas zu essen, da sich der Tag langsam der Mittagszeit zuneigte. Plötzlich hörte ich ein Kratzen an der Verbindungstür zum Zimmer von Kiana. Ich griff nach der nächstbesten Waffe, die mir in die Hand kam, was blöderweise die Vase mit den Blumen war. Kiana kam hereingestürzt und blieb abrupt stehen. Das Lächeln, das ihr ins Gesicht gemalt war, wurde noch breiter, als sie mich sah.

«Du willst mich doch nicht etwa mit den Regenbogen-mondglöckchen schlagen, oder?», fragte sie und ein kleiner Lacher rutschte in ihre Worte hinein.

«Mit den was?», sagte ich verwirrt und sah die Blumen in meiner Hand an.

«Mit den Regenbogenmondglöckchen. Die Blumen, die du in der Hand hältst. Man kann sie nicht so gut als Waffe brauchen, weil ihre Stängel zu weich sind.» Bei diesen Worten zogen sich auch meine Mundwinkel hoch. Ich stellte die Blumen zurück in die Vase und setzte mich auf das Bett. Kiana liess sich mir gegenüber in die Kissen fallen und lachte, als sie bemerkte, dass sie darin versank.

«Danke, dass du mich vorhin gerettet hast.», sagte sie zwischen ihrem Gelächter. Ich hielt es für erstaunlich, wie schnell sich ihre Laune geändert hatte. Hatte ich sie schon davon überzeugt, dass sie mir vertrauen konnte? Ich wusste nicht, was ich darauf antworten sollte, also sagte ich nichts.

«Wir sollten jetzt mit dem Unterricht anfangen, bevor der König zurückkommt und uns mit den Regenbogenmondglöckchen die Köpfe einprügelt.», durchbrach ich die Stille.

«Alle bereiten sich auf das Fest vor. Wir sollten uns auch waschen und anziehen.», entgegnete sie auf meinen Vorschlag.

«Welches Fest?» Ich zog die Augenbrauen hoch und versuchte Kiana aus den Kissen auszugraben, während ich sprach.

«Heute wird in der Burg ein Fest veranstaltet, wie fast jeden Tag. Es wird erwartet, dass wir hingehen.» Ich konnte die feine Stimme durch die Kissen hindurch kaum verstehen.

«Von mir sicherlich nicht. Das Personal wird nicht zu solchen Veranstaltungen eingeladen.», sagte ich ernst, damit Kiana aufhörte, auf meinem Bett herumzuspringen. Meine Worte waren wohl effektiver, als ich gedacht hatte, denn sie sprang auf den Boden und stolperte auf meinen Schrank zu. Dann stellte sie sich auf die Zehenspitzen und öffnete die Schranktüren.

«Du hast ein Kleid, also bist du auch eingeladen. Und jetzt ab in die Badewanne.» Es war ironisch, dass Kiana mir diesen Befehl erteilte, da sie diejenige war, die ein Bad nötig hatte. Ihre Beine waren von der Erde verdreckt, die sie im Garten aufgesammelt hatte. Ich stellte die Waschschüssel auf den Boden und kniete mich vor Kianas zierlichen Beinen hin. Dann fing ich an, den Schmutz von ihrer Haut zu schrubben. Während ich auch die Arme und das Gesicht von Kiana wusch, sagte sie, dass sie sich wie eine schmutzige Karotte fühlte, die gleich gehackt und gekocht werden würde. Nachdem der Schmutz abgewaschen war, bürstete ich ihre blonden Haare und knüpfte sie zu einer Frisur, die die weichen Kanten ihres Gesichts betonte. Dann nahm ich ein Regenbogenmondglöckchen aus der Vase und steckte sie in ihre Haare. Die verschiedenen Farben der Blüten leuchteten im Sonnenschein, der durch das Fenster in mein Zimmer schien. Ich schickte das Energiebündel rüber in ihr Zimmer, damit sie ein

Kleid aussuchen konnte. Währenddessen nahm ich mir ein Tuch und befeuchtete es mit dem Wasser aus der Waschschüssel. Ich rieb mir damit über das Gesicht und versuchte die Wut abzuwaschen, die noch an meinem Gesicht klebte, doch ich wusste, dass ich es nicht schaffen würde, egal, wie fest ich schrubbte. Das Kleid in meinem Schrank war schwieriger zu entwirren als meine Haare heute Morgen. Erstaunlicherweise schmiegte sich der Stoff perfekt an meinen Körper, im Gegensatz zu den Schuhen, die ich mit unentschlossener Miene anstarrte. Ich überlegte, ob es schlimm wäre, wenn ich mit meinen Stiefeln auf das Fest gehen würde. Gerade als ich mich in die unbequemen Schuhe zwängen wollte, klopfte es leise an der Tür.

«Lou, ich bin es. Mach schnell auf.», drang eine Stimme durch das dünne Holz, die ich sofort erkannte. Ich öffnete rasch und zog May am Arm herein. Dann schloss ich die Tür und schob den Riegel beiseite.

«Ich dachte, wir wollten uns erst bei Sonnenuntergang treffen. Was ist los?», fragte ich und zog May weg von der Tür.

«Das Fest macht uns einen Strich durch die Rechnung. Wir müssen jetzt miteinander sprechen.», antwortete sie ausser Atem, als ob sie die Treppe hochgerannt war. Ich befürchtete, dass Kiana jeden Moment hereingeschneit kam, doch vielleicht würde sie mit der Auswahl ihrer Kleidung noch eine Zeit lang beschäftigt sein.

«Es läuft doch alles nach Plan, oder?», fragte ich mit ungewollt besorgter Miene.

«Mein Kontakt in der Waschküche hat mir gesagt, dass es möglicherweise versteckte Spione in den Reihen des Dienstpersonals gibt, die uns ins Spiel funken könnten, aber das sollte kein Problem werden. Wir müssen uns jedoch beeilen. Iliana hat mir ausrichten lassen, dass wir den Plan vor Abreise der Truppen durchziehen müssen, weil der König den Angriff anders geplant hat, als wir gedacht hatten.» Ein Schauer ging durch meinen Rücken bis runter in die Füsse. Sofort fiel mir die Armee ein, die ich heute Morgen gesehen hatte.

«Der Angriff war doch eigentlich nicht einmal Teil unseres Plans. Was hat sich geändert?», fragte ich verwirrt. Ursprünglich wollten wir nur ein Attentat auf den König verüben und ihn damit vom Thron stürzen. Dann hatten wir aber erfahren, dass der König einen grossen Angriff auf ein anderes Königreich plante, was zu einem Gegenangriff führen würde, durch den Eastwood überrollt werden könnte.

«Der König fängt an durchzudrehen.», sagte May kopfschüttelnd.

«Er hat so grosse Angst um sein Leben, aber er tut scheinbar alles dafür, dass Eastwood nicht einen Monat mehr übersteht. Das Volk wird so stark strapaziert wie noch nie. Bauern müssen ihre ganze Ernte abgeben und dann selbst verhungern. Der König stürzt unser Land ins Chaos und es gibt kein Aufhalten mehr. Er denkt, die einzige Möglichkeit, Eastwood zu retten, ist ein Überfall auf ein anderes Königreich, um dessen Reichtümer an sich zu reissen.» Ich konnte nicht verstehen, warum der König sich das einredete. Eastwood war zwar nicht so arm und schutzlos wie andere Königreiche, aber es war keinesfalls so mächtig wie grössere Städte.

«Lou! Ich brauche Hilfe!», rief Kiana aus ihrem Zimmer. May und ich bewegten uns rasch zur Tür.

«Mach dir nicht zu grosse Sorgen, ich habe vielleicht einen Weg gefunden, wie wir den Angriff verhindern können. Du solltest aber wachsam sein.», riet mir May, während sie die Tür öffnete.

«Was für einen Weg?», fragte ich misstrauisch.

«Wohl eher eine Person, kein Weg. Überlass alles mir.», antwortete May und sah mich mit zuversichtlichem Blick an.

«Lou! Ich kann mein Kleid nicht zumachen!», drängte Kiana.

«Wir schaffen das schon. Morgen treffen wir uns wieder in der Waschküche und besprechen alles. Ich werde heute Abend servieren und mich unauffällig unter das Personal mischen. Wir sollten Ausschau nach einem Verräter halten. Wenn du einen findest, dann schalte ihn aus, und zwar schnell und unauffällig.» Die Zuversicht in May sollte auf mich abfärben, aber ich wusste, dass wir nicht mehr viel Zeit hatten. Wenn der König durchdrehte, dann konnte unser Plan innerhalb eines Wimpernschlags beendet werden. Ich öffnete vorsichtig die Tür zum Gang und liess May hinaus.

Ich hatte noch nie so etwas Langweiliges erlebt wie dieses Fest. Selbst das Verführen von Lords und anderen Dienern des Königshauses wäre angenehmer gewesen, als hier herumzustehen und mich mit den Gelehrten anderer Königskinder zu unterhalten. Einer von ihnen konnte einfach nicht aufhören, über Politik zu sprechen. Er erzählte mir von Monarchien, die heute noch existierten und funktionierten, jedenfalls seiner Meinung nach. Ausserdem zeigte er mir sehr klar, dass er nichts von Demokratie hielt oder allgemein davon, dass das Volk etwas zu sagen hatte. Offenbar waren wir für die soziale Oberschicht eine Art lästiger Dreck, den man loswerden musste, aber gleichzeitig brauchte. Ich stahl mich bei der erstbesten Gelegenheit davon und versteckte mich hinter einem Vorhang, der in einen kleinen Nebenraum führte, in dem die verschiedensten Dinge aufbewahrt wurden. Ich sah antike Vasen, die von Blumen überquollen, silberne Platten, auf denen Getränke serviert wurden. Dabei fiel mir ein, dass ich May bisher noch nirgendwo gesehen hatte. Aus dem

Augenwinkel bemerkte ich eine Bewegung und sofort sprangen meine Überlebensinstinkte in den Vordergrund. Ich fragte mich, ob es Daphne persönlich war, die mir auflauerte. Das wäre vielleicht nicht einmal so schlecht gewesen, da ich sie so endlich zur Rede hätte stellen können, doch es war nicht Daphne. Es waren dieselben toten Augen, die mich schon in den Stallungen ins Visier genommen hatten. Ich schüttelte meine Erstarrung ab und richtete meinen Rücken auf. Innerlich hoffte ich, dass der Mann mein auffälliges Verhalten nicht bemerkt hatte.

«Oh … es tut mir leid. Ich wusste nicht, dass Ihr hier seid. Ich werde sofort wieder gehen und Euch allein lassen.», stammelte ich vor mich hin und spielte etwas Angst vor, damit der Mann meine Reaktion als Furcht und nicht als Kampfbereitschaft interpretierte.

«Halt» Es war nur das eine Wort, das aus dem Mund des Fremden drang, doch es erschauderte mich bis ins Mark. Seine Stimme klang zwar warm und freundlich, aber sein Tonfall hatte etwas Spezielles, etwas Grausames, das ich nicht genauer beschreiben konnte. Ich blieb stehen, drehte mich aber nicht um, damit er meinen Blick nicht analysieren konnte. Seine schweren Stiefel kratzten über den Boden und ich fühlte, dass er langsam auf mich zukam. Ich wartete darauf, dass mich eine Hand berührte oder dass er erneut etwas sagte, aber es kam nichts. Das Einzige, was ich fühlen konnte, war ein heisser Atem, der meinen Hals wärmte und mich gleichzeitig mit Kälte überschüttete. Ich hielt es nicht länger aus, nur dazustehen und mich nicht zu bewegen. Ich musste von hier weg, sofort. Der Blick des Mannes durchbohrte meine Seele und ich befürchtete, dass er bereits alle meine Geheimnisse kannte, obwohl ich sie mit allen Mitteln versuchte zu verbergen. Ich zählte innerlich auf drei und dann lief ich langsam los. Zuerst beugte ich nur meinen Oberkörper leicht nach vorne. Dann schleifte ich einen Fuss über den Boden. Dann den anderen, bis sich meine Beine schliesslich in Bewegung setzten. Da ich keinen Widerspruch vom Mann hörte, ging ich weiter, bis sich der Vorhang hinter mir wieder schloss. War ich gerade aufgeflogen?

Ich musste nicht lange suchen, bis ich die königliche Familie gefunden hatte. Sie standen alle beieinander, wie die Tiere um ihre Beute. Ich war allerdings erstaunt, wie ähnlich sie einander sahen. Alle hatten blonde Haare und braune bis grüne Augen. Diese hatten sie wohl von ihrer Mutter, da der König blaue Augen hatte. Komischerweise sahen alle so aus, als ob sie sich genau so sehr langweilen würden wie ich. Bis auf Kiana, die hüpfend auf mich zurannte. Ich liess meinen Blick zum König herübergleiten, der auf der anderen Seite des Raums stand und mich missmutig anblickte. Offenbar gefiel es ihm nicht, dass seine Tochter sich in meiner Gegenwart wohlfühlte. Ich ging vor Kiana in die Hocke, damit wir auf Augenhöhe waren. Was offen gesagt schwieriger war als gedacht, da ich zum einen hohe Schuhe trug und zum anderen darauf achten musste, dass mein Kleid nicht ... na ja ... zu viel entblösste.

«Tanz mit mir», forderte Kiana mit ihrer süssen Stimme. Ich sah sie mit grossen Augen an.

«Wir können nicht tanzen. Das Essen beginnt gleich und es tanzt sonst niemand.», antwortete ich verantwortungsvoll, obwohl ich im Geheimen dachte, dass es diesen steifen Adligen guttun würde, einmal quer durch den Raum zu trampeln.

«Ist doch egal. Jemand muss ja anfangen zu tanzen. Bitteee», sagte Kiana voller Energie. Das ergab durchaus Sinn, aber ich konnte es mir trotzdem nicht leisten, den König noch mehr zu verärgern.

«Hör zu, ich-» Bevor ich Kiana zur Vernunft bringen konnte, riss sie mich schon an der Hand mit.

«Komm schon, es wird dir gefallen!» Ich wäre beinahe auf die Nase gefallen, doch ich konnte mich noch halbwegs elegant retten. Als ob uns die Musiker verspotten wollten, spielten sie plötzlich eine heitere und schwungvolle Melodie, die mich an die grossen Sommerfeste erinnerte, die ich zu Zeiten meiner Kindheit erlebt hatte. Man hatte mitten auf dem Marktplatz getanzt und den Rock herumgeschwungen, während man sich mit fremden Leuten eingehakt hatte. Genau das tat Kiana gerade mit mir und dann passierte etwas, was ich niemals erwartet hätte. Die Menge scharte sich um uns herum und betrachtete uns zunächst mit fragendem Blick, doch dann stieg einer nach dem anderen in unseren Tanz ein. Zuerst diejenigen, die nicht aus Eastwood stammten und dann sogar die Einheimischen. Sofort lockerte sich die Stimmung und selbst ich konnte meinen Bewegungen freien Lauf lassen. Alle zusammen tanzten wir quer durch den Ballsaal und die Musik wurde immer schneller und wilder. Als Aussenstehender hätte man sich wohl über das seltsame Verhalten auf diesem Fest gewundert, da unsere Kleidung überhaupt nicht zu dem passte, was wir taten, doch in diesem Moment war das egal.

«Bin gleich wieder da.», rief Kiana mir zu, während sie vorbeihüpfte. Im Augenwinkel sah ich, wie sie beim Vorbeitanzen einen ihrer Brüder am Arm mitriss und da fiel mir eine Gestalt auf, die sich in der Ecke mit einem der Dienstmädchen unterhielt. Das Lächeln auf meinen Lippen wurde sofort weggewaschen. Das Dienstmädchen war nicht irgendjemand, sondern May und die Gestalt im Schatten war die gleiche, die mir vorhin im Nebenraum begegnet war.

Ich blieb wie angewurzelt stehen und verursachte einen Zusammenstoss von etwa fünf Lords und Ladys, die mein abruptes Anhalten nicht vorausgesehen hatten. Ich trat schnell aus dem Weg und ging näher an May und den Unbekannten heran, um sie besser sehen zu können. Sie schienen über etwas zu streiten, doch ich konnte nicht entziffern, worum es ging. Dann schickte der Mann May mit einer abweisenden Handbewegung weg und sah daraufhin genau in meine Richtung. Ich drehte mich schnell weg und tat so, als ob ich einer Unterhaltung zuhörte. Was hatte ihm May erzählt? Als ich mich kurz umdrehte, traf mein Blick den des Mannes und ich konnte nicht glauben, was ich sah. War das ein Lächeln, das sich über seinen Mund zog? Ich wollte noch einen Moment länger darüber nachdenken, was gerade passiert war, doch ich wurde wieder von Kiana mitgerissen, die mittlerweile eine Schlange von Menschen gesammelt hatte und hinter sich herzog. Mein Blick glitt noch ein letztes Mal zum Schatten in der Ecke zurück. Er lächelte noch immer.

ZWÖLF

Tatsächlich gab es zu den Ereignissen des gestrigen Abends nichts mehr zu sagen. Nicht, weil nichts mehr passiert war, aber vielmehr, weil ich nicht daran gewöhnt war, Wein zu trinken und mich hatte mitreissen lassen, da alle anderen einen Kelch nach dem anderen an die Lippen stürzten. Mein Kopf fühlte sich an, als ob er fünf Stunden lang umhergeschleudert und anschliessend verprügelt worden wäre. Ich lag im Bett und überlegte, ob es auffallen würde, wenn ich nicht zum Unterricht erschien, doch dann trat meine Vernunft in den Vordergrund. Ich musste aufstehen und am Plan weiterarbeiten. Uns blieb schliesslich weniger Zeit, als wir erwartet hatten. Ich stand rasch auf, was nebenbei bemerkt ein grosser Fehler war, und ging hinüber zur Waschschüssel, um mein Gesicht zu waschen. Im Nachhinein muss ich zugeben, dass es keine gute Idee war, mein Gesicht mit eiskaltem Wasser zu waschen. Es fühlte sich an, als ob ich gleich sterben würde. Das Pulsieren in meinem Kopf wurde noch viel härter und schien nicht mehr aufzuhören. Ich ging rüber zu meinem Schrank, um mich anzuziehen und als ich am Tisch vorbeilief, fiel mir auf, wie sehr ich das Verlangen nach einem Schluck Wasser hatte. Das Einzige, das ich aber zur Auswahl hatte, war Wein. Schon beim blossen Anblick des Krugs drehte sich mein Magen. Ich drehte mich weg und beschloss, mich später um dieses Problem zu kümmern, denn ich hatte noch ganz andere Probleme, die mir einfielen, nun da ich wieder einigermassen klar denken konnte. Was hatte May dem Mann über mich erzählt und warum hatte er daraufhin gelächelt?

Ich hatte etwa doppelt so lange gebraucht, um mich anzuziehen, als sonst. Vielleicht lag es daran, dass ich das Kleid zuerst verkehrt angezogen und es erst bemerkt hatte, als ich die Schnürung nicht fand. Heute stand die erste Literaturlektion auf dem Plan, den ich aufgestellt hatte. Gleich nach dem Messerschleifen, das ich versäumte, da ich damit beschäftigt war, meinen Rausch auszuschlafen. Ich steckte meine stumpfen Messer in die Stiefel und ging auf die Verbindungstür zu Kianas Gemächern zu. Als ich sie öffnete, war ich erstaunt, Kiana auf dem Boden sitzend zu finden. Sie las in einem Buch, auf dessen Vorderseite verschiedene Blumen abgebildet waren, was mich wiederum nicht erstaunte.

«Guten Morgen», sagte ich etwas heiser, da der Wein meinen Hals betäubt hatte.

«Du siehst furchtbar aus.» Nicht gerade schmeichelhaft. Ich setzte mich neben Kiana auf den Boden und sah ihr über die Schulter. Das Buch enthielt komplizierte Wörter und Skizzen von Blumen mit handschriftlichen Kommentaren. Weshalb sollte ich Kiana das Lesen beibringen, wenn sie es schon besser beherrschte als ich?

«Hast du das etwa geschrieben?», fragte ich mit grossem Erstaunen.

«Ich arbeite schon seit Jahren daran. Ich notiere mir jede Pflanze, die ich hier im Garten sehe und schreibe etwas über ihr Wachstum und ihre sonstigen Merkmale auf.» Dieses Mädchen war wahrscheinlich noch keine zehn Jahre alt und verfügte bereits über ein grösseres Wissen, als ich es mir je aneignen konnte. Offensichtlich hatte sie keine Probleme damit, sich selbst alles beizubringen, was sie wissen wollte. Ich sah zu, wie sie eine neue Seite aufschlug und den Titel auf das Papier schrieb.

«Wisteria, was bedeutet das eigentlich?», fragte mich Kiana und legte ihren Stift zur Seite.

«Ich weiss es nicht.» Gelogen. Ich wusste es ganz genau, aber es kam mir falsch vor, ein so unschuldiges, junges Mädchen mit solchen Dingen zu verderben. Ich war etwa so alt wie Kiana gewesen, als mich Daphne in die Rebellion aufgenommen hatte. Ich konnte mich nicht mehr genau an die Zeit erinnern, als ich unbeschwert und unschuldig war. Vielleicht hatte es sie nie gegeben. Ich würde alles dafür tun, dass Kiana nicht wie ich werden würde und ich wusste auch ganz genau, wie ich das erreichen konnte, nämlich indem ich unseren Plan ausführte und Eastwood endlich von jeglicher tyrannischen Herrschaft befreite. Doch nun, da May hinter meinem Rücken zu handeln schien, musste ich mir möglicherweise einen neuen Plan einfallen lassen.

Die Waschküche war staubig und dunkel. Ein merkwürdiger Geruch hatte sich ausgebreitet. Eine Mischung aus Seife, Rattenkadavern und frisch gewaschener Wäsche. May stand in einer Ecke, die von aufgehängten Tüchern verdeckt war. Ich ging unauffällig zu ihr hinüber und vermied Blickkontakt mit den anderen Dienstmädchen. Ich sah Sarah, wie sie ein weisses Tuch in einem Waschbecken schrubbte. Der Schweiss lief ihr über die Stirn, obwohl es im Keller kalt war.

«Morgen wird es erneut ein Fest geben. Du musst Kontakt mit jemandem aus der Burg aufnehmen und sein Vertrauen gewinnen. Am Fest wirst du dich unbemerkt davonschleichen können, während alle am Feiern sind. Wir müssen jetzt jemanden finden, der uns bei unserem Plan hilft. Der König wird in ein paar Tagen abreisen, um mit einem anderen Königreich zu verhandeln. Einen besseren Moment wird es nicht geben, da die Truppen kurze Zeit später losmarschieren werden.» Mays Worte jagten mir einen Schauer durch das Rückgrat. Wir hatten geplant, mehrere Wochen lang das Vertrauen zum Burgpersonal aufzubauen, bevor wir uns entschieden, wen wir in unser Vorhaben einweihen wollten. Jetzt wurden daraus Tage. Ich wollte sie eigentlich darauf ansprechen, was sie gestern mit diesem Mann besprochen hatte, aber es schien mir sinnvoller, mir nicht anmerken zu lassen, dass ich Verdacht schöpfte. May hatte mich gestern nur kurz gesehen und vielleicht nicht bemerkt, dass ich die beiden entdeckt hatte. Wenn sie mir nun doch in den Rücken fallen wollte, würde ich sie nicht vorwarnen.

«Ich habe zu wenig Zeit gehabt, um zu jemandem Vertrauen aufzubauen. Ich habe das Gefühl, dass uns jeder in dieser Burg verraten wird, aus Angst selbst ins Visier zu geraten und den Zorn der Krone zu provozieren.», antwortete ich wahrheitsgemäss.

«Ich weiss, dass es schwierig ist, so kurzfristig eine Entscheidung zu treffen, aber wir müssen jetzt handeln.» Mays Tonfall sagte mir, dass unser Plan ohne diese zusätzliche Person nicht funktionieren würde. Vorausgesetzt, ich würde mich nicht doch noch dazu entscheiden, einen eigenen Plan durchzusetzen.

«Hier, das hat mir Iliana für dich gegeben.», sagte May und zog einen Dolch aus ihrem Rock. Er hatte einen Griff aus Holz und schwarzem Stein und seine Klinge war hell und dunkel marmoriert.

«Kannst du ihr meinen Dank ausrichten?»

«Selbstverständlich» Ich hatte Iliana um einen Dolch gebeten, da ich die Misericordia nicht mehr benutzen konnte. Mir war bewusst, dass ich mir über diese Sache noch nicht viele Gedanken gemacht hatte, aber ich konnte nicht darüber nachdenken, weil mich sofort ein Schwall von Wut und Trauer überwältigen würde. Wir konnten uns keine Ablenkung erlauben oder alles würde ins Chaos stürzen.

Ich war zu meinem Zimmer zurückgekehrt und brachte Kiana gerade bei, wie man Gedichte beim Lesen richtig betonte. May hatte mir in der letzten Nacht bei Iliana Gedichte vorgelesen und mir erklärt, wie man sie richtig las.

«Das Vorlesen ist entscheidend für die Wirkung des Gedichtes, weil du ihm mit deiner Stimme etwas verleihen kannst, das mit Worten nicht ausdrückbar ist.», erklärte ich, doch ich merkte, dass Kiana mit ihren Gedanken ganz an einem anderen Ort war. Ich liess sie das Gedicht vorlesen, korrigierte hier und da ein paar Betonungsfehler und gab ihr das nächste Gedicht. Wir fuhren so weiter, bis die Sonne schlief und der Mond aufgestanden war. Der weisse Schein drang durch das Fenster in meinem Gemach und erhellte das Gedicht, das Kiana in der Hand hielt. Es handelte von einem Mann, der so starke Liebe für eine Frau empfand, dass er seine Seele dem Teufel verkaufte, um noch stärkere Liebe empfinden zu können. Die Natur des Menschen. Er war nie zufrieden mit dem, was ihm vom Leben geschenkt wurde. Er wollte immer mehr und nahm dabei keine Rücksicht auf die Gefühle anderer Menschen.

«Warum hat der Mann das getan, wenn er die Frau ohnehin schon geliebt hat?», fragte Kiana berechtigterweise. Es war mir peinlich, ihr zu antworten, weil ich die Antwort nicht wusste, doch Kiana würde sich nicht zufriedengeben, wenn ich nichts auf ihre Frage erwiderte.

«Liebe ist stärker als jedes andere Gefühl auf dieser Welt. Sogar stärker als Hass. Menschen tun Dinge aus Liebe, weil sie von diesem Gefühl geblendet werden. Liebe kann auch Zerstörung verursachen, wenn man aus egoistischen Motiven sein eigenes Ziel verfolgt, weil man verliebt ist in die Macht, die es einem beschert oder weil man das Geld liebt, dass man dadurch bekommt.» Es war eine aufrichtige Antwort, die ich Kiana vorgesetzt hatte und sie auszusprechen tat mehr weh, als von einem Pfeil aufgespiesst zu werden. Ich glaubte tatsächlich daran, dass Liebe Menschen zu unglaublichen Dingen bewegen konnte. Sowohl dazu, die Liebe seines Lebens zu retten, als auch alles dafür zu tun, um sein eigenes Leben zu retten. Denn was die Menschen sich nicht eingestehen wollten, das war die Verliebtheit in das eigene Leben.

«Aber warum ist das dann Liebe, wenn sie nicht zu Glück führt? Ich finde nicht, dass Liebe so sein sollte.»

«Deswegen hat der Autor dieses Gedicht geschrieben. Um die Menschen daran zu erinnern, was Liebe tun sollte, und nicht, wozu sie die Menschen missbrauchen. So und jetzt geh ins Bett, das war genug Poesie für einen Abend.», sagte ich mit sanfter Stimme und einem Schmunzeln im Gesicht. Es freute mich, dass Kiana die Liebe als etwas Gutes sah. Sie, die niemals die Liebe eines Vaters gespürt hatte. Ich wünschte mir, dass sie für immer dieses Bild der Liebe behalten würde.

Ein Geräusch riss mich aus meinem Schlaf. Metall, das auf den Steinboden traf. Als ich die Augen aufschlug, bewegte sich die Silhouette eines Mannes in mein Blickfeld. Nur ein Traum. Das war es, was ich mir einzureden versuchte. Ich erkannte den Albtraum daran, dass ich das Gesicht des Mannes nicht fokussieren konnte, doch er ähnelte dem Mann, mit dem sich May unterhalten hatte. Er drückte seine Lippen unsanft auf meine und fing an, Kleidungsstücke um sich zu werfen. Das Geräusch von reissendem Stoff frass sich in mein Gedächtnis. Mein Puls hämmerte in meiner Brust, während er Dinge zu mir sagte, die ich nicht verstand. Das Einzige, was ich fühlte, war das Messer an seinem Gürtel. Ich hatte meine eigene Waffe verstecken müssen, da der Mann unmittelbar nach meiner Ankunft anfing, mich auszuziehen. Als die Gestalt sich erneut über mich beugte und seinen Bauch an meinen presste, schnappte ich mir sein Messer und versenkte es in seinem Hals. Warmes Blut überströmte meinen Körper und erst dann wurde mir klar, dass auch ich von einem Messer aufgespiesst worden war.

Kiana war schon früh am Morgen aufgestanden. Der Rest der Burg lag noch in tiefem Schlaf und die Sonne war noch nicht richtig aufgegangen. Wir zogen uns an und ich steckte den Dolch von Iliana in mein Oberschenkelholster, als Kiana gerade nicht hinsah. Dann knüpfte ich ihre Haare zu einem Zopf und steckte eine Blume hinein, deren Name ich nicht kannte. Wir gingen zusammen nach unten und spazierten durch die Burg, bis wir zu der Küche kamen, wo Kiana ein Stück Brot stibitzte. Sie brachte mir sogar einen Apfel mit, den ich an meinem Rock polierte und anschliessend ass. Nachdem wir eine Runde in der Burg gedreht hatten, hatte Kiana mir gesagt, dass sie mir etwas zeigen wollte. Sie führte mich durch einen Gang in ihrem Zimmer, der wahrscheinlich schon lange vergessen war. Der Eingang war hinter ihrem Schrank versteckt und bot gerade genug Platz, damit wir uns durchschlängeln konnten. Ich nahm eine Kerze von Kianas Tisch und zündete sie an, damit wir im dunklen Gang Licht hatten. Wir liefen einen gewundenen Pfad entlang und schon nach kurzer Zeit trafen wir auf eine Art Gewölbe, von dessen Decke Wasser herabtropfte. Ich konnte ein leises Plätschern hören, aber es war nirgendwo eine Pfütze zu sehen. Kiana klatschte in die Hände und plötzlich war der ganze Raum von Licht erfüllt. In der Mitte befand sich ein kleiner See, dessen Wasser so blau und klar war, dass man bis zum Grund sehen konnte. Darin schwammen Fische, wobei *schwimmen* eine grobe Untertreibung war. Es kam mir mehr so vor, als ob sie im Kreis tanzten. Rund um den See wuchsen Pflanzen, von dessen Blüten das Licht kam.

«Die Blüten leuchten, wenn man sie darum bittet. Ich komme manchmal her und spreche mit ihnen, wenn mir langweilig ist. Ich denke, sie hören mir gerne zu.», erklärte Kiana. Ich hatte noch nie etwas so Wunderschönes gesehen. Ich ging runter auf meine Knie und beobachtete, wie sich die Blumen leicht hin und her bewegten. Sie schienen einander eine Geschichte zu erzählen, obwohl es in der Höhle so still war, dass man jedes kleinste Geräusch hören konnte. Ich wusste nicht, wie lange Kiana und ich dasassen und die Szene beobachteten, aber ich hatte nach einer Zeit das Gefühl, dass wir wieder zurückgehen mussten, um uns auf das Fest vorzubereiten. Ich konnte meinen Blick nicht von diesem wunderschönen Bild lösen; es war einfach faszinierend, wie die sanften Wellen des Wassers sich in Harmonie bewegten und von den steinigen Wänden zurückprallten. Langsam wurde mir bewusst, warum Kiana diesen Ort mochte.

«Kiana. Ich möchte dir die Wahrheit sagen.» Ich hatte das miese Bauchgefühl, dass ich mir hier selbst ein Bein stellen würde, aber das war die einzige Möglichkeit den Plan durchzuführen. Ich hatte mir die ganze Nacht lang überlegt, wie ich unser grosses Problem lösen konnte und ich hatte so sehr gehofft, dass ich Kiana nicht in die Sache hereinziehen musste, doch ich sah keinen anderen Weg.

«Ich bin keine Gelehrte.», fing ich an, zu erklären, damit ich ihr die Nachricht schonend beibringen konnte.

«Ich weiss» Ich hatte zwar schon besser geschauspielert, aber ich war trotzdem davon überzeugt, dass man mir die Rolle abgekauft hatte.

«War es so offensichtlich?»

«Ich habe es gemerkt, als du über die Liebe gesprochen hast. Ein Gelehrter würde niemals so leidenschaftlich sprechen, wie du es getan hast.» Ich war sprachlos von der Art, wie sie mich beobachtet hatte. Niemals hätte ich erahnt, dass sie mir wirklich zuhörte. Jedenfalls nicht so genau, dass sie meine Leidenschaft heraushören konnte. Meine Überzeugung.

«Ich bin nicht hier, um dir zu lehren, wie man liest und schreibt. Ich bin hier, um den König von seinem Thron zu stürzen und Eastwood von seinem Leid zu befreien. Ich verstehe es, wenn du mich dafür hasst, aber wir können nicht länger tatenlos dastehen und zusehen, wie unsere Heimat auseinanderfällt. Ich brauche deine Hilfe, um das zu verhindern.» Die Worte sprudelten förmlich aus mir heraus und ich konnte ohne Angst aussprechen, was May und ich geplant hatten. Ich erklärte Kiana unseren Plan und sagte ihr sogar, dass May mir noch nicht alles davon erzählt hatte, aber dass ich fest daran glaubte, dass wir es schaffen konnten, wenn Kiana uns half. Ich konnte ihr nicht einmal sagen, wieso wir ihre Hilfe brauchen würden, doch ich würde nicht zulassen, dass Kiana Gefahr drohte. Eher würde ich den Plan scheitern lassen und alles zerstören, worauf wir gehofft hatten.

«Ich weiss, dass ich kein Recht habe, das von dir zu verlangen. Von dir zu verlangen, deinen Thron, dein Recht zu herrschen zu zerstören. Ich bitte dich aber darum, uns zu helfen.»

Ich hielt meinen Atem an und hoffte, dass ich Kiana mit meinen Worten nicht verschreckt hatte. Erstaunt stellte ich fest, dass ihre Gesichtszüge ganz entspannt waren. Sie wägte die Bedeutung meiner Worte ab. Ich konnte es nicht fassen, dass ich ein Kind darum bat, uns bei einem Verbrechen zu helfen, für das wir alle aufgeknüpft werden würden, falls wir scheiterten.

«Ich fürchte, ich kann dir nicht helfen.», sagte Kiana und sah mir dabei direkt in die Augen.

«Aber ich kenne jemanden, der es vielleicht kann.»

Kiana hatte mir keine weiteren Details verraten wollen. Ich verstand, dass sie nicht bei der Ermordung ihres eigenen Vaters mithelfen konnte. Ich hatte es schon gewusst, bevor sie geantwortet hatte. Sie war nicht wie ich. Sie konnte nicht mit der Schuld leben, einen Menschen aus seinem Leben gerissen zu haben. Egal, wie gross das Verbrechen war, das er begangen hatte, und das war gut so. Ich hatte aber nicht erwartet, dass sie mir trotzdem ihre Hilfe anbot.

Wir gingen zurück in unsere Gemächer und bereiteten uns auf das Fest vor, das heute Abend veranstaltet wurde. Kiana und ich hatten uns darauf geeinigt, dass wir morgen darüber sprechen wollten, wer uns beim Ausführen des Plans helfen konnte. Ich wollte es nicht aussprechen, aber ich war froh, dass ich mir heute keine Gedanken mehr darüber machen musste. Mein Kopf war

die ganze Zeit über mit Sorgen und Angst gefüllt und es war
schwer, nicht daran zu denken, was alles schiefgehen konnte. Ich
öffnete meinen Schrank und sah, dass mir eine Kammerzofe ein
neues Kleid gebracht hatte. Es war dunkelgrün und betonte
meine Hüfte. Dummerweise war es etwas enger als das andere
Kleid, was das Verstecken von Waffen erschweren würde. Ich zog
es an und versuchte ein Wurfmesser zu verstecken, aber egal, wie
ich es positionierte, ich schaffte es einfach nicht. Also beschloss
ich, nur mein Oberschenkelholster mit dem Dolch mitzunehmen,
das unter dem Kleid zu verschwinden schien, wenn man nicht zu
genau hinsah.

«Bist du fertig?» Kiana platze in mein Zimmer und sah,
wie ich mit dem Dolch rang, der an einer Stelle noch aus dem
Holster herausragte. Mein Herz setzte für einen Moment aus,
doch dann realisierte ich, dass ich nichts mehr vor Kiana verstecken musste, denn ich hatte ihr auch die gekürzte Version meiner
Vergangenheit erzählt. Dieses kleine Mädchen war neugieriger
als alle Angestellten in dieser Burg zusammen.

«Äh … kann man dir irgendwie … helfen?», stotterte
sie, als sie mich sah. Nach einer kurzen, peinlichen Pause fingen
wir beide an, zu lachen. Ich verstaute den Dolch unter meinem
Kleid und steckte meine Haare hoch, damit sie nicht im Weg
waren. Kiana wollte ihren Zopf mit der Blume behalten, also half
ich ihr nur beim Zuschnüren ihres Kleids.

Im Ballsaal hatte sich bereits eine grosse Menge versammelt, die um die Musiker herumstand und ihnen beim Spielen zusah. May lief mit einem Tablett an mir vorbei und ich nahm mir eines der Weingläser. Dann fiel mir jedoch das letzte Fest ein und ich entschied, den Wein nicht anzurühren. Ich stellte das Glas auf einen der Tische, die am Rand des Saals standen, und drehte mich zu Kiana um. Sie rannte auf einen kleinen Jungen zu, den sie umarmte und auf die Tanzfläche zog. Ich hatte nicht bemerkt, dass ich ihr schon einige Schritte hinterhergegangen war und plötzlich fühlte ich mich merkwürdig, weil sich ein Gefühl bei mir meldete, welches ich bisher noch nicht oft gefühlt hatte. Zu spät bemerkte ich, dass der König auf mich zugekommen war. Er legte seine Hand auf meine Schulter und ich drehte mich hastig um.

«Ich habe gehört, dass Ihr mit Kiana Gedichte gelesen habt. Wie geht das Studium voran?», fragte der König mit gespieltem Interesse. Ich spürte die Blicke der Lords, Berater und anderer Adligen. Sich hier zu verstecken war unmöglich. Der König hatte wohl nur nach seiner Tochter gefragt, um den Anschein zu wahren.

«Ausgezeichnet. Ihre Tochter scheint mir eine interessierte junge Dame zu sein. Sie hat keine Schwierigkeiten, Neues zu lernen.», antwortete ich so laut, wie ich konnte, um die Aufmerksamkeit aller zu erwecken, die nicht sowieso schon zuhörten. Wenn ich schon auffiel, dann wollte ich eine gute Show vorführen. Ich besprach noch einige oberflächliche Dinge mit dem König, während das Fest im Hintergrund Fahrt aufnahm, da wurde der Raum plötzlich von einer Kälte erfüllt, die ich schon beim letzten Fest gespürt hatte. Ich sah mich um und versuchte die Schattengestalt zu finden, doch sie war nirgendwo auszumachen. Ich sah über die Schulter und liess meinen Blick zu Kiana schweifen. Um sie herum standen nur tanzende Lords und Könige. Auch in Mays Nähe war niemand zu sehen, der dem Mann glich.

«Sie scheinen mir etwas abgelenkt zu sein.», holte mich der König zurück zu unserem Gespräch.

«Es tut mir leid, ich halte nur Ausschau nach Kiana. Ich habe ihr gesagt, dass es sich nicht schickt, einfach zu verschwinden, doch offenbar ist ihre Neugierde stärker gewesen. Was wolltet Ihr mir gerade mitteilen?», fragte ich, um den König abzulenken.

«Du siehst jung aus. Für eine Gelehrte meine ich.», sagte der König etwas leiser, sodass nur ich ihn hören konnte. Mir war bewusst, dass er May und mir gegenüber misstrauisch sein würde. Zudem waren wir erst wenige Tage hier. Wahrscheinlich nicht einmal zwei Wochen, daher war es nur logisch, dass er an unseren wahren Absichten zweifelte. Also gab ich ihm eine Antwort, die ihm gefallen würde.

«Die Intelligenz liegt von Natur aus in meiner Familie. Ich habe sie lediglich geerbt.» Damit schien er sich zufriedenzugeben, da sein Körper sich etwas entspannte. Als der König sein Gewicht vom einen auf das andere Bein verlagerte, konnte ich einen Mann erkennen, der an der Wand anlehnte. Reflexartig lehnte ich mich zur Seite, damit der König mich verdeckte. Er sprach darüber, wie wichtig die Ausbildung für Kinder sei und beschrieb seine Hoffnung, dass sein Sohn eines Tages über genug Weisheit verfügte, um das Werk seines Vaters fortzuführen. Ich antwortete gelegentlich auf Fragen, die er mir stellte, doch eigentlich beobachtete ich die Figur, die der Wand entlangglitt, wie eine Schlange, die sich anschlich. Mein Blick folgte der Hand des Schattens, der zwischen der Wand und seinem Bein herabglitt. Der Mann zog ein Fläschchen aus seinem Stiefel und leerte den gesamten Inhalt in den Wein, den ich auf dem Tisch zurückgelassen hatte. Dann drehte er sich um und verschwand in der Dunkelheit. Ich war wie erstarrt. Kurz sah ich mich nach May um, aber auch sie war nirgendwo zu sehen. Der König sprach unaufhörlich weiter, doch seine Worte drangen nicht bis zu mir vor. Ich konnte mich nicht bewegen und ich wusste nicht, was ich tun sollte, doch dann kam mir plötzlich eine Idee.

«Ich muss mich entschuldigen, aber ich habe wohl mein Glas irgendwo abgestellt. Ich werde mich auf die Suche machen müssen, denn wir wollen doch nicht den guten Wein verschwenden, nicht wahr?», stammelte ich. Der König nickte leicht und trat zur Seite, um mir Platz zu machen. Ich sah mich kurz um und ging dann zum Tisch hinüber, wo der Wein auf mich wartete. Ich würde endlich das tun, was ich schon bei der ersten Begegnung mit der Schattengestalt hätte tun sollen. Ich werde mich meiner Angst stellen. Und diesmal würde ich nicht wie eine Statue dastehen.

DREIZEHN

Das Glas fühlte sich in meiner Hand kalt und schwer an. Ich schlenderte durch den Raum und hielt die Augen offen. Der Mann war nirgends zu sehen, doch ich spürte seinen Blick auf mir. Ich spürte, wie er hinter mir herlief und darauf wartete, dass etwas geschah. Gleichzeitig schüttete ich bei jeder Möglichkeit einen Schluck Wein aus. In eine Pflanze, in eine Vase mit Rosen, in einen Krug, der von einem unaufmerksamen Dienstmädchen in die Küche getragen wurde. Gelegentlich nippte ich am Kelch, um den Anschein zu erwecken, ich würde den Wein tatsächlich trinken. Während der gesamten Zeit spürte ich ein Kribbeln im Nacken. Der Schatten folgte mir noch immer. Ich leerte so lange meinen Wein aus, bis der Kelch leer war. Der leicht bittere Nach-geschmack des Weins verriet mir, dass es sich um ein Betäubungsmittel aus Mohnblumen handelte, das schläfrig machte und die Sinne betrübte. Ich kannte es von meiner Arbeit in der Rebellion, da wir dieses Mittel oft bei Zielpersonen einge-setzt hatten. Es wirkte schnell und erweckte den Eindruck, dass das Opfer nur betrunken war. Als ich den kalten Schauer in meinem Nacken erneut spürte, liess ich mich gegen die Wand sinken und ging in die Knie, so als ob mir schwindelig wäre. Sofort packten mich zwei Hände, die mir einen Blitz durch den Körper jagten und mich wacher machten, als ich es je zuvor gewesen war. Ich erkannte ihn. Ich erkannte seinen Geruch, obwohl er mir nicht aufgefallen war, als ich ihn das letzte Mal roch. Zuerst dachte ich, dass er mich nur festhalten würde, aber dann konnte ich spüren, wie er mich an meinem Ellenbogen hinter einen Vorhang zog. Während er das tat, versuchte ich keine Aufmerksamkeit auf uns zu ziehen und dabei trotzdem benommen zu wirken. Zwischendurch entspannte ich meinen Körper komplett und liess mich hinterher ziehen.

Der Mann schloss den Vorhang hinter uns und setzte mich auf einen Stuhl, der in der Mitte des Raums stand. Ich konnte seinen Atem hören und Wärme auf meiner Hand spüren. Die Angst ergriff mich erneut. Sie betäubte mich mehr, als der Wein es gekonnt hätte. Verzweifelt versuchte ich, meine Muskeln zu entspannen und mein Zittern unter Kontrolle zu halten. Ich wartete auf eine Gelegenheit, um zuzuschlagen. Er musste nur eine Sekunde lang leichtsinnig sein und ich hätte meine Chance. Als er sich endlich wegdrehte, um ein Seil vom Boden aufzuheben, nutzte ich die Chance und rammte ihm mein Knie seitlich in den Oberschenkel. Zu meinem Erstaunen schrie er nicht auf, doch sein Gesichtsausdruck sagte mir, dass ich ihm Schmerzen zugefügt hatte. Die Überraschung war ihm ins Gesicht geschrieben und für einen Moment war ich voller Energie und Kraft. Die Angst war verflogen und belebte mich mit einem Gefühl von Überlegenheit. Er sank auf eines seiner Knie und hielt sich den Oberschenkel. Ich schwang mein Bein um ihn herum und drückte ihm die Luftröhre ab, doch er hatte meinen nächsten Zug vorausgesehen und drückte mit seinen Armen meine Beine auseinander, sodass ich nicht mehr genug Kraft aufwenden konnte, um ihm entgegenzuhalten. Ich rollte mich ab und zog den Dolch aus meinem Oberschenkelholster, aber der Mann stand bereits auf den Beinen und rannte auf mich zu. Die Wucht, mit der er in mich krachte, riss uns von den Beinen. Der Dolch fiel mir aus der Hand und wurde aus meiner Reichweite geschleudert. Ich versuchte mich zu bewegen, aber meine Arme und Beine wurden von dem Unbekannten fixiert. Ich hatte ihm bei unserer ersten Begegnung angesehen, dass er Kampferfahrung hatte. Hätte ich seine Fähigkeiten nur ernster genommen, dann wäre ich in diesem Moment sicherlich nicht so überrumpelt worden. Die dunklen Haare fielen dem Mann ins Gesicht, doch ich konnte nur seine schwarzen Augen sehen. Plötzlich verliess mich die Euphorie und ich lag da, schweissgebadet, mein Kleid an einigen Stellen zerrissen und meine Haare zerzaust. Mein Körper fing an, an jeder vorstellbaren Stelle zu zittern. Ich versuchte mit aller Kraft, mich dagegen zu wehren, aber die Angst packte mich mit eisernem Griff und liess nicht mehr los. Gerade als ich mich fragte, weshalb unser Kampf niemandem auffiel, wurde der Vorhang zur Seite gerissen und eine Frau tauchte, mit einem Tablett in der Hand, im Türrahmen auf. Bevor ich realisierte, was vor sich ging, stiess ich mein Knie in den Bauch meines Angreifers und rollte mich auf ihn. Eilig schnappte ich mir einen Fetzen von meinem Kleid und wickelte ihn um den Hals des Mannes. Durch die Frau war er für einen Moment abgelenkt gewesen. Genug Zeit für mich, die Oberhand zu gewinnen. Trotz zitternder Hände zog ich den Stoff so fest ich konnte zu und sah, wie die Adern auf der

Stirn des Mannes heraustraten, wie seine Augen rot und geschwollen wurden.

«Warte!», stiess die Frau hervor, die hereingeplatzt war und auf uns zukam. Ich hatte es in meiner Angst und Rage nicht bemerkt, aber es war May, die zu Hilfe gekommen war. Die Frage war nur, ob sie mir oder dem Mann helfen wollte. Meine erste Reaktion war, dass ich den Stoff lockerer fasste, doch dann erinnerte ich mich daran, wie May mit dem Mann gesprochen hatte. Ich erinnerte mich daran, dass es so gewirkt hatte, als ob May mit dem Mann etwas planen würde und ich hatte kein gutes Bauchgefühl.

«Ihr steckt unter einer Decke. Nicht wahr?», schrie ich. Ich wusste nicht, an wen ich das Wort richtete. An May, die sprachlos neben uns stand oder an meine grosse Angst, die dabei war, hier auf dem Boden durch meine Hand zu ersticken.

«Ich verstehe, dass du aufgebracht bist, aber sei jetzt bitte nicht leichtfertig. Ich kann dir alles erklären, wenn du ihn loslässt.», versuchte May mich zu besänftigen, aber ich drückte weiterhin fest zu. Langsam konnte ich spüren, wie der Körper des Mannes erschlaffte und in meine Arme sank. Er wehrte sich immer weniger gegen meinen Griff. Nur ein paar Sekunden mehr und er würde das Bewusstsein verlieren.

«Bitte Lou. Lass ihn los.», redete sie weiter auf mich ein, doch ich wusste, dass ich keine Chance hatte, wenn ich gegen beide kämpfen musste. May konnte besser kämpfen, als es wirkte, und ich war bereits geschwächt von der Rauferei von vorhin. Ich würde nicht loslassen, bis der Mann ausser Gefecht gesetzt war, was nicht mehr lange dauern würde.

«Was habt ihr geplant? Wolltet ihr mich in die Falle laufen lassen? Oder mich an die Wachen verraten? Oder womöglich sogar an den König selbst?» Ich redete etwas leiser, damit uns niemand hörte. Ich war zwar wütend, aber ich war nicht dumm. Wenn einer der Wächter hier hereinlaufen und uns so vorfinden würde, dann könnten wir unseren Plan auf den Scheiterhaufen werfen und uns gleich mit. May schwieg, machte jedoch auch keine Anstalten, den Mann aus meinem Griff zu befreien. Ich konnte spüren, wie sein Herzschlag langsamer wurde und wie seine Augen langsam zufielen.

«Aufhören!» Ich hatte mich noch nicht umgedreht, doch meine Hände lockerten ihren Griff sofort. Ich erkannte diese Stimme. Es war diejenige, die mich in den vergangenen Tagen ständig begleitet hatte. Diejenige, die mich an den schönsten Ort in dieser Burg geführt hatte. Sie hatte mir erklärt, wie die Blumen auf meinem Tisch hiessen und mir einen Apfel aus der Küche gestohlen. Der Mann rutschte aus meinen Armen und blieb vor meinen Füssen liegen.

«Das ist der Mann, der euch bei eurem Plan helfen kann.»

<hr>

Wir standen alle wie angewurzelt da. Ein paar Minuten lang sagte niemand etwas und niemand bewegte einen Muskel.

«Ich habe schon vor Tagen mit Kiana über diesen Mann gesprochen. Sie hat mir erzählt, dass er der Einzige ist, der sich gut genug auskennt, um helfen zu können. Er arbeitet in der Küche, aber inoffiziell ist er einer der Wächter, die den König beschützen. Er hat sich von ganz unten nach ganz oben gearbeitet und kennt jeden noch so kleinen Fleck in dieser Burg. Das Problem ist nur, dass er dem König sehr ergeben ist. Die Leute hier haben keine Ahnung, wie das Leben dort draussen aussieht. Sie glauben jede Lüge, die der König ihnen erzählt. Sie sind hier aufgewachsen. Dieser Mann dort kennt kein anderes Leben als das, welches ihm hier gegeben wurde und deine Aufgabe wird es sein, ihn vom Gegenteil zu überzeugen.», erklärte May.

«Ich denke nicht daran, diesem Typen alles anzuvertrauen, für wessen Geheimhaltung wir so hart gekämpft haben. Er wird uns, ohne auch nur eine Sekunde lang zu überlegen, dem König ausliefern. Ausserdem hat er gerade versucht mich umzubringen!», sagte ich nun etwas lauter, um meinen Standpunkt klarzumachen. Draussen wurde Musik gespielt und das

Getrampel, das durch das Tanzen entstand, überdeckte unsere Stimmen.

«Er hat nur versucht dich umzubringen, weil ich ihm zugesteckt habe, dass du eine Spionin bist, die ein Attentat auf den König verüben will.», antwortete May mit einer sehr bestimmten und etwas genervten Stimme, die ich noch nie zuvor gehört hatte.

«Du hast was?», sagte ich leise und realisierte sofort, dass mein Tonfall viel zu unsicher klang. May hatte mich an den Feind verraten.

«Das hast du also mit ihm besprochen. Ich habe dich gesehen, wie du dich in der Ecke mit ihm unterhalten hast.»

«Ich habe den Verdacht auf dich gelenkt, aber nur, damit du so eine Chance bekommen konntest, dich mit ihm zu unterhalten und ihn davon zu überzeugen, uns zu helfen. Wir können das nicht ohne Hilfe schaffen. Ich habe mein ganzes Leben lang an diesem Plan gearbeitet, ihn verbessert und wieder durchgespielt und egal, wie ich es angestellt habe, wir hatten nie Erfolg. Der einzige Weg, wie wir lebendig aus dieser Sache herauskommen, ist mit Hilfe aus den eigenen Reihen des Königs.» Sie hatte recht und ich wusste, dass ich mit May schon viel durchgestanden hatte, obwohl wir uns noch nicht lange kannten, doch dieser Verrat tat mehr weh, als ich es erwartet hatte. Woher wollte May wissen, dass dieser Mann uns nicht ausliefern würde? Wenn wir ihn in den Plan einweihten und er nicht mitspielen wollte, dann würden wir ihn töten müssen. Als wir ein leises Stöhnen hinter uns hörten, beendeten wir unser Gespräch. Kurz danach rappelte sich der Mann auf und kam auf den Tisch zu, an den wir uns gesetzt hatten. Wir hatten vorhin eine Kerze angezündet, damit wir einander beim Reden sehen konnten, und nun sah ich zum ersten Mal das ganze Gesicht des Fremden. Ich konnte es mir zwar nicht erklären, aber er wirkte viel weniger bedrohlich, als ich ihn mir vorgestellt hatte. Seine Augen waren bei genauem Betrachten eher dunkelbraun, als schwarz und seine Gesichtszüge waren nicht so kantig, wie es den Anschein hatte. Trotzdem hatte er eine bedrohliche Ausstrahlung, die mich misstrauisch machte. Er setzte sich neben Kiana, und rieb sich hustend den Hals.

«Verdammt fester Griff. Muss ich zugeben.», sagte er mit rauer Stimme und rückte seinen Stuhl zurecht. Erst dann schien ihm die Realität auf den Kopf zu hauen. Er hielt in der Bewegung inne und sah von May zu mir und dann zu Kiana.

«Wartet mal. Was wird hier eigentlich gespielt?» Seine Stimme klang noch immer heiser und er schien Schwierigkeiten zu haben, die Worte auszusprechen. Ich hatte erst jetzt realisiert, dass es für ihn auch eine seltsame Situation sein musste. May hatte ihm erzählt, dass ich eine Verräterin war, die sich irgendwie in die Burg eingeschmuggelt hatte. Jetzt sah er mich, wie ich mit

May an einem Tisch sass und mich nett unterhielt. Viel wichtiger war jedoch, dass wir alle keine Ahnung hatten, wie er mit Kiana in Verbindung stand.

«Du warst doch diejenige, die mir gesagt hat, dass die dort eine verdammte Attentäterin ist!», schien es ihm nun einzufallen. Er wirkte in seinem Stolz verletzt. Jetzt, da er lauter sprach, verliess die Heiserkeit immerhin seine Stimme. Die Wut hatte ihm wohl neue Kraft gegeben.

«Ich will jetzt sofort eine Erklärung haben. Mir ist egal wer, aber irgendjemand muss dieses Chaos erklären.» Kiana und May sahen mich mit einem erwartungsvollen Blick an.

«Bei mir besteht auch Klärungsbedarf. Ihr beide scheint uns belogen zu haben, was unsere Rolle in diesem Plan angeht, also sprecht jetzt oder ich stehe auf und gehe.», drohte ich. Eine kurze Zeit lang herrschte komplette Stille, aber dann ergriff May das Wort.

«Na gut. Wir haben Duncan erzählt, dass du ein Attentat auf den König geplant hast, welches du heute nach dem Fest ausführen willst. Wir haben gehofft, dass er dich daraufhin zur Rede stellen würde und dass du dadurch Zeit gehabt hättest, dich mit ihm zu unterhalten, denn zur gleichen Zeit hat Kiana Lou erzählt, dass es nur eine einzige Person in diesem Königreich gäbe, die uns bei unserem Plan helfen konnte, Duncan. Doch was Kiana nicht gesagt hat, ist, wie Duncan aussieht und deswegen konnte Lou nicht wissen, dass der Mann, der sie heimlich umbringen wollte, Duncan war.» Der Mann, den May mit dem Namen Duncan angesprochen hatte, wandte seinen Blick zu mir um. Seine Augen bohrten sich in meine und zogen mir meine Seele aus dem Körper. Ich fühlte wieder, wie die Angst mich erstickte, obwohl ich nun wusste, dass Duncan keine Gefahr war, wie ich es anfangs vermutet hatte. Jedenfalls jetzt noch nicht. Falls er spontan die Flucht ergreifen und uns verraten würde, dann wäre ich ihm hinterhergerannt und hätte ihn abgeschlachtet.

«Also noch einmal zum Verständnis. Sie … ich meine Lou … Lou ist gar keine Attentäterin und will auch nicht den König ermorden, aber ihr zwei habt einen Plan, für den ihr meine Hilfe braucht. Richtig?» Ich musste mich beherrschen, nicht in tosendem Gelächter auszubrechen. Praktisch jedes Wort, das er soeben gesagt hatte, war falsch gewesen. Ich sah zu May und Kiana, die einander ratlos anblickten.

«Also … wenn wir schon dabei sind, die Wahrheit zu erzählen, dann können wir auch gleich die ganze Wahrheit erzählen. Ich bin eine Partisanin, die für eine Untergrundorganisation in Eastwood arbeitete. May kommt aus Portvillage und ich habe sie bei meiner Flucht aus Eastwood aufgegabelt. Das «Schicksal» hat uns wieder zurückgeführt und nun versuchen wir den König vom Thron zu stürzen und Eastwood von seiner Schreckensherr- schaft zu befreien, und zwar indem wir ihn umbringen. Noch etwas unklar?» Die Stille war für mich offen gestanden etwas unverständlich. Kiana und May hatten unseren Plan schon gekannt, also hatten sie kein Recht, mich so komisch anzustarren. Duncan hingegen war sichtlich geschockt und sass mit geöffnetem Mund am Tisch. Alle Blicke waren auf mich gerichtet und ich fing langsam an, mich in meiner Haut unwohl zu fühlen. Dann fing das Geschrei an.

«Kiana! Was fällt dir eigentlich ein, ein Attentat auf deinen eigenen Vater zu planen? Bist du komplett von Sinnen?», schrie Duncan Kiana ins Gesicht. Sie stand daraufhin auf und stützte sich mit beiden Armen auf dem Tisch ab.

«Du verstehst das nicht. Vater regiert das Land nicht so, wie es ein König sollte. Er bringt sein Volk um und am Ende werden wir genau so sterben wie die Bauern auf den Feldern und die Männer in sinnlosen Kriegen, die mein Vater befiehlt, um sich *noch* mehr zu bereichern. Das alles passiert in dieser Sekunde! Ich habe es satt, die Augen davor zu verschliessen und du solltest das auch nicht tun. Wenn Vater kein guter König sein kann, dann sollte er gar kein König sein.» Jetzt stand auch mir der Mund offen. Ich hatte die ganze Zeit über nie realisiert, dass Kiana so über ihre Heimat, ihre Familie und ihren Vater dachte. Duncan starrte erbarmungslos in Kianas Augen, doch sie liess nicht locker.

«Sprich noch einmal so von deinem König und ich-»

«Was? Was wirst du dann tun? Willst du mich verbannen? Die Mühe kannst du dir sparen in ein paar Jahren wäre ich sowieso verstossen worden!» Die Spannung im Raum staute sich. May und ich tauschten ein paar besorgte Blicke aus. Wir dachten wahrscheinlich beide, dass Duncan gleich explodieren würde, doch stattdessen atmete er tief durch und schob seinen Stuhl vom Tisch weg, um aufzustehen.

«Ich kann und werde euch nicht helfen, meine Heimat zu verraten.» Das war alles, was Duncan noch zu sagen hatte.

VIERZEHN

Nachdem wir unsere Diskussion beendet hatten, waren wir alle zum Fest zurückgekehrt. Ein schweres Gefühl legte sich über meine Erinnerung dieses Abends. Insgeheim wussten wir, dass unser Plan zum Scheitern verurteilt war, doch wir weigerten uns, der Realität ins Auge zu sehen. Ich sah an mir herab und betrachtete, was dieser kurze Konflikt mit mir angestellt hatte. Ich musste mein Kleid mithilfe meines Dolches umändern, damit ich die verrissenen Stellen kaschieren konnte. Zum Glück hatte Duncan mir nicht ins Gesicht geschlagen, weil ich keine Ahnung hatte, wie ich das hätte erklären sollen, falls mich jemand danach gefragt hätte. Ich kehrte direkt nach dem Essen mit Kiana zurück in unseren Turm und verkroch mich in meinen Gemächern. Ich hatte nicht einmal mehr die Kraft, mich umzuziehen oder meine Frisur zu lösen, obwohl die Haare so fest zusammengebunden waren, dass meine Kopfhaut brannte und pulsierte. Sofort musste ich an die Zeit denken, als ich noch für Daphne gearbeitet hatte. Ich hatte nie eine Antwort darauf erhalten, ob Daphne wirklich dazu bereit war, ihre eigenen Leute zu verraten. Wieso hätte sie das tun sollen? Ich hatte in meinen neun Jahren in der Rebellion nie miterlebt, dass eine unserer Partisaninnen von den Wächtern geschnappt wurde. Entweder hatten sie unsere Truppe freiwillig verlassen oder sie waren bei einem Kampf mit ihren Zielpersonen oder deren Wächtern umgekommen. Das wurde aber selbstverständlich nie öffentlich gemacht, da öffentliche Hinrichtungen dem König nur etwas nutzten, wenn seine Opfer noch am Leben waren. Jede Person, die verbrannt, erhängt oder geköpft wurde, war eine, die nicht zu unserer Truppe gehörte. Ich war mir sicher, dass ich die Gesichter der Hingerichteten nicht kannte. Stattdessen hatte die Willkür vom König Besitz ergriffen. Er suchte verzweifelt nach einer Erklärung für die Anschläge auf das Königshaus, was ihn dazu brachte, jeden zu verurteilen, der ihm in die Quere kam. Doch als Atropa auf dem Scheiterhaufen brannte, da wusste ich, dass sie jemand verraten haben musste; und zwar nicht irgendjemand, sondern eine Partisanin aus der Rebellion oder Daphne höchstpersönlich. Panik packte mich und ich fing an, schneller zu atmen. Wenn Daphne ein falsches Spiel spielte, dann hatte sie mich jahrelang als Marionette missbraucht. Was wollte sie mit den Attentaten erreichen? Nein, das war blödsinnig. Daphne hätte nie ihre eigenen Kinder verraten. Ich schlug mir die Hände ins Gesicht und vergrub meinen Kopf in den weissen Kissen, die verstreut auf meinem Bett lagen. Das Geräusch von reissendem Stoff erfüllte den Raum, als ich verzweifelt versuchte, die Überreste meines Kleids auszuziehen. Luft, ich brauchte Luft. Splitterfasernackt stolperte ich aus dem Bett und riss die Fenster auf, um die kalte Abendbrise in mein Zimmer strömen zu lassen. Ein Pochen füllte meinen Körper mit Hitze, obwohl der Schweiss auf meiner Haut mich abkühlte . Ich versuchte zu der Waschschüssel zu gelangen, um mir kaltes Wasser ins Gesicht zu schütten, aber auf dem Weg dorthin warf ich alles um, was auf dem Tisch stand. Ich stolperte über eine Ecke des Teppichs, die im Tumult umgeknickt war, und fiel zu Boden. Der Teppich fühlte sich kalt und kratzig an, aber er brachte eine unerwartete Geborgenheit mit sich. Ich konnte spüren, wie Tränen über meine Wangen strömten. Mein Gesicht war so heiss, dass sie sich kalt anfühlten. Schon nach wenigen Minuten war der Boden nass von Schweiss und Tränen. Ein Schluchzen breitete sich in meiner Kehle aus und ich konnte nichts anderes tun, als meine Arme um mich zu schlingen, damit es aufhörte.

Es war nicht der Sonnenstrahl, der mich weckte. Es war das leise Gerede, das von einer Ecke meines Zimmers zu kommen schien. Als ich meine Augen leicht öffnete, sah ich zwei Personen, die miteinander redeten. Eine davon war Kiana, deren süsse Stimme mich aus meinem Schlaf gerissen hatte. Der andere war Duncan. Moment mal … Duncan in meinem Zimmer … mit Kiana. Die schwummrige Erinnerung vom gestrigen Abend drängte sich in meinen Kopf. Soweit ich mich erinnern konnte, war ich auf dem Boden liegen geblieben … nackt. Jetzt lag ich aber auf meinem Bett und war in das dünne Tuch eingewickelt, das normalerweise über die zusammengeknüpfte Wolle, die als Matratze diente, gespannt war. Ich drehte mich zur Seite und schwang die Beine über die Bettkante. Duncan und Kiana hatten aufgehört, miteinander zu sprechen, als sie bemerkten, dass ich wach war. Kiana verschwand durch die Verbindungstür und Duncan setzte sich auf die andere Seite des Bettes und sah mich an. Ich war erstaunt, dass er mich nicht genauer beäugte. Die Männer, mit denen ich mich im Verlauf meiner «Karriere» getroffen hatte, hatten normalerweise kaum warten können, meine nackten Beine mit ihrem Blick zu verschlingen. Es sei denn, Duncan hatte schon alles gesehen, was es zu sehen gab. Für Kiana war ich sicherlich zu schwer gewesen. Sie hatte mich also nicht auf das Bett gehievt. Das bedeutete, dass … oh verdammt nicht doch. Ausgerechnet die Person, die mir so grosse Angst einjagen konnte, dass mir der Atem wegblieb, hatte mich so schwach und zerbrechlich gesehen.

«Ich habe Verständnis für eure Lage. Ich habe Gerüchte gehört, dass das Volk sich nicht zufriedengibt mit der Art, wie der König sein Königreich regiert.» Was sollte das denn jetzt heissen? Das Problem war meiner Meinung nach eher, dass der König sein Land überhaupt nicht regierte. Er verschanzte sich in seiner Burg und fürchtete jede Sekunde um sein Leben, während er von seinen Angestellten verlassen wurde. Während seine Kinder von Partisaninnen dahingerafft wurden. Womöglich gefiel es dem König sogar, da keiner mehr Anspruch auf den Thron erheben konnte, wenn niemand königlichen Blutes mehr übrig war.

«Hast du überhaupt eine Ahnung, wie es dort draussen aussieht?», fragte ich Duncan, der auf seine Hände starrte. Ein Ausdruck von Unsicherheit. Vielleicht wollte er aber einfach nur etwas anderes ansehen als mich.

«Ich brauche Eastwood nicht mit eigenen Augen zu sehen. Ich weiss, dass der König sein Volk gut behandelt. Er sendet täglich Truppen aus, die die Strassen von Eastwood sichern und die Stadtgrenzen verteidigen. Das ist bei weitem mehr, als andere Herrscher für ihr Volk tun.» Ich konnte nicht glauben, was ich da hörte. Duncan hatte keine Ahnung, wen er mit seinem Leben verteidigte. Wahrscheinlich hatte bisher kein einziger Wächter die Wahrheit über Eastwood und den König erfahren.

«Du hast sehr deutlich ausgedrückt, dass du uns nicht helfen wirst. Was willst du mir also sagen?», fragte ich möglichst direkt.

«Ich will dir sagen, dass ihr keine Chance habt. Verschwindet aus Eastwood und rettet euer Leben, denn wenn ihr ein Attentat auf den König verüben wollt, dann werdet ihr erwischt. Niemand hat es bisher geschafft, zum König vorzudringen und es wurde schon von weitaus begabteren Partisaninnen versucht. Eure Attentate werden übrigens immer offensichtlicher. Alte Männer zu verführen und sie zu töten, während sie sich nackt auf euch wälzen, ist überaus unnötig. Wenn ihr sie schon umbringen müsst, könntet ihr es mit etwas mehr Würde tun.» Ich wünschte, dass diese Beleidigung mich nicht aus der Fassung brachte, aber ich spürte bereits, wie ich heiss vor Wut wurde. Es hätte nur noch gefehlt, dass dieser Idiot mich als Prostituierte bezeichnet hätte; dann wäre er im Stil von Convallaria entsorgt worden. Das Einzige, was mich beruhigte, war die Tatsache, dass Duncan uns nicht als Gefahr sah. Ich wusste, dass der König May und mir nicht vertraute und ich wusste auch, dass wir es nicht allein schaffen konnten, doch May hatte Duncan nicht von Sarah erzählen können. Wir würden den Plan mit ihr durchführen müssen. Auch wenn ich Sarah nicht vollkommen vertrauen konnte, mussten wir es auf diese Weise versuchen. Es war immer noch besser, als den Plan aufzugeben und geschlagen den Rückzug anzutreten. Zudem war es sicherlich besser, als den Plan mit einem Feigling durchzuführen, der es vorzog, sich vor Leid zu verstecken und denjenigen im Weg zu stehen, die versuchten, etwas daran zu ändern. Ich atmete tief durch und versuchte, meine Ruhe zu finden.

«Wenn das alles ist, dann kannst du jetzt gehen. Ich habe einen engen Zeitplan mit Kianas Unterricht.», sagte ich sachlich und bestimmt, um zu signalisieren, dass das Gespräch jetzt beendet war und dass ich auf keinen Fall verschwinden würde. Er lehnte sich zu mir vor und mein Herz begann wie wild zu klopfen. Nur wenige Zentimeter vor meinem Gesicht hielt er inne und starrte in meine Augen. Er zwang mich, dasselbe zu tun, doch ich konnte nichts anderes sehen als Dunkelheit, die mich umgab. Ich konnte mich nicht bewegen. Ich konnte weder zurückweichen noch stehen bleiben. Alles, was ich tun konnte, war da zu stehen und die Luft anzuhalten.

«Eine Person, die im Traum um sich schlägt und schreit, dass man sie nicht anfassen soll, ist wohl nicht die richtige Lehrerin für so ein unschuldiges Mädchen.» Mit diesen Worten drehte Duncan sich um, um zu gehen. Ein Kloss blieb mir im Hals stecken. Ich wusste, dass ich manchmal redete, wenn ich Albträume hatte, doch dies so ins Gesicht gesagt zu bekommen, tat mehr weh, als ich erwartet hatte.

Nachdem Duncan meine Gemächer verlassen hatte, zog ich mich an und bewaffnete mich. Ich traf May auf dem Weg zur Küche und wir versteckten uns in einem verlassenen Gang, um ungestört miteinander sprechen zu können.

«Ich gebe zu, dass es gestern nicht besonders gut gelaufen ist.», sagte May und rieb dabei ihre Hände aneinander.

«Ach was wirklich? Ist mir gar nicht aufgefallen.», antwortete ich harsch.

«Ich konnte dir nicht alles erzählen. Du kannst den Unwissenden nicht besser spielen, als wenn du tatsächlich unwissend bist. Wobei es in dieser Situation wohl besser gewesen wäre, wenn du den ganzen Plan gekannt hättest.» Immerhin gab May ihren Fehler zu.

«Vergessen wir, was gestern passiert ist. Wir müssen uns auf unseren Plan konzentrieren. Wir konnten Duncan nicht auf unsere Seite ziehen, aber ich habe mich während unseres Aufenthalts in der Burg mit einem Dienstmädchen namens Sarah angefreundet.» Angefreundet war übertrieben, aber ich hielt es für ratsam, das in unserer misslichen Lage nicht zu erwähnen.

«Hör zu. Ich weiss nicht, was genau zwischen Duncan und dir vorgeht, aber ich denke, dass du noch einmal mit ihm sprechen solltest.»

«Es gibt nichts zu besprechen. Er hat eine verdrehte Weltansicht, die ich nicht entwirren kann und da ich ihm ohnehin nicht vertraue, halte ich es nicht für weise, ihn einzuweihen.» Ich hatte ihm nur von unserem Plan erzählt, weil Kiana mir gesagt hatte, dass sie jemanden kannte, dem sie unser Vorhaben anvertraute. Doch ich hatte damals noch nicht gewusst, dass es sich dabei um die Schattengestalt aus den Stallungen handelte.

«Nimm dir einfach noch ein paar Tage Zeit. Wenn du ihn bis dann nicht überzeugt hast, dann kommen wir auf Sarah zurück in Ordnung?» Ich wusste, dass wir nicht noch mehr Zeit verschwenden konnten, doch May hatte diesen Gesichtsausdruck, der mir sagte, dass sie kein Nein akzeptieren würde. Sarah hatte auf mich so eingeschüchtert gewirkt. Es war naheliegend, dass sie den König nicht mochte und uns nach etwas Überzeugungsarbeit vielleicht helfen würde.

«Hier seid Ihr ja. Sollten Sie nicht meine Tochter unterrichten?» Der König kam um die Ecke gebogen und wurde von ein paar Wächtern begleitet. Unter anderem von Duncan und einem Mann, den ich von meinem ersten Tag in der Burg erkannte. Er hatte ebenfalls am Tisch gesessen, als der König May und mich instruierte.

«Ich habe nur die Bibliothek gesucht. Uns sind die Bücher ausgegangen.», antwortete ich knapp und verschränkte die Arme hinter dem Rücken. Ich konnte hören, wie May sich möglichst unauffällig aus dem Staub machte. Der Klang ihrer Schuhe hallte durch die Gänge der Burg und wurde immer leiser, bis er schliesslich verschwand.

«Wir haben keine Bibliothek, aber alle Bücher, die zu Unterrichtszwecken erlaubt sind, befinden sich in meinem Gemach.» Ich verstand, dass der König Bücher so gut schützte wie Waffen, denn Wissen war in gewissen Händen eine der mächtigsten Mittel. Eine Waffe, die der König nicht besass.

«Wenn Sie mir folgen würden?», befahl der König und zog mich an meinem Arm in die Richtung der Eingangshalle. Er legte seinen Arm um meinen, als ob wir einen Spaziergang machen würden. Die Wachen liessen sich einige Meter hinter uns fallen, blieben jedoch in Reichweite. Ich überlegte den Bruchteil eines Moments, ob ich meinen Dolch hervorziehen und den König sofort abstechen sollte. Ich würde dadurch zwar mein Leben opfern, aber unser primäres Ziel wäre erreicht.

«Wie geht es mit der Bildung von Kiana voran?», wollte der König wissen. Er musste natürlich vor seinen naiven Wächtern den Schein wahren.

«Sie lernt schnell. Ich würde mit ihr gerne noch ein paar Buchstaben anderer Sprachen behandeln, bevor wir zu den alten Schriftzeichen übergehen. Natürlich nur, wenn ihnen das genehm ist.», versuchte ich den König abzulenken. Ich liess meine Hand meinem Bein entlanggleiten und raffte den Rock, als wir die Wendeltreppe hochstiegen.

«Wie Sie wollen. Sie sind ja schliesslich die Gelehrte.» Diese Worte klangen unnatürlich, wenn sie der König aussprach. Als wir oben angelangt waren, raffte ich meinen Rock noch etwas mehr und liess meine Hand über den Griff des kleinen Messers in meinem Stiefel schweben. Blitzschnell schloss sich eine kräftige Hand um meinen Unterarm und zog meine Hand vom Stiefel weg. Ich drehte mich erstaunt um und sah Duncans dunkle Augen. Sofort schossen mir die Worte ins Gedächtnis, die er mir entgegengeworfen hatte. Er drückte meine Hand so fest, dass sie anfing zu kribbeln. Mit einem leichten Kopfschütteln gab er mir zu verstehen, dass seine Drohung ernst gemeint war.

«Ich bitte dich, Duncan. Sie ist eine Gelehrte und keine Kämpferin der Aufständischen.» Ich konnte fühlen, wie sich mein Herz überschlug, immer schneller schlug, bis es sich beinahe überschlug. Das Schlimmste daran war, dass Duncan es fühlen konnte. Er klammerte sich noch immer an meinen Arm und drückte mir das Blut ab. Nach minutenlangem Starren entwand ich meinen Arm aus seinem Griff und hakte mich wieder beim König ein. Die Wärme seiner Finger blieb auf meinem

Handgelenk zurück. Als ich auf meinen Arm herabblickte, sah ich die leichten Abdrücke, die von seiner Berührung zurückgeblieben waren. Ich hatte verstanden. Für den Moment.

Der König hatte mich angewiesen, Kianas Ausbildung trotz seiner Abwesenheit weiterzuführen. Er hatte nicht gesagt, wann genau er abreisen würde, aber es konnte nicht mehr allzu lange dauern. Wieder einmal wurde mir bewusst, wie sehr wir unter Zeitdruck standen. Ich sass mit Kiana im Innenhof und trank Tee. Wir sprachen jedoch nicht über alte Schriftzeichen und Buchstaben, so wie ich es dem König gesagt hatte, sondern über das Attentat und darüber, wie wir es ohne Duncans Hilfe ausführen konnten.

«Ich würde auf keinen Fall jemanden aus der Burg in diese Sache reinziehen. Die haben viel zu grosse Angst, dass sie hingerichtet werden, wenn der König davon erfährt.», sagte Kiana und nahm einen Schluck Tee, der ihre Lippen rot färbte.

«Du hast die Sache doch auch Duncan anvertraut. Wieso sonst niemandem?» Ich war skeptisch gegenüber May und Kiana, seitdem sie mich belogen hatten. Ich wusste, was sie sich dabei gedacht hatten, aber es machte für mich keinen Unterschied. Eine Lüge war immer eine Lüge, auch wenn man sie aus einem Grund erzählte. Ich sollte es wissen, ich hatte mein ganzes Leben lang gelogen.

«Ich dachte, dass Duncan vielleicht umdenken würde. Wenn du ihm nur zeigtest, wie der König sein Volk wirklich behandelt, dann würde er seine Meinung ändern. Davon bin ich noch immer überzeugt.», antwortete Kiana.

«Ich vertraue ihm nicht. Woher willst du wissen, dass er uns nicht verrät, um für sich einen Vorteil herauszuholen? Vorhin hätte er mich fast auffliegen lassen und ausserdem ist er blind für das, was in der Welt geschieht. Er redet sich ein, dass der König keinen Krieg plant. Er will nicht wahrhaben, dass er seine Truppen aussendet, um die anderen Königreiche anzugreifen.» Ich stellte meine Tasse auf dem Tisch ab und sah zu, wie etwas von der roten Flüssigkeit über die Kante schwappte.

«Du darfst es ihm nicht übel nehmen, dass er diese Meinung vom König hat. Er kannte nie etwas Anderes. Seit seiner Geburt wurde er dazu erzogen, dem König zu dienen, ohne Fragen zu stellen und ohne Befehle zu hinterfragen. Der König hat sich um ihn gekümmert, ihm geholfen, wenn er in Schwierigkeiten war.» Ich verstand, dass Duncan nie etwas Anderes gekannt hatte, aber die Zeichen waren offensichtlich. Bauern gingen mit Mistgabeln auf die Königsfamilie und die Wächter los. Ich hatte mit eigenen Augen gesehen, wie ein Schmied dem Königssohn mit einem Hammer den Schädel einschlug. Duncan konnte doch nicht so dumm sein zu denken, dass diese Wut von nirgendwo kam. Er konnte nicht so dumm sein, dass er jeden Befehl befolgte, den man ihm vor die Füsse warf.

«Blinde Gehorsamkeit bedeutet den Niedergang der Menschheit.», sagte ich still für mich und schüttelte den Kopf. Wie hatte es der König geschafft, ein Netz von Lügen aufzubauen, das nicht einmal von seinen engsten Vertrauten durchschaut wurde?

«Wie kann es sein, dass du weisst, was draussen *wirklich* vor sich geht und Duncan nicht. Er ist ein Wächter. Er sollte wissen, wie die Realität aussieht.»

«Ist es dir noch nicht aufgefallen?», fragte Kiana mit grossen Augen und setzte ihre Tasse ab.

«Was denn?»

«Duncan hat noch nie die Burgmauern verlassen. Er ist der treuste Ergebene des Königs und dieser will nicht riskieren, dass er sich gegen ihn wendet, wenn er die Wahrheit herausfindet.» Ich hatte Duncan noch nicht oft genug gesehen, um zu wissen, dass er immer in der Burg war. Das würde zwar erklären, wieso Duncan dem König jedes Wort glaubte, aber ich war trotzdem davon überzeugt, dass er über genug Intelligenz verfügte, um zu sehen, dass es ausserhalb dieser Mauern Leid und Zerstörung gab. Ich dachte über Kianas Worte nach. Sie hallten in meinem Kopf, wie das Echo in einem verlassenen Gang.

Ich hatte keine Ahnung, weshalb Kiana und May dachten, dass ich diejenige war, die Duncan überzeugen konnte, uns zu helfen, aber ich würde wohl nicht so leicht aufgeben können. Auch wenn ich Duncan so sehr misstraute, dass mich sein Anblick mit Übelkeit erfüllte.

Der Tag war an mir vorbeigeflogen. Ich hatte mit Kiana besprochen, was wir tun würden, falls ich Duncan nicht überzeugen konnte. Da dies sehr wahrscheinlich der Fall war, würden wir uns etwas Anderes überlegen müssen. Wir einigten uns darauf, dass ich mit Sarah sprechen und ihr unseren Plan erzählen würde. Ich hatte sie vorhin in meinem Zimmer gesehen, als sie mir meine gewaschenen Kleider und frisches Wasser brachte. Sie hatte kurz über ihre Arbeit in der Burg gesprochen und erstaunlicherweise erzählte sie sehr persönliche Dinge. Sie gab mir zu verstehen, dass sie mit diesem Leben nicht zufrieden war. Ich war überrascht, wie schnell die Stimmung auftaute. Es hätte mir wohl merkwürdig vorkommen müssen, dass sie plötzlich so offen zu sein schien, aber ich hatte keine Kraft mehr, um alles zu hinterfragen. Ihre Veränderung kam mir mehr als gelegen und ich würde diese Fügung des Schicksals nicht zerstören, indem ich sie mit meiner misstrauischen Art verscheuchte.

«Kann es sein, dass du den König genauso hasst wie ich?» Ich musste mehr Druck auf sie ausüben, damit sie ihre Meinung offenbaren würde.

«Über so etwas dürfen wir nicht sprechen.», flüsterte sie beinahe.

«Aber wenn es so wäre. Wenn du den König hassen würdest, dann-»

«Natürlich hasse ich den König, aber es ist nicht an mir, zu entscheiden, was mit ihm passiert.» Sarahs Tonwechsel erstaunte mich. Bisher hatte sie eher schüchtern gewirkt, doch noch ein bisschen mehr Druck und sie würde sich nicht mehr zurückhalten können.

«Und was, wenn ich dir sagen würde, dass du helfen kannst, den König loszuwerden?» Es war das erste Mal, dass ich Sahras Lachen hörte. Sie faltete Seelenruhig meine Kleider zusammen und verstaute sie im Schrank.

«Das ist unmöglich.» Ich konnte nicht locker lassen. Nicht, wenn ich so nah dran war. Also erzählte ich ihr alles, was sie wissen musste. Ich erzählte ihr von unserem Vorhaben, doch ich erwähnte May nicht. Falls Sarah sich doch gegen uns wenden würde, wüsste sie immerhin nur von mir. Sie würde nichts über meine Vergangenheit wissen müssen, also sagte ich ihr, dass ich eine Zeit lang in einem anderen Königreich gelebt hatte, bevor ich in meine Heimat zurückkehrte, um die Dinge richtig zu stellen. Wir sprachen noch einige Stunden und einigten uns schliesslich darauf, dass Sarah über das Angebot nachdenken würde, ehe sie sich entschied. Als sie gegangen war, wurde es bereits dunkel. Ich zog mich um und wollte gerade meine Messer schleifen, als ich ein Geräusch auf dem Dach hörte. Mein Geist verfiel sofort in Alarmbereitschaft. Als ich meinen Dolch zückte, war erneut ein dumpfer Ton zu hören, dieses Mal näher am Fenster. Es war nur einen Spalt breit geöffnet, aber als ein Windstoss den Holzrahmen erfasste, wurde es ganz aufgestossen. Auf Zehenspitzen näherte ich mich von der Seite ans Fenster an. Meine nackten Füsse schmiegten sich an den kalten Steinboden und der kalte Wind, der durch das Fenster hereinkam, wehte mein dünnes, weisses Baumwollkleid umher. Plötzlich sah ich einen Stiefel an meinem Fenster erscheinen. Blitzschnell nutzte ich die Gelegenheit und zog den Eindringling in mein Zimmer herein. Kurz zuckte ich zusammen, weil ich nicht erwartet hatte, dass Euphorbia so schwer war. Wir fielen zu Boden und rollten zum Tisch hinüber, welchen wir umwarfen. Ich spürte Euphorbias Hand in meinen Haaren. Mein Kopf wurde nach hinten gerissen und eine Klinge wurde an meinen Hals gehalten. Meine eigene Klinge. Ich rammte meinen Ellenbogen nach unten und erwischte einen Knochen. Das stumpfe Gezeter sagte mir, dass es nicht eine Frau war, mit der ich rang, doch ich würde nicht aufhören, mich zu wehren. Es war mir egal, wer mich angriff. Fragen würde ich später stellen.

«Halt, warte. Ich bin es!» Ich riss die Kapuze des Eindringlings nach hinten. Es war nicht Euphorbia, auf der ich lag, sondern Duncan.

«Was zum ... was machst du hier?», schrie ich und liess meinen Dolch sinken. Ich lag noch immer auf ihm und drückte ihn mit meinem Gewicht nach unten. Er hätte mich mit Leichtigkeit von sich stossen können, aber er gönnte mir wohl den Moment des Triumphs oder aber er suchte die Nähe, die wir schon einmal gespürt hatten. Nein, er war mein Feind. Er wollte mich davon abhalten, den König umzubringen. *Er* würde mich sicher nicht um den Finger wickeln.

«Ich ... äh ... willst du dir nicht vielleicht etwas anziehen, bevor wir reden?», stotterte er. Ich sah an mir herab. Mein Kleid war zwar dünn, aber blickdicht. Meine Arme waren nackt, da die Träger des Kleids nur dünne Stoffstreifen waren und der Stoff war so weit nach oben gerutscht, dass man sogar meine Oberschenkel sah. Warum störte ihn meine nackte Haut? Er hatte schliesslich hervorgehoben, dass ich mich für jeden Mann ausziehen würde, wenn ich ihn dafür abstechen durfte.

«Ist ja nicht so, als ob du nicht schon einmal viel mehr gesehen hättest.», antwortete ich genervt. Ich war stolz darauf, wie selbstsicher meine Stimme klang. Duncan wirkte nicht mehr so angsteinflössend, wie er mit erhobenen Händen auf meinem Teppich lag. Ich spürte seinen Atem auf meiner Haut. Mein Kleid haftete dort, wo seine Hände gewesen waren; ich konnte die Wärme noch immer spüren.

«Ich war nicht derjenige, der dich gestern nackt im Zimmer gefunden hat. Es war Kiana. Sie hat May geholt und zusammen haben sie dich auf das Bett gehievt. Ich kam erst dazu, als du schon eingewickelt dalagst.» Ich sah ihn mit grossen Augen an. Ich wusste zwar nicht, wieso er das gerade gesagt hatte, aber ich fühlte mich etwas wohler in meiner Haut. Ausserdem hatte ich noch nie Probleme damit gehabt, nackte Haut zu zeigen. Mit dieser Sache hatte Duncan recht gehabt, ich war es gewohnt, ohne Kleider zu «arbeiten». Jetzt, da ich daran dachte, stieg Übelkeit in mir auf. Unwohlsein breitete sich aus und brachte mich dazu, mich von Duncan wegzudrehen. Hätte ich doch nur nicht daran gedacht. Ich stand auf und strich mein Nachthemd glatt. Duncan rappelte sich auf und rieb sich die Rippen, wo mein Ellenbogen ihn erwischt hatte.

«Tut mir leid. Ich dachte, du wärst jemand anderes.», versuchte ich mich zu rechtfertigen. Und ich meinte es auch so, das war schliesslich schon unsere zweite Rauferei gewesen. Trotzdem genoss ich es, Duncan zu schlagen. Ich musste mich schliesslich für seine Bemerkungen unserer letzten Begegnung rächen, auch wenn er die Wahrheit gesagt hatte.

«Schon okay, immerhin hast du einen harten Schlag.» Schon wieder so eine blöde Antwort. Ich ging zu meinem Schrank hinüber und holte den Mantel heraus, den mir Sarah gebracht hatte. Er verdeckte praktisch alles, bis zu meinen Füssen herunter. Dann setzte ich mich mit Duncan vor das Feuer.

«Warum bist du hergekommen? Und warum hast du nicht einfach die Tür benutzt?» Die zweite Frage war zugegebenermassen etwas ironisch gemeint, um seine Dummheit hervorzuheben. Wahrscheinlich hatte er einen Heldenmoment gesucht oder vielleicht kam er sich durch diese Aktion geheimnisvoller vor.

«Wenn jemand gesehen hätte, dass ich mich in diesem Teil der Burg aufhalte, dann wären Fragen aufgekommen. So ist es besser, glaub mir.» Das war erstaunlich plausibel.

«Ich wollte mit dir darüber reden, was auf dem Fest passiert ist.» Ah, da kamen wir der Sache schon näher. Ich war mir sicher, dass Kiana sich mit Duncan unterhalten und ihn gebeten hatte, mich aufzusuchen. Zum einen, weil sie Duncan vertraute und ihn unbedingt bei unserem Plan dabeihaben wollte, zum anderen, weil sie mit absoluter Sicherheit unsere Prügelei eben gehört hatte, aber nicht hereingeschneit kam.

«Du hast deinen Standpunkt deutlich *mitgeteilt*. Ich wüsste nicht, was ich noch dazu sagen sollte.» Darauf schien Duncan wohl keine Antwort zu wissen, denn er sah auf seine Hände herab und kräuselte die Lippen. Wusste er, dass ich auf die persönliche Beleidigung und den Kommentar über meine Albträume anspielte?

«Ich würde gerne etwas … über dich erfahren.», sagte er und löste seine Hände voneinander.

«Warum in aller Welt willst du mich besser kennenlernen? Was hat das mit dem Attentat auf den König zu tun?», fragte ich sichtlich verwirrt.

«Es hilft mir, dich besser einzuschätzen. Ich kann schliesslich nicht jedem beliebigen Menschen vertrauen, nicht wahr?» Sehr wahr. Allerdings war das wohl nicht der geeignete Ort, um sich über Privates zu unterhalten. Nicht zuletzt, da die Wände Ohren zu haben schienen. Ich stand auf und ging auf die Verbindungstür zu, die zu Kianas Zimmer führte.

«Komm mit. Hierfür kenne ich einen besseren Ort.», sagte ich trocken und öffnete die Verbindungstür. Kiana kam mit voller Wucht entgegengeflogen und landete mit dem Gesicht auf dem Steinboden.

«Au! Hättest du mich nicht vorwarnen können?», sagte sie genervt.

«Hättest du nicht einfach schlafen gehen können, statt uns zu belauschen?», entgegnete ich mütterlich. Dieser Kommentar trieb sogar Duncan ein Lächeln in die Mundwinkel und plötzlich wirkten seine schwarzen Augen nicht mehr so bedrohlich. Ich schob Kianas Schrank zur Seite und legte den Eingang zum Tunnel frei, der zum unterirdischen See führte. Duncan folgte mir schweigend und rieb beim Vorbeigehen Kianas Kopf. Ein Bild von ihm als Vater huschte vor meinem inneren Auge vorbei. Bisher hatte ich ihn immer als knallharten Kämpfer gesehen. Mir war nie in den Sinn gekommen, dass auch er eine zärtliche Seite hatte, die er nur bestimmten Leuten zeigte.

«Ich habe jahrelang für eine Untergrundorganisation gearbeitet, die sich gegen das Regime des Königs aufgelehnt hat. Wir haben Attentate auf Berater des Königs und andere Leute der sozialen Oberschicht verübt und so versucht, in das Wespennest zu stechen.», erzählte ich Duncan und achtete dabei ganz genau darauf, nicht zu viel von mir preiszugeben. Jedenfalls nicht mehr als das, was er schon wusste.

«Habt ihr etwas bewirkt?» Diese Frage hatte ich mir schon so oft gestellt und nie eine klare Antwort darauf gefunden. Ich hatte mir immer vorgestellt, dass unsere Anschläge etwas bewirkten. Dass dem König bewusst werden würde, was passierte und dass er besser für sein Volk sorgen würde, aber das Einzige, was in diesem Land regierte, war die Gier. Das Verlangen, das niemals gestillt werden konnte. Ich hatte mir immer eingeredet, dass ich besser war als die Wächter des Königs, die Frauen zum Spass in ihre Gemächer zerrten und sich an ihnen austobten. Ich hatte mich gut gefühlt, wenn ich einem solchen Mann meinen Dolch in den Hals gerammt hatte. Wenn ich zusah, wie er an seinem eigenen Blut erstickte. Es dauerte eine Weile, bis ich realisierte, dass ich genauso schlecht war wie sie oder sogar noch schlimmer. In gewisser Weise war ich wie Duncan. Ich hatte mein halbes Leben lang Daphne gehorcht und jeden Auftrag erfüllt, den sie mir erteilte, und nun verurteile ich Duncan dafür, dass er alles tat, um seinen König zu beschützen, von dem er dachte, dass er ein guter Mensch sei.

«Was ist mit dir? Was ist deine Geschichte? Selbstverständlich brauche ich die Informationen, um dich besser einzuschätzen.» Duncan zögerte kurz. Es sah so aus, als ob er sich die Worte in seinem Kopf zurechtlegte.

«Der König hat mich zu einem Kämpfer erzogen. Als ich etwa 14 Jahre alt war, habe ich eine Ausbildung als Wächter angefangen, um die königliche Familie beschützen zu können. Ich habe mein ganzes Leben innerhalb dieser Mauern verbracht. Es gibt niemanden hier, der die Burg besser kennt als ich. Meine Hauptaufgabe ist es, Attentate auf den König zu verhindern. Es wäre also möglich, dass ich bereits einigen deiner … Kolleginnen begegnet bin.» Die letzte Bemerkung hätte nicht sein müssen, denn die Bilder von Atropas brennendem Fleisch flogen vorwurfsvoll durch meine Gedanken. Oder hatte er etwa gemeint, dass er schon einige Partisaninnen in seinen Gemächern gehabt hatte und als Gewinner aus der Begegnung hervorgegangen war? Waren denn alle Männer ekelerregende Schweine? Wir hatten den unterirdischen See erreicht und setzten uns auf den Steinboden. Duncans Reaktion nach zu urteilen, war er schon mehrmals hier gewesen. Ich hatte kaum die Augen abwenden können, als ich diesen Ort zum ersten Mal sah, doch Duncan fixierte seinen Blick auf mich, so als ob *ich* hier die Attraktion war.

«Nun, da du meine Geschichte kennst, verstehst du wohl auch, weshalb ich mein Königreich nicht verraten kann.» Seine Augen glänzten im Licht des Wassers.

«Ich denke, dass du noch nicht realisiert hast, dass es nicht das Königreich ist, das du verrätst.» Duncan sah mich mit verwirrtem Blick an. Meine Stimme war aufbrausender, als ich beabsichtigt hatte.

«Ein Umsturz der Monarchie würde Eastwood ins Chaos stürzen. Auf den Strassen würde gewütet werden, Zerstörung wäre alles, was übrig bliebe. Denkst du nicht, dass ich Recht daran tue, zu denken, dass Eastwood ohne den König keine Zukunft hat?» Wäre das denn so schlimm? Wäre ein Neuanfang nicht die perfekte Möglichkeit, um ein Regime nach unseren Vorstellungen zu gestalten? Womöglich hatte Duncan recht und es wäre absurd zu behaupten, dass der komplette Umsturz eines Königreiches zu einer besseren Welt führen würde. Ich glaubte jedoch daran, dass es für uns keine andere Möglichkeit gab.

«Es sind nicht die Häuser, die Eastwood ausmachen. Es ist auch nicht der Boden oder die Felder. Genauso wenig wie die Stadtmauern oder die Reichtümer im Keller der Burg.» Nach einer kurzen Pause sprach ich weiter. Ich beschrieb nicht nur die Wahrheit, sondern auch das, was wir alle realisieren mussten. Das, was niemand begriffen hatte und was mir niemand glauben würde, weil es so absurd klang.

«Es ist das Volk. Wenn das Volk leidet, dann leidet auch Eastwood.»

FÜNFZEHN

Duncan und ich waren wieder zurück zu meinem Gemach gegangen. Mittlerweile schlief Kiana friedlich in ihrem Bett. Sie hielt sogar noch ihr Notizbuch in der Hand. Wir schoben den Schrank an seinen Platz und schlossen die Verbindungstür zu Kianas Zimmer.

«Ich werde euch nicht bei eurem Plan helfen und ich werde auch nicht wegsehen.» Hatte er mir eben nicht zugehört?

«Entweder du bleibst in der Burg und gibst dich weiterhin als Gelehrte aus, bis der König dich von deinem Dienst befreit oder du verschwindest aus Eastwood.» Wut kochte in mir auf. Ich spürte, wie sich die Worte in meinem Hals verklumpten und mich anflehten, sie herauszulassen. Ich hatte mich unter Kontrolle, doch dann drehte sich Duncan meinem Fenster zu und öffnete es. Er verhielt sich, als ob die Sache für ihn erledigt war. Gerade als er raus steigen wollte, packte ich seinen Arm und zog ihn zurück.

«Ist dir eigentlich bewusst, dass dein König tagtäglich Truppen aussendet? Er bildet sie scharenweise im Hinterhof aus und schafft sie aus Eastwood heraus. Sie sammeln sich in den Wäldern und warten darauf, andere Königreiche zu überfallen. Was denkst du, woher der König die Reichtümer hat, um all das zu bezahlen?», fragte ich mit einer grossen Handbewegung durch mein Gemach. Es war nicht gerade das beste Beispiel, da es sehr schlicht eingerichtet war, aber Duncan hatte scheinbar verstanden, dass ich mit meiner Geste die Burg meinte. Ich hatte schon seit Jahren bemerkt, dass der König massenweise Soldaten ausbildete. Ich hatte nur nicht gewusst, wofür. Daphne hatte immer gesagt, dass er kleinere Dörfer und alte Stämme der Einheimischen überfiel, um seine Reichtümer zu sichern. Durch Mays Quellen hatten wir jedoch herausgefunden, dass der König etwas viel Grösseres geplant hatte.

«Das ist eine Lüge. Der König sendet die Truppen aus, um die Grenzen von Eastwood zu bewachen. Wir wären schon längst von den anderen Königreichen angegriffen worden, wenn das, was du sagst, stimmen sollte.» Es sei denn, der König führte bisher nur Angriffe auf kleine Dörfer aus. Die Dörfer, um die sich niemand scherte. Ich wollte nicht warten und sehen, was passierte, nachdem der König seinen grossen Angriff umgesetzt hatte. Ich liess Duncans Arm los, ging zum Schrank hinüber und zog das Kleid an, welches ich am ersten Tag in der Burg getragen hatte. Da Duncan über meine wahre Identität Bescheid wusste, musste ich meine Waffen nicht im Geheimen einstecken. Ich zog mein Oberschenkelholster an und steckte diesmal die Misericordia hinein, deren Anblick mir noch immer Schmerzen bereitete. Ich schnürte meine Stiefel und knotete meinen Mantel zu.

«Gehen wir», sagte ich monoton und stieg aus dem Fenster.

Wir waren über eine Luke auf dem Dach zurück in die Burg gelangt. Ich führte Duncan in den Keller, wo sich der Lieferanteneingang befand. Wir versteckten uns im Schutz der Dunkelheit, obwohl es tiefe Nacht war und niemand in den Gängen der Burg herumwanderte, bis auf ein paar Wächter, denen wir entschieden aus dem Weg gingen. Wir schlugen einen schmalen Gang ein, der in den Innenhof führte. Er brachte uns zu einem Durchgang, der aus der Burg führte. Iliana hatte ihn jahrelang Stück für Stück gegraben und mithilfe von Steinen versteckt. Er befand sich hinter dem Garten und führte zu einem Gasthaus, welches sich neben der Burgmauer befand und in welchem sich die Wächter manchmal nach ihrer Schicht trafen. Duncan folgte mir wortlos und musterte jede meiner Bewegungen. Ich hatte nicht darüber nachgedacht, dass es unklug war, ihm unseren Fluchtweg zu zeigen, aber ich hatte dieses dringende Bedürfnis, Duncan aus der Burg herauszuschaffen. Erstaunlicherweise wehrte er sich nicht dagegen, sondern beäugte alles mit grossen, neugierigen Augen, wie ein Kind, das zum ersten Mal die Welt sah. So einen Blick hatte ich bisher nur bei Kiana gesehen. Wir bückten uns durch den kleinen Durchgang und blieben weiterhin im Schatten. Ich hörte Gelächter aus dem Gasthaus, das mich an Portvillage erinnerte. Duncan kam wenige Minuten nach mir aus dem Loch in der Burgmauer heraus und rappelte sich auf.

«Wo sind wir?», fragte er. Offensichtlich hatte er nicht realisiert, wo wir soeben durchgegangen waren. Ich antwortete nicht auf seine Fragen. Stattdessen zog ich ihn durch die Gassen von Eastwood. Er sollte es selbst herausfinden.

Das Erste, was wir sahen, war ein Kind, das auf einer Bank neben einer Hütte lag. Duncan blieb stehen und wandte den Blick nicht von der Szene ab. Ich hatte es stets vermieden, so genau hinzusehen und es war selbst für mich ein Schock, aber ich hatte schon so lange damit gelebt, dass ich vergessen hatte, wie unrecht es war.

«Was … was macht denn dieses Kind auf der Strasse?», flüsterte Duncan mir zu und drückte dabei meine Hand. Ich hatte nicht einmal bemerkt, dass er danach gegriffen hatte. Ich konnte selbst kein Wort hervorpressen, also zog ich ihn sanft weiter. Duncan sah die ganze Zeit über seine Schulter zur Bank, wo das Kind friedlich schlief. Die Häuser waren herabgekommen und teilweise hatten sie Löcher in den Wänden von Überfällen der vergangenen Jahre. Eastwood war erstaunlicherweise nicht oft angegriffen worden, aber wenn, dann hatte es nur das Volk erwischt und nie die Burg. Das erklärte womöglich auch Duncans Verwirrung. Die Burgmauer war hoch, wodurch man als Wächter wohl nichts von den Überfällen gehört oder gesehen hatte. Wir kamen zum Schauplatz des Mords am Königssohn. Duncan liess sich auf den Rand des Brunnens sinken und zog mich mit sich. Wenn man länger an einer Stelle verweilte, wenn man genauer hinsah, dann sah man auch mehr. Hier und da lagen tote Tiere herum, die man nicht beerdigt hatte. Bettler streiften durch die Strassen und fielen teilweise vor Erschöpfung um. Gleichzeitig drang das Gelächter aus dem Gasthaus durch die Wände des grössten Gebäudes, das hier auf dem Platz stand. Ein Wächter stolperte betrunken aus den Türen der Spelunke und riss ein Mädchen mit sich, das er wohl beim Saufgelage kennengelernt hatte. Ich spürte, wie sich Duncan neben mir versteifte. Er legte seine Hand an den Griff seines Schwertes, welches er an der Hüfte befestigt hatte. Als er ruckartig aufstand, griff ich nach seinem Arm und zog ihn sanft nach unten. Ich wollte meine Hand wegziehen, aber er umklammerte meine Finger und liess sie nicht mehr los.

«Du kannst nichts tun. Sie hat sich dazu entschieden, mit ihm mitzugehen.», versuchte ich ihn zurechtzuweisen, aber Duncan verstand nicht, was ich ihm versuchte zu sagen. Er verstand das ungeschriebene Gesetz nicht, das alle Frauen kannten: Niemals einmischen.

«Aber warum? Warum zum Himmel würde eine Frau so etwas freiwillig tun?» Die Ungläubigkeit in seiner Stimme bebte durch meine Knochen. Ich verkrampfte meine Hand und realisierte, dass das Mädchen dort genauso gut ich hätte sein können, bevor Daphne mich in ihre Rebellion aufgenommen hatte.

«Weil sie keine andere Wahl hat.», antwortete ich und sprach dabei nicht nur von dem Mädchen, das mit dem Wächter in einer Seitengasse verschwand.

«Was soll das heissen? Sie kann doch einfach gehen. Sie kann nach Hause gehen und-»

«Duncan, das Mädchen hat wahrscheinlich kein Zuhause.», versuchte ich möglichst sanft zu erklären.

«Blödsinn! Wie könnte so ein junges Mädchen ohne Hilfe überleben? Sie muss doch Eltern haben.» Duncans Worte stachen in meine Brust. Ich spürte die Kälte des Abends auf meinem Gesicht. Der Wind verhinderte, dass eine Träne über meine Wange lief.

«Es gibt viele Kinder, die auf der Strasse-»

«Ich verstehe das nicht! Warum in aller Welt hast du mich hierhergeschleppt?» Sofort liess ich Duncan los, aber seine Finger umschlossen noch immer meine Handfläche. Der cholerische Ton in seiner Stimme machte mich sprachlos. Niemals hätte ich gedacht, dass seine Naivität so tief sass.

«Weil ich dir zeigen will, was Eastwood ist. Ich will, dass du verstehst, wozu der König es gemacht hat.» Gerade als die Worte meine Gedanken widergespiegelt hatten, fing die Sonne an, aufzugehen und Duncan wandte seinen Blick mir zu.

Unsere Gesichter neigten sich einander zu und ich dachte daran, wie ungeeignet dieser Moment war, um einem Menschen nahe zu sein. Ich dachte daran, dass ich Duncan nicht als liebenswürdig kennengelernt hatte, doch dann erinnerte ich mich, wie er Kiana über den Kopf gestreichelt hatte und wie er sie ansah. Er hatte mich beleidigt und sich über meine Arbeit lustig gemacht, aber er hörte mir auch zu, als ich Teile meiner Geschichte erzählte. Duncan löste seine Hand von meiner und legte sie mir zögerlich auf die Wange. Sie war noch warm von der Berührung unserer Hände. Ich lehnte mich näher an ihn heran und verringerte den Abstand zwischen uns. Ich konnte sehen, wie ihn die Sache mit dem Mädchen beunruhigte. Seine Augen schienen wild umherzublicken. Der Anblick erinnerte mich daran, wie einige meiner Ziele mich so angesehen hatten. Ich wusste immer, wie ich sie ablenken konnte, doch dies bei Duncan zu tun, fühlte sich falsch an. Trotz allem wollte ich ihm nahe sein. War der Unterschied, dass ich den anderen Männern nicht so nahe kommen wollte? Obwohl Duncan der einzige Mensch in dieser Burg war, der mir Angst einjagen konnte, wollte ich ihm nahe sein. Wir schlossen unsere Augen und lehnten uns weiter vor, bis sich unsere Lippen in der Dunkelheit trafen. Es war ein Reflex gewesen. Ein Instinkt, der tief in meinem Innern verankert war. Ich hatte schon immer das tun müssen, was Männer von mir erwarteten. Die Frage war nur, ob ich Duncan geküsst hatte, weil er es von mir erwartete oder weil ich es wirklich wollte.

Ich hatte zugegebenermassen mit unfairen Mitteln gespielt. Ich hatte Duncan, der sein Leben lang von den Bequemlichkeiten der Burg profitiert hatte, ohne Warnung auf die brutale Realität losgelassen. Nachdem sich unsere Lippen voneinander getrennt hatten, hatte ich mich mit Duncan auf den Rückweg gemacht. Ich konnte den Sturm sehen, der noch immer hinter seinen Augen zu wüten schien, doch ich konnte nicht erkennen, ob das Feuer von unserem Kuss oder vom Elend in Eastwood aufrechterhalten wurde. Was ich aber sah, war, dass er hin- und hergerissen zu sein schien. Gefangen zwischen dem, was man ihm eingeredet und dem, was er soeben mit eigenen Augen gesehen hatte. Verwirrt von den Gefühlen, die wir langsam füreinander entwickelten und entschlossen, weil er wusste, was seine Pflicht gegenüber seinem Königreich war. Es war furchtbar, ihn so zu sehen. Der Mann, der mir mit seiner Erscheinung so grosse Angst einjagen konnte, dass ich reglos dastand und mich nicht bewegen konnte. Ich legte meine Hand auf seinen Arm und versuchte ihn zu beruhigen. Zeitgleich versuchte ich die Schuld aus meinen Gedanken zu vertreiben. Es war egal, ob ich tat, was ich tat, weil man es von mir erwartete. Ich hatte mich schon immer so verhalten, um das zu bekommen, was ich wollte.

«Dieses Leid kann nur ein Ende haben, wenn wir den König stürzen.» Es war schwierig bei Duncan eine Balance zu finden. Wenn man ihn zu sehr drängte, dann würde er sich abwenden, aber spätestens jetzt musste er so weit sein, dass er verstanden hatte, wie er vom König manipuliert worden war.

«Nein», war das Einzige, was Duncan sagte.

«Was soll das denn heissen?», fragte ich verwirrt und griff etwas fester nach seinem Arm.

«Ich kann und will nicht glauben, dass der König sich davon abwendet. Er würde niemals zulassen, dass Eastwood auseinanderfällt. Er würde niemals zulassen, dass seine Wächter es in einem dunklen Gang mit Minderjährigen treiben!» Ein Zucken rauschte durch meinen Körper, als Duncan lauter wurde. Auch er schien mein Zusammenschrecken bemerkt zu haben, doch sein Ausdruck wurde nicht weicher. Ich liess seinen Arm los und baute mich vor ihm auf. Ich konnte nicht glauben, was ich da hörte. Er konnte doch nicht so naiv sein zu glauben, dass der König nicht wusste, was in seinem Land vor sich ging. Wie blind war dieser Mann?

«Ich habe dich hierher gebracht, damit du das Leid mit eigenen Augen sehen kannst und trotzdem tust du so, als ob du ein blindes Huhn wärst!», schrie ich ihn an, ohne Angst zu haben, wer uns hören konnte. Duncans Rage war ihm ins Gesicht geschrieben.

«Ich kenne den König besser als jeden anderen in dieser Burg! Du bist eine Fremde für mich und du willst, dass ich dir vertraue? Was bildest du dir eigentlich ein, wer du bist? Du hast keine Ahnung, wie dieses Mädchen dort-» Er konnte den Satz nicht beenden, da er ganz genau wusste, dass ich ihr Handeln nachvollziehen konnte. Seine Worte schmerzten mehr, als ich erwartet hatte, aber das führte nur dazu, dass meine Wut noch mehr geschürt wurde. Er hatte mich soeben geküsst und trotzdem bezeichnete er mich als Fremde?

«Deiner Blindheit nach kennst du ihn kein Stück! Siehst du nicht, dass der König sich für niemanden interessiert, ausser sich selbst? Er nennt Kiana niemals «meine Tochter» oder «mein Kind» ist dir das schon einmal aufgefallen? Du denkst, dass du über alles Bescheid weisst, dabei hast du noch niemals die Augen geöffnet und hingesehen, wo die richtigen Probleme liegen! *Du* weisst nichts vom Leben und wie hart es sein kann. *Du* weisst nicht einmal, was ein Leben ist! *Du* stolziert herum und tust, was du willst, ohne dir zu überlegen, welche Konsequenzen dein Handeln haben könnte, genauso wie dein makelloser König. Wie fühlt es sich an, durch «weise Augen» zu blicken und weniger zu sehen als das Kind, das dort auf der Bank liegt und erfriert?» Meine Worte stachen in sein Fleisch, das konnte ich an der Verfinsterung seiner Augen erkennen. Als ich das Kind erwähnte, zog Duncan sein Schwert und richtete es auf meinen Hals. Ich zuckte nicht einmal zusammen. Alles, was ich tat, war, ihn mit einem eiskalten Blick anzustarren, ihn herauszufordern. Ich wollte, dass er mich abstach, denn das hätte nur gezeigt, wie primitiv und kurzsichtig dieser Kerl war.

«Sprich noch einmal so über deinen König und ich werde dich hinrichten lassen.» Seine Drohung berührte mich nicht im Geringsten. Stattdessen ging ich einen Schritt auf Duncan zu, bis die Klinge seines Schwertes eine feine Rille in meine Haut ritzte.

«Eher sterbe ich hier und jetzt, als dieses Wiesel als meinen König zu bezeichnen.»

SECHZEHN

Duncan und ich waren getrennt in die Burg zurückgegangen. Wir hatten kein Wort mehr miteinander gesprochen, insbesondere über den Kuss. Ich war froh darüber, da sonst die Gefahr bestand, dass ich ihm den Schädel einschlug. Ich hatte mich am nächsten Morgen mit May getroffen und ihr von der Unterhaltung mit Duncan berichtet. Zuerst machte sie sich darüber lustig, dass ich es nicht geschafft hatte, ihn mit meinem weiblichen Charme zu verführen, doch als sie merkte, dass ich nicht über ihren Witz lachte, wurde sie wieder ernst. Kiana hatten wir nicht in unsere Diskussion einbezogen, da ich sie nicht noch mehr in das Chaos hineinreissen wollte.

«Ich bin gestern zu Iliana geschlichen und habe das hier besorgt.», sagte May und drückte mir ein Fläschchen in die Hand. Es war etwa so gross wie mein kleiner Finger und hatte keine Aufschrift.

«Wir werden das Gift in den Wein des Königs mischen. Es wird sehr schwierig sein, in seine Nähe zu kommen. Deshalb haben wir versucht, jemanden zu finden, der dem König nahesteht. Denkst du, dass Sarah nahe genug an ihn herankommt, um ihm das Gift unterzujubeln?» Ich war mir nicht sicher. Ich wollte nicht einmal daran denken, was passierte, wenn Sarah erwischt werden würde. Sie würde wahrscheinlich noch am selben Tag hingerichtet werden und es wäre meine Schuld.

Das konnte ich nicht zulassen. Sie hatte mir kurz nach unserem Gespräch versichert, dass sie mir helfen würde, doch ich konnte es nicht riskieren, sie auch noch in die Sache hineinzuziehen.

«Ich werde es tun.», sagte ich knapp und steckte das Fläschchen in mein Kleid.

«Sei nicht albern. Du kommst niemals an den König ran. Er ist praktisch die ganze Zeit über von Wächtern umgeben, die ihn rund um die Uhr bewachen und aufpassen, dass ihm keiner zu nahe kommt. Ausserdem kennt Duncan dein Gesicht und weiss, was wir vorhaben. Wenn er dem König wirklich so ergeben ist, wie du behauptet hast, dann lässt er dich niemals in seine Nähe.»

«Ich habe lange genug für Daphne und ihre Truppe gearbeitet. Das Training muss doch für etwas gut gewesen sein.» Ich zog das Kleid an, das Iliana für mich besorgt hatte. Atropas Misericordia lag schwer in meiner Hand und fühlte sich eiskalt an. Ich schloss die Augen und fuhr mit meinen Fingern über den Griff der Klinge. Ich konnte Atropas Schreie in meinem Kopf hören. Sie hatte sie so lange zurückgehalten, hatte keine Furcht gezeigt. Sie war hart geblieben, obwohl sie wusste, dass ihr Leben auf diesem Scheiterhaufen enden würde. Atropa hatte nicht um ihr Leben gebettelt und sie hatte nicht versucht zu fliehen. *Sie* war eine wahre Kämpferin gewesen und ich schämte mich, dass ich nichts getan hatte, um sie zu retten. Ich würde nicht zulassen, dass mir dieser Fehler noch einmal unterlief.

Es war mittlerweile Abend geworden und ich machte mich bereit, zum König zu gehen. Ich hatte meine Waffen in den Verstecken im Kleid verstaut, obwohl ich befürchtete, dass der König sie finden würde, doch ich würde dafür sorgen, dass er tot war, bevor er realisierte, was vor sich ging. Mir war bewusst, dass ich ihn mit dem Gift töten musste, damit der Tod unauffällig aussah und wie Altersschwäche wirkte. Im Notfall würde ich jedoch nicht zögern, Atropas Misericordia durch seinen Hals zu ziehen. Ich würde es sogar geniessen, dem König beim Ersticken zuzusehen. Es war eine Schande, dass er so friedlich gehen durfte. Im Speisesaal wimmelte es von Personal, das den Tisch für das Abendessen deckte. Ich sah zu, wie weisse Tischtücher über die Tafel gebreitet wurden und wie Dienstmädchen die Blumengestecke arrangierten. Mein Blick fiel auf eine junge Dame, die ich erkannte. Sie war gerade dabei, das Besteck auf dem Tisch zu platzieren. Sie hob ihren Kopf und sah mir direkt in die Augen. Ich konnte ihren Blick nicht deuten. Möglicherweise dachte sich Sarah, dass wir unseren Plan verworfen hatten, doch irgendetwas sagte mir, dass sie nicht so dumm war zu denken, dass wir uns geschlagen geben würden. Sie hatte mir von ihrer Familie erzählt und ich hatte kaum zugehört, weil ich dachte, dass es sowieso unnötig war, mir diese Informationen zu merken. Ich hatte von Anfang an gewusst, dass wir Sarah nicht in die Sache hineinziehen konnten. Hätten wir es getan, dann wären wir genauso leichtfertig mit einem Menschenleben umgegangen wie der König mit seinem Volk. Gerade als ich den Blick von Sarah abwenden wollte, nickte sie. Ich musste mich beherrschen, nicht stehenzubleiben. Sie hatte mir zu verstehen gegeben, dass sie noch immer an meiner Seite war. Ohne zu zögern, ging ich weiter, bis ich die grosse Holztür zum Gemach des Königs erreicht hatte. Die Wächter, die vor der Tür standen, rückten mir in den Weg und starrten einander ratlos an.

«Ich wünsche den König zu sprechen.», erklärte ich und verschränkte meine Finger ineinander.

«Es geht um die Bildung seiner Tochter.», ergänzte ich. Der rechte Wächter klopfte zweimal an die Tür, die sofort geöffnet wurde. Doch es war nicht der König, der erschien, sondern ein weiterer Wächter. Sie flüsterten etwas Unverständliches und anschliessend wurde die Tür wieder geschlossen. Ich wartete darauf, dass einer der beiden Wächter das Wort ergriff, aber nichts passierte. Als ich meinen Mund öffnete, um etwas zu sagen, schwang die Tür erneut auf. Dieses Mal ganz. Die Wächter traten zur Seite und ich betrat das Gemach des Königs.

Das Bett war doppelt so gross wie meines und wurde von roten Vorhängen geziert, die mit goldenen Fäden bestickt waren. Die gleichen Vorhänge schmückten die Fenster, durch die der sanfte Schein des Monds leuchtete. In der Mitte des Raums stand ein runder Tisch mit einer Kanne Wein und mehreren Bechern. Ich sah mich nach dem Wächter um, der vorhin die Tür geöffnet hatte. Er stand noch immer neben dem Eingang und hielt einen Speer in der Hand, den er auf dem Boden abstützte. Er war der einzige Wächter im Raum und ich war erstaunt, dass es nicht Duncan war, der dort stand. Ich hatte Duncan ohnehin seit gestern Abend nicht mehr gesehen. Vielleicht hatte der König nun auch ihn nach draussen in die Wildnis geschickt, um das nächstbeste Königreich zu überfallen.

«Guten Abend. Man hat mir gesagt, dass du über die Ausbildung meiner Tochter sprechen willst?», fragte der König und setzte einen Kelch an seine Lippen. Er stellte ihn ab und setzte sich auf einen der Stühle, die um den Tisch standen. Dann wies er mich mit einer Handbewegung an, mich ebenfalls zu setzen.

«Ja, ich denke, dass es noch einige Unklarheiten bezüglich Kianas Ausbildung gibt.», sagte ich abwesend und konzentrierte mich darauf, meine Körpersprache zu kontrollieren.

«Ist das so? Von welchen Unklarheiten sprechen wir?», wollte der König wissen. Ich leierte irgendetwas herunter und machte mir nicht einmal die Mühe, mir zu merken, was ich gerade gesagt hatte.

«Aber eigentlich bin ich nicht nur hergekommen, um über Kiana zu sprechen.», sagte ich leise, während ich aufstand und zum Stuhl des Königs herüberging. Der Wächter am Eingang zuckte kurz, doch der König wies ihn an, zurückzubleiben. Das Fläschchen in meinem Ausschnitt drückte an mein Herz und fühlte sich kalt an, obwohl es sich von der Wärme meiner Haut aufgewärmt hatte.

«Ich dachte, dass Ihr vielleicht meine Anwesenheit geniessen würdet. Zumal Ihr schon seit Jahren keine Frau mehr an eurer Seite hattet.», flüsterte ich in sein Ohr und liess meine Hand über die Schultern des Königs gleiten. Ich konnte die Anspannung des Wächters quer durch den Raum spüren, doch er befolgte die Anweisung seines Königs und hielt sich zurück.

«Und du denkst, dass du der richtige Ersatz bist?», fragte der König mit erhobenen Augenbrauen. Ungläubigkeit.

«Nein, das denke ich nicht, aber ein König will doch auch seinen Spass haben, nicht wahr?», fragte ich verführerisch und drückte mein Kinn an seine Schulter. Ich spürte Hände an meiner Taille, die mich auf den Schoss des Königs zogen. Der Kelch mit dem Wein war nur eine Handbreite von mir entfernt, doch ich sah keine Möglichkeit, das Gift unauffällig hineinzuschütten, ohne dass es der Wächter sah. Also packte ich den König am Kragen und zog ihn auf die Beine. Er war zu meinem

Erstaunen kaum grösser als ich. Vielleicht lag es daran, dass er schon alt war und eher schrumpfte, als wuchs.

«Du bist viel zu stürmisch, um ehrlich zu sein.», sagte der König atemlos und spielte mit meinen Haaren. Ich hatte ihn um den Finger gewickelt.

«Ich kann noch viel stürmischer sein, wenn Ihr es wünscht.» Ich drückte ihn nach hinten, bis wir auf das grosse Bett fielen. Dann kniete ich mich über ihn und streifte meine Haare auf eine Seite. Ich sah nach unten und starrte in die schokoladenbraunen Augen des Königs. Fast als sich unsere Lippen trafen, wandte ich mich ab und ging zum Tisch, um den Kelch des Königs mit mehr Wein zu füllen. Ich achtete darauf, dass ich ihn mit der rechten Hand griff und mit dem Rücken zum Wächter stand, damit ich unauffällig einen Tropfen des Gifts in den Kelch schütten konnte. Der König lag flach mit dem Rücken auf dem Bett und bekam sowieso nichts mehr mit. Da der Wächter nicht auf mich zugestürmt kam, hatte er wohl nichts Auffälliges bemerkt. Ich schlenderte auf das Bett zu und hielt dem König den Wein hin. Dann ging ich wieder zum Tisch und schenkte mir auch ein.

«Darauf, dass diese Nacht lange andauern möge.», sprach der König mit einem verschmitzten Blick und prostete mir zu. Ich lächelte und tat dasselbe. Nicht, weil ich seiner Aussage zustimmte, aber vielmehr, weil ich wusste, dass die Nacht nicht lange andauern würde. In keinerlei Hinsicht. Das war jedoch, bevor alles schiefging. Der König setzte den Kelch an seine Lippen und im selben Moment stürmten haufenweise Wächter in das Zimmer hinein. Es hatte dem König so sehr die Sprache verschlagen, dass er vom Wein abliess und aus seinem Bett kroch. Ich schreckte zurück und sah ratlos zur Tür hinüber. Duncan konnte unmöglich geahnt haben, dass May und ich unseren Plan schon heute Nacht umsetzen würden.

«Was geht hier vor?», fragte der König. Das wollte auch ich wissen, aber ich war gerade so überrascht, dass ich mich nicht bewegen konnte. Vielleicht hatte ich noch eine Chance. Vielleicht war ich noch nicht aufgeflogen und die Wächter waren nur hereingeplatzt, weil etwas passiert war, das mit mir keinen Zusammenhang hatte. Die Wächter schwiegen und standen schwer atmend im Raum. Ich konnte Duncan noch immer nicht sehen. Dann kamen zwei der Wächter auf mich zu und zückten ihre Schwerter. Mist, ich war wohl doch aufgeflogen. Duncan hatte mich verraten, obwohl er mit Sicherheit wusste, was mit mir geschehen würde, wenn ich erwischt würde.

«Eure Majestät, wir haben zugesteckt bekommen, dass diese Frau hier ein Attentat auf Euch verüben will.», sagte einer der Wächter, der weiter hinten stand. Ich erkannte die Stimme nicht, also war es nicht Duncan, der sprach. Ich wich zurück, bis ich am Tisch anstiess. Der König stellte seinen Kelch auf den Boden und sah ihn mit grossen Augen an. Hatte er gerade realisiert, welches Schicksal ihn um ein Haar ereilt hatte? Die Wächter kamen immer näher und richteten ihre Waffen auf mich.

«Bringt sie in den Kerker.», befahl der König mit einem angewiderten Blick. Ich war diejenige, die angewidert sein sollte. Der König hätte sich mit einer Frau eingelassen, die er kaum kannte, obwohl er immerzu um sein Leben fürchtete. Ich zog Atropas Misericordia aus dem Halfter an meinem Oberschenkel und ging auf den Wächter los, der mich am Arm packen wollte. Ich rammte ihm die Klinge zwischen die Rippen und sah zu, wie er zu Boden glitt. So einfach würde ich mich nicht geschlagen geben. Dem nächsten Wächter, der sich mir näherte, zog ich eines meiner Wurfmesser durch den Hals. Das Blut besudelte meine Kleidung und verklebte meine Haare. Der König war mittlerweile aus dem Zimmer geschafft worden und es strömten immer mehr Wächter in das Gemach, wie Wasser durch ein trocken gelegtes Flussbett. Ich kämpfte mich durch die Menge und bekam teilweise kleine Schnittwunden oder Schläge ab, aber erstaunlicherweise nichts Ernstes, das mich beim Kämpfen behinderte. Mein Blick fiel auf eine Person, die im Türrahmen stand und so aussah, als ob sie nicht hierher gehörte. Sie sah mich mit einem Blick an, den ich nicht deuten konnte. Er drückte etwas zwischen Angst und Schuld aus, aber gleichzeitig Genugtuung.

«Sarah?» Es war vielmehr eine Feststellung und keine Frage. Ich hatte erwartet, dass Duncan mich verraten hatte. Deshalb hatten May und ich den Plan auch vorgeschoben. Auch wenn wir nicht dachten, dass es heute Nacht geschehen würde. Wir wollten nicht riskieren, dass Duncan Zeit hatte, uns zu verraten. Wir wollten nicht, dass er Zeit hatte, darüber nachzudenken. Auch wenn ich tief in meinem Innern das Gefühl hatte, dass Duncan nicht mit voller Überzeugung hinter den Handlungen des Königs stand. Ich dachte, dass ich seine Meinung zum Bröckeln gebracht hatte. Die Welt drehte sich und flog an mir vorbei. Alles wurde schwarz und ich wusste, dass das mein Ende sein würde.

～◡◠

Ich wachte mit brummendem Schädel im Kerker auf. Mein Kleid war verdreckt und an einigen Stellen zerrissen. Mein Kopf fühlte sich noch schlimmer an als damals, als ich zu viel Wein getrunken hatte. Ich rappelte mich auf und suchte die Verstecke in meinem Kleid nach Waffen ab. Alles weg. Jemand hatte mich durchsucht und jede einzelne Waffe gefunden. Mir war nicht einmal eine Haarnadel geblieben, mit der ich das Schloss hätte knacken können.

«Lou?», krächzte eine Stimme neben mir. Ich wandte mein Blick der Ecke zu, von der die Stimme zu kommen schien. Das war unmöglich.

«May?», fragte ich und ging auf den Schatten zu. May kam auf allen Vieren aus der Dunkelheit gekrochen. Sie hatte einen riesigen blauen Fleck auf der Wange und Blut an ihren Händen.

«May! Was machst du denn hier?» Was für eine dumme Frage. Sarah hatte gewusst, dass May beim Attentat mithalf, also war es nur logisch, dass wir beide hier festsassen. Wie konnte Sarah uns nur verraten? Ich wusste, dass die Menschen hier in Angst lebten, aber niemals hätte ich gedacht, dass sie uns verraten würde, obwohl wir das gleiche Ziel hatten. Die Hilfe zu verweigern, weil man Angst um sein eigenes Leben hatte, war eine Sache, aber Leute zu verraten, die die Drecksarbeit erledigen wollten, ist etwas anderes. Der Verrat ging tiefer, als ich zugeben wollte. Obwohl ich Sarah nur oberflächlich kannte, war ich davon überzeugt gewesen, dass sie den König so sehr hasste wie ich. Ich erkannte es an der Art, wie sie ihn ansah, wie sie sprach, wenn er in der Nähe war ... und sie war trotzdem diejenige gewesen, die unser Vorhaben zu Grabe getragen hatte. Ich war so nah dran gewesen. May und ich setzten uns auf den Boden und lehnten uns an den Schultern an. Ich spürte das Pochen in meinem Kopf, das mich in eine schläfrige Taubheit riss. Es kam mir einfacher vor, nachzugeben und einzuschlafen, als wach zu bleiben und mir einen Fluchtplan zu überlegen.

«Es tut mir leid. Ich habe es dir nie so direkt gesagt, aber ich bereue es, dass ich dir nicht die ganze Wahrheit erzählt habe.» Sie schüttelte den Kopf und starrte auf ihre blutigen Hände.

«Ich … ich konnte es bisher nicht aussprechen, aber ich habe mir diesen Plan nur ausgedacht, um mich zu rächen. Am König, an Eastwood … und an Daphne.» Der letzte Name liess mich aufhorchen, aber ich entschied, dass es besser war zu schweigen.

«Lorie, meine Mutter, sie … sie hat für die Rebellion gearbeitet und wurde verraten. Dieser Verrat hat meinen Vater das Leben gekostet und Lorie in tiefe Trauer getrieben, die sie ihr Leben lang nicht loswerden konnte. Der König hatte damals entschieden, dass man sie finden und hinrichten solle. Sie war gezwungen, ihre Heimat zu verlassen und auf sich allein gestellt, ein neues Leben anzufangen. Sie hat nie darüber gesprochen, aber ich konnte erkennen, dass die Zeit in der Rebellion sie zu einem anderen Menschen gemacht hatte. Befreit von jeglichem Gefühl. Wir haben diesen Plan entwickelt, von dem wir dachten, dass wir ihn niemals ausführen konnten. Bis du unseren Weg gestreift hast.» Stille folgte.

«Mir tut es auch leid.» Ich konnte nicht sagen, an wen ich diese Worte richtete. Es tat mir leid für Kiana, die ich in diese ganze Sache hineingezogen hatte, obwohl sie ein unschuldiges Kind war, das ihre Kindheit geniessen sollte. Ich bereute, dass ich Sarah von dem Attentat erzählt hatte. Nicht weil sie uns verraten hatte, sondern weil sie so sehr um ihr Leben fürchtete, dass sie keine andere Möglichkeit sah, als uns auszuliefern. Ich dachte an Lorie, die meinen Kampf gegen Euphorbia hatte ausfechten müssen. Iliana, die dieses Leben weiterleben musste, weil ich versagt hatte. Atropa, die ich eigentlich beschützen sollte. Sie, die mir ihre Misericordia geschenkt hatte, obwohl ich sie in der Rebellion zurückgelassen hatte. Meine Mutter, die wegen dieses verdammten Königreiches ins Grab gebracht wurde. Mein Vater, den es nach dem Tod meiner Mutter in die Flucht geschlagen hatte; er, der seine kleine Tochter zurückliess. Ich konnte spüren, wie Tränen meine Wangen benetzten. Ich versuchte nicht mehr, sie zurückzuhalten. Stattdessen liess ich die Mauern los, die ich errichtet hatte, und gab mich den Emotionen hin, die ich so lange zu unterdrücken versuchte. May nahm mich in den Arm und hielt mich fest. So lange, bis die Kerkertür geöffnet wurde.

Es war ein sonniger Tag. Womöglich sogar der Schönste, den es in diesem Jahr gegeben hatte. Keine einzige Wolke war zu sehen und die Vögel tanzten über unseren Köpfen. Normalerweise hätte ich gesagt, dass das Schicksal sich über uns lustig machen wollte, doch ich sah es als gutes Zeichen. Das Leben würde trotz unserer Niederlage glückliche Tage für die Hinterbliebenen bereithalten. May und ich stiegen die Treppe hoch, die zum Strick führte. Man hatte zwei Fässer unter den Schlingen platziert, auf die wir uns stellen würden. Meine Tränen waren mittlerweile versiegt. Das Einzige, was zurückblieb, war ein rotes, geschwollenes Gesicht und die selbstsichere Haltung, die ich annahm. Ich tat es nicht bewusst, aber als ich es bemerkte, wehrte ich mich nicht dagegen.

«Diese beiden Frauen werden der Hexerei und des versuchten Mordes an unserem geliebten König beschuldigt. Für die Verbrechen, die sie begangen haben, wird sie hier und jetzt der Tod durch den Strick ereilen. Mögen ihre Seelen auf ewig in der Hölle schmoren.» Ein Mann des Glaubens stand neben demjenigen, der soeben unser Urteil verlesen hatte und bat uns, unsere letzten Worte auszusprechen. May schwieg und liess ihren Blick über die versammelte Menge blicken, also ergriff ich das Wort.

«Dieser Ort ist voller Hass und Zerstörung. Ich habe immer gedacht, dass die Welt verwüstet ist, aber jetzt realisiere ich, dass es nicht die Welt ist, sondern die Menschen. Es sind gebrochene Menschen, die diesen Ort zu dem machen, was er ist. Es ist offensichtlich, dass ihr Mitleid mit *uns* haben solltet, weil wir diejenigen sind, die hier unser Leben lassen, aber ... » Mein Blick fiel auf einen Mann, der am Rand der Menge stand und mit verschränkten Armen die Szene beobachtete, Duncan. Ich fixierte ihn mit meinem Blick, durchbohrte seine kalten Augen mit meinen und dann lächelte ich ihn an.

« ... ich habe Mitleid mit *euch*.» Als ich meine Ansprache beendet hatte, sah ich noch immer in Duncans tiefschwarze Augen, die zu verstehen schienen, was ich zu sagen versuchte. May sah zu mir hinüber und nickte, so als ob sie mir sagen wollte, dass sie mir zustimmte. Wir wurden nacheinander vom Henker auf unsere Fässer gehoben. Unsere Arme waren schon im Kerker zusammengebunden worden, aber erst jetzt konnte ich spüren, wie fest sich das Seil in meine Haut frass. Die Schlinge schloss sich um meinen Hals und ich öffnete ein letztes Mal meine Augen. Mit einem tiefen Atemzug schloss ich sie wieder und wartete.

⌇

«Halt!» Ich war verwirrt. War ich schon gestorben oder hatte jemand gerade Einspruch erhoben? Ich riss die Augen auf und sah mich um. Duncan stürmte auf das Podest zu, auf dem May und ich standen. Der Henker sah Hilfe suchend zum König, der auf seinem Balkon stand und die Hinrichtung aus sicherer Entfernung beobachtete.

«Ist das Duncan?» May schien genauso verwirrt zu sein, wie ich es war. Ich nickte langsam.

«Ich lasse nicht zu, dass diese beiden Frauen hingerichtet werden.» Wie ironisch. Er hatte mir gedroht, dass er mich eigenhändig umbringen würde, wenn ich versuchte, das Attentat auf den König auszuführen. Ich drehte meinen Kopf und sah zum König hoch, der offensichtlich nicht mit Protest gerechnet hatte.

«Ich will mich ja nicht beschweren, aber könnte uns vielleicht irgendjemand von diesen Fässern herunterhelfen?», sagte ich leise.

«Ich befehle, sofort diese beiden Hexen zu hängen. Sofort!», befehligte der König den Henker. Dieser erwachte aus seiner Starre und nahm Anlauf, um mein Fass umzustossen. Blitzschnell bohrte sich ein Messer durch den Schädel des Henkers und liess ihn so hart auf den Boden krachen, dass ich das Gleichgewicht verlor. Der König erhob sich und stürmte auf das Geländer des Balkons zu. Ein Wächter kam auf das Podest zu und gab meinem Fass den fehlenden Stoss. Meine Füsse wurden unter mir weggerissen. Ein plötzlicher Druck bildete sich um meinen Hals.

«Lou!» Mays Stimme klang gedämpft. Vielleicht lag es daran, dass sich das Blut in meinem Kopf staute. Es fühlte sich so an, als ob mein Kopf explodieren würde. Schmerz, Panik ... laute Geräusche. Hallende Stimmen. Das einschneidende Seil.

«Halt- schnell ... aus dem Weg» Ich wusste nicht, wessen Stimme zu mir durchdrang. Ich zappelte um mein Leben. Ich kämpfte. Ich kämpfte so lange, bis sich Arme um mich schlossen und mich hochhoben. Atmen, ich konnte wieder atmen. Hustend wälzte ich mich auf dem Boden und versuchte verzweifelt, die Schlinge loszuwerden.

«Was fällt dir ein, den Befehl deines Königs zu missachten?», schrie der König von seinem Richterstuhl herab. Die Menge tänzelte umher, wie eine Horde aufgeschreckter Pferde. Ich rieb mir den Hals und versuchte, zu Atem zu kommen. Mays Arm legte sich auf meinen Rücken. Ich spürte, dass Duncan noch immer neben uns kniete, doch er schwieg. Als ich zum König hochblickte, drehte er sich bereits um und verschwand in seiner Burg. Neben mir regte sich etwas; Duncan war aufgestanden. Ich versuchte ihm zu folgen, aber mein Hals brannte jedes Mal, wenn ich versuchte zu atmen. Das Volk wich erschrocken zurück und verstreute sich in den Gassen und Häusern von Eastwood. Ich sah aus dem Augenwinkel, wie das Tor zur Burg geöffnet wurde, damit Duncan eintreten konnte. Die Wächter umzingelten uns und richteten ihre Speere auf unsere Köpfe, doch sie griffen nicht an. Ich verstand nicht, was hier vor sich ging. Wir sollten gerade hingerichtet werden und nun warteten die Wächter darauf, bis der König erneut die Erlaubnis erteilte, uns zu töten? Eines war klar, wir würden nicht noch einmal auf den Tod warten. Ich griff mir ein Stück Holz, das auf dem Boden lag, und schleuderte es dem erstbesten Wächter ins Gesicht.

«Schnapp dir die Waffe.» Meine Stimme klang rau und leise, doch May verstand, worauf ich hinauswollte. Ich hatte keine Ahnung, wie wir es geschafft hatten, aber wir waren an zwei Schwerter gekommen und hatten schon etwa fünf Wächter ausgeschaltet. Ich schwang mein Schwert und konnte bereits die Erschöpfung in meinen Armen spüren. Normalerweise kämpfte ich mit leichteren Waffen. Das Schwert des Wächters lag steif und schwer in meiner Hand. May schien auch nicht gerade in ihrem Element zu sein, aber sie schaffte es, einem weiteren Wächter einen Bogen abzuringen. Sie schoss einen Pfeil nach dem anderen ab und jeder traf sein Ziel. Mein Blick fiel auf eine Frau, die am Rand der Schlacht stand und uns beobachtete. Ihre schwarzen Haare wehten sanft im Wind und verdeckten teilweise ihr Gesicht.

«Euphorbia» Ich war mir nicht sicher, ob ich ihren Namen ausgesprochen oder ihn nur mit den Lippen geformt hatte.

«Lou!», schrie May hinter mir. Ich drehte mich ruckartig um und sah, wie May mit einem Wächter rang, der sie von hinten umklammert hatte. Als ich meinen Blick zurück auf Euphorbia richtete, war sie verschwunden. Ich packte das Schwert fester und stürmte hinüber zu May. Auf dem Weg schlug ich einem Soldaten die Beine unter dem Körper weg. Dann sprang ich den Wächter an, der am Rücken von May hing, und riss ihn von ihr weg.

«Wir müssen irgendwie in die Burg kommen.», rief May und zog einen neuen Pfeil aus dem Köcher.

«Wie sollen wir das Tor öffnen?», flüsterte ich. Der Mann, den ich vorhin umgeworfen hatte, kam auf mich zugestürzt und schlug mit der flachen Seite seines Schwertes auf meinen Bauch, Anfänger.

«Wenn wir am Tor zu lange stehen bleiben, dann werden wir abgeschlachtet.», fügte ich etwas lauter hinzu, während May einen Mann zu Boden warf und ihm einen Stein an den Kopf schlug.

«Lass das meine Sorge sein. Geh einfach rüber zum Tor und ich erledige den Rest.» Ich hatte keine Ahnung, wie May das schaffen wollte, aber ich hatte keine Zeit, und keine Stimme, um zu widersprechen. Ich konnte spüren, wie mich ein Schauer durchzuckte, der vom linken Arm ausging. Eine Klinge hatte mich erwischt. Mein Blut floss rhythmisch heraus, doch ich rannte weiter und liess mir nicht anmerken, dass ich verletzt worden war. Die Körper, die im Schlamm lagen, bremsten mich, aber noch schlimmer waren die Klingen, unter denen ich mich durchschlängeln musste. Als ich das Tor fast erreicht hatte, öffnete es sich nicht.

«May!», schrie ich so laut ich konnte, in der Hoffnung, dass sie sich beeilen würde. Der Arm eines Soldaten verhakte sich mit meinem Bein. Ich stolperte und fiel in den Dreck. Als er nach meinem Bein griff, stiess ich dem Wächter meinen Stiefel ins Gesicht und genoss das Geräusch, das seine Wangenknochen von sich gaben, als sie brachen. Ich raste auf das Tor zu, doch bewegte sich nicht. Mein Blick schweifte über das gigantische Chaos und blieb bei einer Partisanin hängen, die mir direkt in die Augen sah. Sie starrte mich nur an und das, obwohl eine Schlacht um uns tobte. Endlich hörte ich das Quietschen des Tors, das sich einen Spalt öffnete und dann sogar noch etwas mehr. Es war gerade so viel Platz da, dass ich hindurchschlüpfen konnte. Sobald ich auf der anderen Seite war, grub sich das Metall mit einem Knirschen zurück in den Steinboden. Ich hatte keine Ahnung, wie May das geschafft hatte. Mein Blick wollte zu May abschweifen, doch die Befürchtung, dass die Partisanin mich noch immer anstarrte, war zu gross. Ich rannte die Treppe hoch, um einen Überblick über das Geschehen zu haben, und als ich endlich hoch genug war, um etwas sehen zu können, konnte ich meinen Blick nicht mehr abwenden. Ich hatte gedacht, dass ich May allein mit sämtlichen Wächtern in dieser Burg zurückgelassen hatte, aber ich traute meinen Augen nicht. Von überall strömten Bauern und Schmiede mit ihren Werkzeugen auf die Menge zu und fingen an, mitzumischen. Frauen schnappten sich Gartenwerkzeuge und gingen auf die Soldaten los.

«Lang lebe Eastwood!», schrien sie, als sie ihre Waffen erhoben und losrannten. Ich wäre am liebsten wieder nach draussen gegangen, um mitzukämpfen, doch ich wusste, dass ich anderswo gebraucht wurde. Ich packte das fremde Schwert fester und ging auf den Eingang der Burg zu.

SIEBZEHN

«Ihr sendet diese Soldaten in den Tod! Die anderen Königreiche werden sich nicht kampflos ergeben, wie ihr es vielleicht denkt. Sie werden kämpfen und sie werden uns besiegen.» Duncan und der König standen in der grossen Eingangshalle und sprachen miteinander. Ich öffnete die Tür nur einen Spalt breit, damit ich hören konnte, was sie zueinander sagten.

«Das ist Krieg.», antwortete der König mit dem Rücken zu Duncan.

«Ich denke, dass es Zeit ist für einen Krieg. Wie soll sich die Welt sonst wandeln?», ergänzte er mit ernster Stimme. Es klang so, als ob er sich selbst von seinen Worten überzeugen musste.

«Ich habe jahrelang Menschen getötet, von denen ich dachte, dass sie euch grundlos umbringen wollten. Ich wünschte, ich wäre nicht so gut in dem, was ich tue.» Die Reue war deutlich in seiner Stimme zu hören, aber er blieb trotzdem bestimmt.

«Ich habe dich nicht erzogen, um schwach zu sein!», schrie der König nun mit erzürnter Stimme. Er drehte sich abrupt um und ging mit grossen Schritten auf Duncan zu. Seine Stimme hallte noch immer durch die Halle der Burg.

«Du bist sentimental, wie deine Mutter es war. Ich wusste gleich, dass du nicht mein leiblicher Sohn warst. Ich wusste, dass sie eine Affäre gehabt hatte und weisst du, was ich daraufhin getan habe? *Ich* habe wahre Stärke gezeigt und beide umgebracht. Wenngleich ich dachte, dass du ein unschuldiges Kind warst, habe ich in Betracht gezogen, dich ebenfalls aus dem Weg zu räumen. Dann realisierte ich, dass ich dich trotz allem nach meinen Vorstellungen formen konnte. Darin habe ich mich wohl getäuscht.» Ich trat einen Schritt von der Tür weg. Was hatte der König gerade gesagt? Duncan war der Sohn der Königin? Ich sah wieder durch den Türspalt hindurch und konnte sehen, wie der König auf mich zumarschierte. Ich hatte keine Zeit, mich zu verstecken, also hob ich das Schwert und machte mich bereit, dem König den Kopf abzuschlagen.

«Ich habe Euch wie einen Vater geliebt!», schrie Duncan mit rotem Gesicht und Tränen in den Augen. Hatte er gewusst, dass der König seine eigene Frau getötet hatte? Den Bewohnern von Eastwood wurde gesagt, dass die Königin ihr Königreich im Stich liess. Mir schien es plausibel, da die Königin nur dazu da war, Nachkommen zu produzieren, aber ich hatte ihr plötzliches Verschwinden nie hinterfragt. Oder war Duncan so geschockt, weil er erst jetzt herausfand, dass der König nicht sein richtiger Vater war?

«Du hast sie umgebracht. Du hast meine Mutter, deine Frau, umgebracht und du elender Feigling drehst mir den Rücken zu, weil du weisst, dass ich dich niemals von hinten erstechen würde.», sagte Duncan nun etwas leiser.

«Sieh mich gefälligst an, du Feigling!» Der König hob seinen Kopf und nagte an seiner Lippe, so als ob er überlegen würde, was er tun sollte. Dann öffnete er die Tür und blieb erschrocken stehen, als er mich sah.

Ich wollte ihm mein Schwert in den Bauch rammen, aber es kam mir weiser vor, ihn zuerst leiden zu lassen. Also schlug ich ihm so fest ich konnte ins Gesicht, realisierte aber zu spät, dass ich eine Wunde am Arm hatte, die vom Schlag aufplatzte und schon wieder blutete. Ich schrie auf. Nicht nur, weil mein Arm schmerzte, sondern auch, weil plötzlich lauter Wachen auf mich zukamen und ein Speer mich in die Seite traf.

«Lou!», hörte ich Duncan hinter mir rufen. Er zog sein Schwert und rannte auf mich zu. Der König lag am Boden und hielt sich sein Gesicht. Blut lief aus seiner Nase, die ich ihm wohl gebrochen hatte. Ich wurde von der Wucht des Speers umgeworfen und landete direkt neben dem König. Duncan sprang über uns hinweg und schwang sein Schwert. Das Geräusch von klirrenden Metallschwertern überdeckte das Gebrüll des Königs und mein leises Wimmern. Ich brach die Spitze des Speers ab und schrie erneut auf. Dann durchbohrte ich mit dem spitzen Holz einen Wächter, der versuchte, sich an Duncan anzuschleichen. Der König rappelte sich ungeschickt auf und zog sich ins Innere der Burg zurück. Ohne zu zögern, folgten Duncan und ich ihm und verschlossen die Tür. Duncan kämpfte gegen die Wächter, die es mit uns nach innen geschafft hatten, und ich verschloss den Eingang mit einer Axt und dem Riegel, der an der Tür war. Das würde halten ... fürs Erste.

«Schnell! Bevor er uns entwischt», sagte Duncan und hob sein Schwert vom Boden auf. Ich hielt mir die Seite und sah zu, wie das Blut durch meine Finger rann.

«Bist du schlimm verletzt?» Duncan hielt inne. Es war kein Mitleid und auch keine Angst in seinen tiefschwarzen Augen zu sehen und ich war froh, dass es so war.

«Es wird gehen», antwortete ich und griff nach einem Dolch, den einer der Wächter am Gürtel trug. Wir gingen die Treppe hinauf zum Gemach des Königs. Die Tür war abgeschlossen, aber Duncan hatte sie blitzschnell mit einem gezielten Tritt gegen das Scharnier geöffnet. Der König stand auf dem Balkon und sah auf das Gemenge hinab, das in Eastwood wütete. Das Blut strömte aus meinem Körper heraus und ich musste mich auf dem Tisch abstützen, weil ich sonst umgefallen wäre. Duncan griff nach meinem Arm, um mich zu stützen, aber dummerweise erwischte er genau den Ort, wo ein Wächter zuvor sein Schwert versenkt hatte.

«Au! Pass doch auf!», meckerte ich.

«Oh, entschuldige» Ich fühlte mich schlecht, weil er mir nur helfen wollte, aber es war ein Reflex gewesen, mich zu beschweren. Duncan liess meinen Arm los und fixierte seinen Blick auf den König.

«Ich denke, dass du das regeln solltest. Das ist dein Kampf», sagte ich und setzte mich auf einen der Stühle. Mir war klar, dass es in gewisser Weise auch mein Kampf war, aber dann wäre es gleichzeitig der Kampf jedes einzelnen Bewohners von Eastwood gewesen.

«Ich werde währenddessen dieses Problem regeln.», fügte ich hinzu und deutete auf die Speerspitze, die in meiner Wunde steckte. Duncan nickte und ging vorsichtig auf den König zu, der noch immer auf das Schlachtfeld starrte, das einst sein Königreich gewesen war. Die Türen waren geöffnet und liessen frische Luft in den Raum strömen. Duncan blieb neben den Fenstern stehen, die bis zum Boden reichten. Obwohl der Wind pfiff, konnte ich hören, worüber sie sprachen.

«All diese Zerstörung und wofür?», murmelte der König vor sich hin. Er hatte einen Arm auf dem Geländer abge-stützt, den anderen versteckte er vor seinem Körper. Ich konnte nicht sehen, ob er etwas in der Hand hielt, aber ich hatte ein mieses Bauchgefühl. Ich schnappte mir das Tischtuch und riss ein paar Streifen davon ab. Dann schnitt ich die Speerspitze mit dem

Dolch raus und drückte mir anschliessend den Rest des Tischtuchs auf die Wunde. Das Blut strömte noch immer heraus.

«Diese Zerstörung ist eine Spiegelung davon, wie Ihr Euer Königreich behandelt habt.», erwiderte Duncan und griff sein Schwert fester. Ich fragte mich, ob er wirklich imstande war, seinen König, seine Vaterfigur, zu ermorden. Trotz allem kam es mir so vor, als ob Duncan nicht so eiskalt war, wie er schien. Ich konnte in seinen Augen ein Glitzern erkennen, das mir sagte, dass er bei jedem Menschenleben, das er beendete, selbst ein bisschen starb. Ich sah das, was meine Augen schon vor vielen Jahren verloren hatten. Der König drehte sich um und ich erkannte den Kelch, den er hielt. Es war derjenige, dessen Inhalt ich vergiftet hatte.

«Wenn mein Königreich zerstört ist, worin besteht dann noch der Sinn, ein König zu sein?», sprach er mit ausdruckslosem Blick. Er sagte es nicht zu Duncan und auch nicht zu mir, sondern vielmehr zu sich selbst. Es war eine Erkenntnis, die er sich einredete. Etwas, das er nicht glauben wollte, aber von dem er wusste, dass es die Wahrheit war.

«Mein Sohn ...» Als der König die Worte aussprach, streckte Duncan seine Wirbelsäule durch. Ihm war es sichtlich unangenehm, als *Sohn* bezeichnet zu werden. Als Sohn des Königs.

«Ich weiss, dass du mich nicht töten kannst.» Dann hob der König den Kelch an seine Lippen und trank den Wein bis zum letzten Tropfen aus. Er taumelte nach hinten und schloss die Augen. Eine Zeit lang passierte nichts, aber dann fing er an, zu husten und griff sich an den Hals. Der König gab röchelnde Geräusche von sich, so als ob er ersticken würde.

«Was geht hier vor?», fragte Duncan verwirrt und wusste nicht, was er machen sollte. Ich stand vom Stuhl auf und presste noch immer das Tischtuch auf meine Wunde. Mit grossen Augen sah ich zum König hinüber. Ich brachte kein einziges Wort heraus.

«Was zum … Lou, was ist los mit ihm?» Mein Mund stand offen, doch ich konnte nichts anderes tun, als meinen Kopf zu schütteln. Der König taumelte, bis er am Geländer anstiess. Dann verlor er plötzlich das Gleichgewicht und fiel rücklings vom Balkon. Duncan eilte auf ihn zu und versuchte nach seiner Hand zu greifen, doch es war zu spät.

Ich wachte in einem Zimmer auf, das ich bisher noch nie gesehen hatte. Die Decke war mit Tüchern bespannt, die teilweise herabhingen. An der Wand war ein Schild befestigt, das von einer Krone mit Weinreben geziert war, die Flagge von Eastwood. Durch ein Fenster fielen Sonnenstrahlen in den Raum, die ein Muster auf den Teppich malten. Ich lag in einem kleinen Bett, das an der Wand stand und auf dem verschiedene Felle lagen. Meine Seite tat höllisch weh und ich konnte mich kaum bewegen, weil mein Körper steif, wie ein Brett war. In meinem Gesicht hatte sich eine Beule gebildet, aber ich konnte mich nicht mehr genau erinnern, von welchem Schlag er wohl stammte. Mein Arm war mit einem Tuch verbunden und fixiert worden. Die Wunden pochten und waren geschwollen. Ich erinnerte mich nur noch teilweise daran, was passiert war. Ich war aufgestanden und auf Duncan zugegangen, aber dann wurde mir schwarz vor Augen und ich fiel hin. Ich war nur während kurzer Abschnitte wach gewesen und hatte dadurch nicht viel mitbekommen. Ich konnte mich daran erinnern, dass May zu uns gestossen war und sich meine Wunden angesehen hatte. Duncan hatte mich wohl in dieses Zimmer gebracht, wo sie meine Verletzungen säuberten und versorgten. Auf dem Boden lagen Flaschen, die wahrscheinlich einmal Medizin enthielten. Ich setzte mich auf und liess meinen Blick über das Zimmer schweifen. Man hatte mir ein Baumwollkleid angezogen, das bis über die Knie reichte und lange Ärmel hatte. Als ich meinen Hals berührte, fühlte ich eine Rille, wo der Strick sich eingegraben hatte. Wahrscheinlich hatte sich meine Haut in der Zwischenzeit blau verfärbt.

«An deiner Stelle würde ich mich noch nicht aufsetzen.», sagte eine Männerstimme, die aus dem Raum nebenan zu kommen schien. Duncan trat aus der Tür und rieb sich mit einem Tuch das Gesicht. Er trug nur eine Hose aus schwarzem Leder, an der ein Messer befestigt war. Seine Haare waren zerzaust und nass und auch sein Oberkörper schien nass zu sein. Ich versuchte, mich aufzusetzen, aber mein Körper war viel schwerer als sonst.

«Ich meine es ernst.», betonte Duncan, doch er machte keine Anstalten, mich aufzuhalten.

«Wo bin ich?», fragte ich und versuchte meine Augen richtig zu öffnen, aber sie fielen sofort wieder zu.

«In meinen Gemächern.» War ja klar. Ich liess langsam die Beine über die Bettkante gleiten, was meinen Oberkörper mitzog. Das Bedürfnis, die Müdigkeit aus meinem Gesicht zu massieren, überfiel mich; ich konnte nur einen Arm heben, da der andere in einer Stoffschlaufe lag und sich nicht befreien liess. Duncan reichte mir ein nasses Tuch, mit dem ich mir das Gesicht waschen konnte. Die Kühle des Wassers vertrieb den Schlaf und brachte meine Haut zum Prickeln.

«Wo ist May? Geht es ihr gut?», fragte ich und gab ihm das Tuch zurück.

«Sie hat nur ein paar kleine Verletzungen. Es ist nichts Ernstes.» Erleichterung machte sich in mir breit. Ich versuchte aufzustehen, aber meine Seite brannte und erfüllte meinen ganzen Körper mit Schmerz.

«Ich will zu ihr. Wo ist sie?», drängelte ich. Ich wollte mit eigenen Augen sehen, dass es ihr gut ging.

«Nur zu. Wenn du aus eigener Kraft zur Tür dort gehen kannst, dann sage ich dir, wo du sie findest.» Was dachte Duncan eigentlich, wer er war? Er hatte zwar Recht mit der Annahme, dass ich nicht aufstehen und auch nicht gehen konnte, aber seine Worte waren einfach nur beleidigend. Das änderte jedoch nichts daran, dass ich unbedingt zu May wollte, also stützte ich mich mit dem rechten Arm am Bett ab und nutzte den Schwung, um aufzustehen. Mein Körper zuckte vor Schmerz zusammen, aber ich konnte immerhin ohne Hilfe stehen. Meine Knie zitterten vor Schwäche und ich fürchtete, wie ein instabiler Turm zusammenzufallen. Duncan beäugte mich mit einem interessierten Blick. Er hatte die Arme verschränkt und lehnte sich an den Türrahmen an. Ich versuchte, einen Schritt zu gehen, aber meine Beine knickten unter dem Gewicht meines Körpers weg und ich fiel auf die Knie. Der Schlag jagte durch meine Seite und brachte meine Wunden zum Glühen. Ich versuchte zu schweigen, was mir nur mässig gelang. Duncan zuckte zusammen und klammerte sich noch fester an das Tuch. Es sah aus, als ob er darüber nachdachte, mir zu helfen. Diese Entscheidung nahm ich ihm ab, denn ich rappelte mich sofort wieder auf und machte vorsichtig einen Schritt nach vorne. Dann noch einen und noch einen. Schweiss lief über meine Stirn und meine Beine fingen erneut an, zu zittern. Die Spannung, die sich in meinem Körper aufbaute, war kräftezehrend.

«Musst du mich so anstarren?», blaffte ich in der Hoffnung, dass er verschwinden würde. Ich hatte es etwa in die Mitte des Zimmers geschafft, aber meine Kraft war verbraucht und ich fiel erneut auf die Knie. Diesmal musste ich mich mit meinem gesunden Arm abstützen. Das Knarzen der Tür weckte Duncan aus seiner Starre. Ein süsslicher Geruch verbreitete sich und May kam hereingestürmt. Als sie mich sah, hielt sie in ihrer Bewegung inne und riss die Augen auf.

«Hast du etwa den Verstand verloren?», giftete sie Duncan an.

«Sie hat eine frisch genähte Wunde. Sie darf auf keinen Fall hier herumstolzieren und erst recht nicht hinfallen.» Ich war nicht stolziert, ich war gehumpelt.

«Ich wollte sehen, wie weit sie kommt.», antwortete Duncan kalt, aber ich konnte an seiner Anspannung erkennen, dass es um mehr ging. Die Versuchung, ihm einige Schimpfwörter an den Kopf zu werfen, liess ich schnell wieder los. Dies war sicherlich nicht der geeignete Moment. Duncan liess seine Arme fallen und ging zurück in den Raum nebenan. May legte die frischen Tücher, die sie gebracht hatte, auf dem Tisch ab und kniete sich neben mich. Sie trug braune Baumwollhosen und ein weisses Hemd. Man konnte bereits erkennen, dass sich in Eastwood etwas verändert hatte.

«Er war den ganzen Tag hier.», erzählte May, während sie sich meine Wunde ansah.

«Wieso denn das? Ich meine … es ist ja sein Zimmer, aber warum bin ich überhaupt hier und nicht in einem unbewohnten Zimmer?», fragte ich.

«Es war nahe am Gemach des Königs … und Duncan bestand darauf, dass du sein Zimmer bekommst.» Damit war meine Frage noch immer unbeantwortet.

«Und wo schläft dann Duncan?», hakte ich nach.

«Na hier. Dort drüben auf dem Boden.» Ich drehte meinen Kopf und sah zu meinem Erstaunen eine Decke und ein Kissen auf dem Boden. Ich fühlte mich unwohl, nun da ich wusste, dass Duncan die ganze Zeit über hier war und mich beobachtet hatte. Meine Albträume belauscht hatte. May half mir, aufzustehen und führte mich hinüber zum Bett. Gleich nachdem ich mich hingelegt hatte, machte sich das Bedürfnis in mir breit, einzuschlafen.

«Was ist sonst noch passiert. Ich meine, während ich geschlafen habe.» Eigentlich wollte ich fragen, ob jemand aus Daphnes Rebellion aufgetaucht war oder ob es sonst Ärger gegeben hatte, aber ich wollte nicht zu offensichtlich nachhaken, da Duncan noch nebenan war und uns sicherlich belauschte.

«Bisher alles ruhig. Die Nachricht scheint sich noch nicht verbreitet zu haben.» May hatte verstanden, worauf ich anspielte. Doch leider wusste ich, dass es nicht so war, denn sofort sprang Euphorbias Gesicht in meine Erinnerung. Ich senkte meine Stimme, damit nur May mich hören konnte.

«Wir sollten wachsam sein. Hier scheint es um viel mehr zu gehen, als ich vermutet hatte.»

ACHTZEHN

Tagelang passierte nichts. Ich lag im Bett und schlief fast die ganze Zeit über. Zwischendurch kam Duncan herein und zog sich etwas Anderes an oder schnappte sich andere Waffen. Ich wollte so gerne dort draussen sein, aber ich war noch nicht stark genug. Mittlerweile konnte ich selbst aufstehen und durch den Raum gehen. May hatte eine Nachricht an einen Heiler gesendet, den sie kannte. Er versorgte Verletzte im grossen Speisesaal und erstaunlicherweise waren sogar einige Wächter darunter, die sich ergeben hatten. Der Heiler hatte mir etwas gegeben, das den Heilungsprozess beschleunigte, aber dafür sehr müde machte. Kiana besuchte mich fast jeden Tag und erzählte mir, was draussen vor sich ging. Ich sah sie nun mit anderen Augen, denn ich realisierte erst jetzt, dass sie die Halbschwester von Duncan war. Das erklärte, weshalb er mit ihr so liebevoll umging.

«Ich denke, dass er dich mag.», sagte Kiana, während wir zusammen Tee tranken und am Tisch sassen. Ich liess beinahe meine Tasse fallen.

«Was? Wie kommst du denn darauf?», wollte ich wissen. Mir war aufgefallen, dass sich Duncan manchmal merkwürdig verhielt, aber ich hatte dieses Verhalten eher als Neugier bewertet und weniger als Zuneigung. Der Kuss, den wir in jener Nacht am Brunnen geteilt hatten, wurde von wutentbrannten Worten zunichtegemacht und hatte somit nichts zu bedeuten.

«Er fragt ständig nach dir. Er läuft dir nach, wie ein Hund seinem Herrchen, auch wenn du es nicht merkst. Er beobachtet dich, wenn du nicht hinsiehst … und er hat einem Stallburschen die Nase gebrochen, weil er unanständig über die Striemen an deinem Hals gesprochen hat.» Das … was? Ich hätte es wahrscheinlich bemerkt, wenn Duncan mich beobachtete, daher nahm ich an, dass Kiana übertrieb.

«Woher willst du das wissen? Besonders das Letzte. Hast du-»

«Ach du meine Güte, schon so spät? Ich bin dann mal weg» Kiana versuchte, sich wegzustehlen, aber ich sprang von meinem Stuhl auf, so schnell ich konnte.

«Hey! Wag es ja nicht, einfach zu verschwinden!»

Ich war erstaunt, wie gut man sich mit Duncan unterhalten konnte, wenn er nicht gerade versuchte, den falschen König zu verteidigen.

«Du willst mir doch nicht ernsthaft sagen, dass du noch nie eine Freundin hattest.», blaffte ich ihn an, als er in sein Zimmer kam, um seine Waffen zu schleifen.

«Ich hatte sogar mehrere, aber keine schien es mit mir auszuhalten.» Ich hob skeptisch eine Augenbraue und legte meinen Kopf schief. Er hatte also Freundinnen gehabt, aber hatte trotzdem keine Ahnung von Frauenproblemen? Ich wusste nicht einmal mehr, wie wir auf dieses Thema gekommen waren. Ich glaubte mich zu erinnern, dass ich mich darüber beschwert hatte, wie lange es dauerte, lange Haare zu waschen. Insbesondere, wenn man sich nicht richtig bewegen konnte. Als Duncan so getan hatte, als ob ich mich grundlos beschwerte, warf ich ihm vor, Frauen nicht verstehen zu können.

«Was ist mit dir?» Ich hätte meine Augenbraue nicht noch höher heben können, doch er schien die Frage ernst zu meinen, obwohl er wusste, was meine Arbeit gewesen war.

«Was soll ich sagen? Ich hatte sogar mehrere.», spottete ich, doch Duncan schien meinen Witz nicht lustig zu finden. Ich konnte wortwörtlich sehen, wie sich die Zahnräder in seinem Kopf verhakten.

«In der Nacht, als wir uns … als du mich nach draussen geführt hast und als wir das Mädchen gesehen haben.» Ich erinnerte mich an diese Nacht. Duncan fiel es scheinbar schwer, auszusprechen, dass wir uns geküsst hatten. Bereute er es etwa?

«Du hast den Eindruck erweckt, als ob du die Entscheidung des Mädchens nachvollziehen konntest.», fügte er vorsichtig hinzu. Ich konnte mir in der Tat denken, was ihr in diesem Moment durch den Kopf gegangen sein musste. Ich hatte eine Vorstellung davon, was ihr im Leben zugestossen sein könnte. Es war, als ob man mir einen Spiegel vorgehalten hätte.

«Manchmal lässt einem das Leben keine andere Wahl.» Ich senkte den Blick auf meine Hände, die verschränkt in meinem Schoss lagen. Ich wollte kein Mitleid von Duncan. Er sollte jedoch verstehen, weshalb ich Dinge tat, von denen ich wusste, dass sie nicht richtig waren.

«Man hat mir damals ein Zuhause gegeben. Ich hatte so einen gewaltigen Hass auf Männer, dass ich nicht zögerte, in die Rebellion einzusteigen und eine ihrer Partisaninnen zu werden. Irgendwann wurde mir bewusst, dass man mich nur zu einer Tötungsmaschine gemacht hatte. Das Töten fiel mir immer schwerer … bis ich es nicht mehr aushielt.» Duncan starrte mich mit wachen Augen an und schien jedes Wort aufzusaugen, das ich hervorpresste. Er stand von seinem Stuhl auf und schob sein Messer zurück in das Holster. Ich dachte schon, dass er wortlos gehen würde, doch er drehte sich noch einmal zu mir um, bevor er das Zimmer verliess.

«Bei der Vorstellung, dass meine Tochter, ein Kind, die Nacht mit Männern verbringen muss, um zu überleben … » Er konnte den Satz nicht beenden. Duncan rieb seine Hände aneinander und biss sich auf die Lippe. Ein Zeichen von Nervosität, wie mir Daphne beigebracht hatte. Eine Geste, die sich auch der König angeeignet hatte.

« … es tut mir leid, dass du so etwas durchmachen musstest.» Damit verliess er den Raum und kam bis zum Einbruch der Nacht nicht mehr zurück.

Es dauerte etwa eine Woche, bis ich mich wieder genug bewegen konnte, um zu kämpfen. Die Haut um meine Wunde fühlte sich geschwollen und stramm an, aber ich konnte mich gut genug bewegen, um mich verteidigen zu können. Ich war besorgt, weil es so ruhig war. Laut May hatte es keine versuchten Attentate gegeben und es hatten sich auch keine «Fremde» herumgetrieben. Ich war erstaunt, dass Daphne sich nicht gleich auf uns gestürzt hatte, nun da der König weg war und wir uns noch nicht von der Schlacht erholt hatten. Es war an der Zeit, Daphne einen Besuch abzustatten und sie zur Rede zu stellen. May hatte mir immer wieder gesagt, dass sie sich bei Daphne rächen wollte, um die Ehre ihrer Mutter, die Ehre von Lorie zu verteidigen. Ich hatte versucht, nicht an Lorie zu denken, aber der Gedanke an sie kam immer wieder hervor und plagte mich. Und wenn ich einmal eine ruhige Minute hatte, dann dachte ich an Atropa. Ich wusste, dass sie verraten worden war. Es musste wohl eine eifersüchtige Partisanin gewesen sein. Vielleicht war es sogar Euphorbia.

«Was tust du da?» Ich erschrak so sehr, dass ich meine Kleider fallen liess. Duncan stand plötzlich hinter mir und musterte mich mit besorgtem Blick.

«Ich ziehe mich an.» Gelogen. Eigentlich nicht ganz gelogen. Ich wollte mich anziehen und mich anschliessend aus der Burg schleichen.

«Denkst du nicht, dass es noch zu früh ist?» Alles hatte sich seit dem Umsturz verändert, aber Duncan schien noch immer so zu sein, wie als ich ihm das erste Mal begegnet war. Ich realisierte, dass er die gleiche Bedrohlichkeit in sich trug, wie damals in den Stallungen. Ich war diejenige, die sich verändert hatte.

«Das ist meine Sache und ich muss sie aus dem Weg schaffen.» Er wusste, dass ich recht hatte und er wusste auch, dass er mich nicht aufhalten konnte. Ausserdem hatte er wohl begriffen, dass ich versuchte ihm mitzuteilen, dass ich seine Hilfe nicht brauchte. Ich konnte es nicht ertragen, dass er zu nah an mich herankam und meine Gefühle zum Wanken brachte. Duncan verschränkte die Arme, wie er es immer tat, wenn er nachdachte. Ich beobachtete ihn in letzter Zeit und hatte bereits seine kleinen Eigenheiten bemerkt, die er wahrscheinlich selbst nicht einmal kannte.

«Verstehe», sagte er nickend.

«Komm mit, ich muss dir etwas zeigen.», fügte er hinzu, während er nach meiner Hand griff.

Wir standen im Gemach des Königs. Ich erwartete, dass Duncan zögern würde, den Raum zu betreten, aber er liess sich nicht das Geringste anmerken.

«Du weisst doch, dass die meisten Bücher in Eastwood verboten oder nur schwer zugänglich sind, oder?» Ich nickte. Das gemeine Volk hatte normalerweise keine Bücher zur Verfügung gehabt. Die Königsfamilie besass zwar Schriftstücke, aber sie wurden streng unter Verschluss gehalten. Duncan stiess eine geheime Tür auf, die sich in der Wand neben dem Bett versteckte. Wir betraten einen kleinen Raum, der mit Büchern und Papier vollgestopft war. Alles war staubig und es gab keine Fenster, durch die Licht dringen konnte. Duncan entzündete eine Fackel, damit wir etwas sehen konnten. Mir stand buchstäblich der Mund offen. Ich hatte mich nie um Wissen und alte Schriften ge-schert, da wir von Daphne nur das Allernötigste gelernt hatten, aber von dieser Sammlung war selbst ich beeindruckt. Ich blät-terte durch einige der Bücher und sah mir alles ganz genau an.

«Warum zeigst du mir das?», fragte ich.

«Ich möchte dir gerne eine Geschichte erzählen. Wohl eher eine Legende als eine Geschichte.» Er bedeutete mir, mich hinzusetzen. Ich setzte mich auf einen Stapel Bücher, sodass ich ihm gegenübersass. Duncan reichte mir eine Zeichnung von einer Frau, die mir bekannt vorkam. Als ich sie entgegennahm, berührten sich unsere Fingerspitzen und durchzuckten mich bis zu den Füssen. Ich wollte mir nichts anmerken lassen, aber als Duncans Blick meinen traf, fragte ich mich, ob er dasselbe gespürt hatte wie ich.

«König Keno von Marydale hatte vor langer Zeit dieses Bestreben, die Unsterblichkeit zu erlangen. Meine Halbbrüder und Halbschwestern haben mir davon erzählt. Keno war so sehr davon besessen, unsterblich zu werden, dass er seine Seele einer Hexe verkauft hat.» Ich verdrehte die Augen.

«Duncan, sind wir ehrlich. So etwas wie Hexen gibt es nicht. Das ist eine Erfindung der Menschen, um jemandem die Schuld geben zu können.»

«Nicht diese Art von Hexe. Sie war eine kräuterkundige Frau, die mit der Natur zusammengearbeitet hat und so einen Weg fand, ihr Leben um viele Jahre zu verlängern. Man sagt, dass sie jeden von etwas überzeugen konnte, wenn sie es wollte und so schaffte sie es, den Tod davon zu überzeugen, sie zu verschonen.» Ich konnte Duncan nicht ernst nehmen. Ich hatte selbst von Marydale und dem König gehört, der mit aussergewöhnlich langem Leben gesegnet worden war, aber die Geschichte, die man mir erzählt hatte, beinhaltete keine Hexen.

«Jedenfalls ist der König mit der Hexe einen Pakt eingegangen. Sie gab ihm das Wissen weiter, wie er länger leben konnte und er versprach im Gegenzug, dass sie zusammen die anderen Königreiche umstürzen und die alleinige Herrschaft erlangen würden.» Ich sah mir noch einmal die Zeichnung an, die mir Duncan gegeben hatte. Die Frau sah jung aus und ich hielt sie für aussergewöhnlich hübsch, aber ich konnte nicht bestimmen, von wo ich sie kannte.

«Hat sie ihr Versprechen gehalten?», wollte ich wissen.

«Das hat sie. Der König von Marydale überfiel daraufhin viele Königreiche und vergrösserte seine Macht. Währenddessen schlich sich die Hexe in eines der Königreiche ein, das zu stark war, um es von aussen zu überfallen, also infiltrierte sie es von innen und plante Attentate auf die Königsfamilie.» Ich verstand langsam, worauf Duncan hinauswollte. Die Frau auf dem Bild sah Daphne zwar ähnlich, aber das war unmöglich.

«Hör zu, das klingt doch genau nach der Anführerin dieser Untergrundorganisation, von der du mir erzählt hast.»

«Du verstehst das nicht. Ich muss mit ihr sprechen. Von Angesicht zu Angesicht.» Mehr gab es dazu nicht zu sagen, denn das war noch immer meine Sache, auch wenn Duncan Rache für die Morde an seinen Halbbrüdern üben wollte.

Ich hatte die Zeichnung eingesteckt, die Duncan mir gegeben hatte. Ich wusste nicht, was ich damit anfangen sollte, aber mein Gefühl sagte mir, dass ich die Sache im Hinterkopf behalten sollte. Die Erinnerung an meine Rekrutierung flackerte auf. Wahr-scheinlich war ich im Alter von Kiana gewesen. Ein Lord hatte mich in seine Gemächer geschleppt und auf sein Bett geworfen. Da sprang plötzlich die Tür auf und eine wunderschöne, starke, mutige Frau kam hereinspaziert und befreite mich aus meinem Elend. Ich hatte mich bereits einige Zeit durchgeschlagen, und offen gesagt hatte ich keine Ahnung, wie ich so lange Zeit überleben konnte. Ich hatte keine Ahnung, was Daphne an diesem Tag in mir sah. In ihren Augen konnte ich nur ein verängstigtes, schwaches Mädchen gewesen sein, das von seinen Eltern zurückgelassen worden war. Trotzdem oder vielleicht gerade deswegen hatte Daphne mich zu sich genommen und mich stark gemacht. Sie hatte mir Unabhän-gigkeit geschenkt. Das hatte ich jedenfalls gedacht, bis mir klar wurde, dass sie die Fäden in den Händen hielt. Ich bekam einen Auftrag nach dem anderen und ich erinnerte mich, dass es mir am Anfang so schwergefallen war, dass ich mich nach jedem Auftrag übergeben musste, wenn niemand hinsah. Nach zehn Aufträgen konnte ich meine Mahlzeiten bei mir behalten. Nach zwanzig konnte ich hinsehen, wenn ich mein Ziel auslöschte und nach dreissig zuckte ich nicht einmal mehr zusammen, wenn das Leben sie verliess. Manchmal vergass ich, wie gross Eastwood war. Wie viele Berater, Gelehrte, Lords und was auch immer der

König hatte und egal, wie viele wir loswurden, es kamen immer wieder neue nach. Daphne hatte mir damals gesagt, dass es keine gerechte Welt sei, weil es in der Natur des Menschen lag, zu nehmen, anstatt zu geben. Aber wenn alle sich nahmen, was sie wollten, wenn alle dazu bereit waren, ihre eigenen Ziele zu verfolgen, selbst wenn die Methoden hinterhältig waren, dann war es eine gerechte Welt.

Duncan begleitete mich aus dem Gemach des Königs und als wir versuchten, uns aneinander vorbeizudrängeln, fanden wir uns eingepfercht im Türrahmen wieder. Unsere Blicke trafen sich und entfachten erneut das Feuer, das ich schon einmal in Duncans schwarzen Augen gesehen hatte. Diesmal ging alles ganz schnell. Unsere Gesichter rasten so schnell aufeinander zu, dass ich Angst hatte, wir würden einander die Nasen brechen, wenn wir aufeinandertrafen, doch die Berührung war zärtlich und sanft. Duncan hob mich hoch und trug mich durch den Raum, doch ich zuckte zusammen, als sich die Überreste meiner Verletzung bemerkbar machten. Duncan liess mich schnell wieder runter, doch er wich nicht zurück.

«Das wollte ich schon so lange tun.» Er liess seine raue Handfläche über mein Gesicht streichen, und küsste jede Stelle, die er berührt hatte. Ich legte meine Hände auf seine Schultern und stützte mich an ihnen ab. Ich konnte seine Muskeln durch das Baumwollhemd hindurch fühlen. Meine Hände wanderten von den Schultern zu seinem Hals. Wir wanderten quer durch den Raum und legten uns auf den Teppich, dessen Stoff sanft meinen Rücken streichelte. Zum ersten Mal in meinem Leben konnte ich die Nähe eines Mannes geniessen. Ich lag nicht wie versteinert da und liess alles an mir vorbeiziehen. Ich genoss jede Berührung, jeden Kuss und jede einzelne Minute, die wir zusammen verbrachten. Ich wollte ihn, weil ich mir sicher war, dass *ich* es so wollte und nicht, weil er es von mir erwartete. Duncans Hand fuhr durch mein dunkelbraunes Haar und berührte danach zärtlich meine Lippen. Er berührte jede Narbe, küsste meine blauen Flecken und strich über die raue Haut an meinem Hals.

«Ist das in Ordnung für dich?», flüsterte er mir ins Ohr und berührte mein Haar sanft mit seinen Lippen.

«Ich meine nur ... ich will nicht, dass du denkst, dass ich dich ausnutze.» Ein Grinsen zog sich über mein Gesicht. Ich hätte nie gedacht, dass es jemanden gab, der mich als Person wahrnehmen würde. Duncan ... er sah nicht nur meinen Körper, sondern einfach nur ... *mich*. Wir sahen uns an und suchten die Unendlichkeit, die in den Augen des anderen versteckt war.

«Denk keine Sekunde lang, dass du wie die Männer bist, von denen ich mich habe berühren lassen, weil ich es musste. Du bist derjenige, der mir gezeigt hat, was es heisst, zu lieben.», antwortete ich, während ich eine Strähne seines Haares um meinen Finger wickelte.

«Ich verspreche dir, dass ich es nur will, wenn du es auch willst. Es ist nie zu spät, es dir anders zu überlegen.»

«Ich will es. Es gibt nichts, was ich im Moment mehr will.», sagte ich, ohne zu zögern. Und ich meinte es so. Dann liess ich mich in die Leere von Duncans Augen fallen und gab mich dem Gefühl vollkommener Schwerelosigkeit hin.

Ein Raum mit einer Feuerstelle. Ich war vom Kopf bis zu den Füssen nass und trug Stiefel, die mit Wasser gefüllt waren. Hände umgriffen meine Arme von beiden Seiten und drehten mich harsch um. Der Mann, der mir in die Augen blickte, erkannte ich als Ziel, welches mir von Daphne zugeteilt worden war. Ohne zu zögern, griff ich nach meinem Halstuch und umwickelte den Hals des Mannes. Selbst als sein Gesicht immer mehr dem von Duncan zu ähneln schien, drückte ich weiter seinen Hals zu, bis er tot zu Boden fiel.

Schwer atmend schrak ich aus meinem Traum hoch. Ich lag noch auf dem Teppich, aber Duncan hatte sich wohl im Schlaf von mir weggerollt. Scheinbar hatte ich nicht laut gesprochen, sonst wäre Duncan sicherlich aufgewacht. Ich versuchte, mich schnell wieder zu beruhigen und als mein Puls langsamer wurde, zog ich mich an und verschwand durch das Fenster.

Ich sollte mich schuldig fühlen. Es war eine tiefe Nacht und der Sonnenaufgang kam noch lange nicht. May hatte mich angefleht, nicht überstürzt zu Daphne zu gehen. Duncan hatte mir geraten, mich noch eine Zeit lang zu erholen, bis ich meine volle Stärke zurückerlangt hatte. Ich hatte mich jedoch allen Ratschlägen widersetzt und meinen eigenen Willen verfolgt. Der Mondschein erleuchtete meinen Weg. Den Weg, den ich jahrelang gegangen war. Denjenigen, der mich nach Hause geführt hatte.

Ich entschied mich dazu, den Vordereingang zu nehmen. Ich hatte keine Angst, Daphne ins Gesicht zu sehen und sie zu fragen, welches Spiel sie mit uns gespielt hatte. Ich hatte keine Angst vor den Konsequenzen, die es mit sich ziehen würde, wenn ich das Höhlengewölbe betrat. Mir war klar, dass ich verlieren würde, wenn Daphne gegen mich kämpfte, denn wenn Duncan die Wahrheit sagte und wenn die Hexe aus der Legende wirklich Daphne war, dann war ich verloren.

«Ich habe schon gedacht, dass einer der Wächter dich erwischt hat. In vielerlei Hinsicht.» Eine Gestalt trat aus dem Höhleneingang heraus. Ich hatte dieses Gesicht zuletzt auf dem Schlachtfeld gesehen.

«Euphorbia, ich hatte nicht erwartet, dich hier zu treffen.», versuchte ich mit ruhiger Stimme zu sagen, doch nicht, weil ich mich fürchtete und stark wirken musste, sondern weil ich mich an Lorie erinnerte und den Kampf, den sie für mich ausgefochten hatte.

«Ich dachte, dass Lorie dir das Genick umgedreht hat.» Eine Lüge. Ich hatte Euphorbia vor der Burg gesehen und sie hatte auch mich gesehen, doch sie ging nicht darauf ein.

«Es war wohl eher umgekehrt.», antwortete Euphorbia. Ich konnte nicht beurteilen, ob sie log oder die Wahrheit sagte. Doch nun, da ich wusste, dass Lorie auch in der Rebellion gewesen war, wusste ich, dass es Euphorbia schwer gehabt hatte, gegen Lorie zu kämpfen. Euphorbia durchbohrte mich mit ihrem Blick und ihre Mundwinkel zuckten nach oben. Dann warf sie mir etwas vor die Füsse und ich wich reflexartig zurück. In der Dunkelheit konnte ich fast nicht erkennen, was es war, also bückte ich mich etwas, um das Ding von nahem zu sehen. Mein Magen drehte sich um. Es war ein Augapfel, der die Farbe des dunkeln Sternenhimmels hatte. Ein einzigartiges Auge, von dem ich mir sicher war, zu wissen, wem es gehörte.

«Du hättest ihre Schreie hören sollen, als ich ihr mein Schwert in den Hals stach. Sie waren fast so rührend wie deine damals, als wir einander im Nahkampftraining die Finger brachen.» Euphorbia versuchte mich zu provozieren, doch ich war stolz genug, um nicht darauf hereinzufallen. Obwohl meine Sinne durch die feurige Wut vernebelt waren, die in mir loderte. Mit einem Schlag entledigte ich Euphorbia ihres Schwertes und genau zur gleichen Zeit trat sie mir meine Misericordia aus der Hand. Ich spürte ihre dünnen, kalten Finger an meinem Hals und wehrte mich sofort gegen ihren Griff, aber er war so stark, dass wir zu Boden fielen.

«Sieht so aus, als ob die Wächter dich doch erwischt haben.» Damit spielte sie wohl auf meinen Hals an. Ich zog eines meiner Wurfmesser aus dem Stiefel und rammte es in Euphorbias Arm. Sie schrie nicht auf, aber liess meinen Hals lange genug los, dass ich mich wegrollen konnte, bevor mein eigenes Messer mein Gesicht durchlöcherte. Sie nahm das Messer in die Faust und liess es an meinem Hals vorbeischnellen. Ich konnte ihr verschmitztes Lächeln nicht ausstehen. Euphorbia hatte ihre Gegner schon immer mit diesem hinterhältigen Schmunzeln benebelt und dann wie eine Katze zugeschlagen, doch ich kannte ihre Tricks. Ich wurde mit ihr zusammen ausgebildet und ich hatte mir ihre Kampfmuster eingeprägt. Ich konnte sie besiegen.

«Du hast keine Ahnung, dass Daphne sich nicht für uns interessiert, nicht wahr?», versuchte ich sie abzulenken. Wir drehten uns im Kreis und liessen einander nicht aus den Augen.

«Selbst wenn es so wäre, wäre es mir egal. Daphne hat mir erzählt, was sie vorhat. Sie wird mit der Rebellion eine neue Regierung aufbauen, nun da der König tot ist. Wir werden Eastwood zusammen regieren und diejenigen auslöschen, die sich uns in den Weg stellen wollen.» Wie falsch sie lag.

«Daphne hat dich benutzt.», flüsterte ich und lächelte mittlerweile selbst.

«Sobald sie auf dem Thron sitzt, wird sie dich verraten und allein herrschen.» Meine Worte schienen ihr Ziel getroffen zu haben, denn Euphorbia sprang nach vorn und versuchte ihr Messer in mein Herz zu rammen, doch ich packte ihren Arm und verdrehte ihn. Das Messer fiel klirrend auf den Felsen, auf dem wir standen.

«Verschwinde einfach von diesem Ort und ich werde dich an einem anderen Tag töten.», bot mir Euphorbia an. Sie hatte mich jahrelang gehasst. Warum jetzt dieses Angebot machen, wenn sie meinen geschwächten Zustand ausnutzen konnte?

«Das ist der Kampf, auf den ich schon seit Wochen warte. Ich werde keinen Rückzieher machen.», antwortete ich und stürmte erneut auf sie los. Unsere Körper schmetterten aneinander und wir gingen erneut zu Boden. Ich wickelte meinen Arm um ihren Körper und drückte so fest zu, wie ich konnte. Als ich mich gegen ihren Rücken drückte, stieg mir der frische Duft von Lavendel in die Nase. Euphorbia versuchte sich aus meinem Griff zu befreien, aber ich packte ihren Arm und klemmte ihn zwischen meine Beine, um ihn zu fixieren. Nachdem sie bewegungsunfähig war, presste ich Euphorbia mit beiden Händen den Hals zu. Sie fing an zu röcheln und sich fester gegen meinen Griff zu wehren. Ich konnte vor mir sehen, wie Lorie auf dem Boden der Schenke lag und um Luft rang, während ihr Blut aus dem Körper strömte und das Holz in einem tiefen Rot ertränkte. Meine Finger krallten sich stärker in ihr Fleisch und ich sah zu, wie die Adern in Euphorbias Augen platzten. Langsam erschlaffte ihr Körper in meinen Armen und ich beobachtete, wie das Leben ihren Körper verliess. Sie hatte den Menschen getötet, der einer vollkommen Unbekannten ihre Tür geöffnet hatte. Ich hatte Lorie nicht lange gekannt, aber ich hatte das Gefühl, dass ich mich gut mit ihr verstanden hätte, wenn wir uns in einer anderen Welt getroffen hätten. Euphorbia bewegte sich nicht mehr, doch ich liess nicht los. Ich wartete, bis die Sekunden zu Minuten wurden und diese vielleicht sogar zu einer Stunde. Ich hatte jegliches Zeitgefühl verloren. Als sich meine Hände lösten, waren sie steif und verkrampft. Ich hatte ein Kribbeln in meinen Händen und konnte sie kaum noch bewegen. Ich hatte keine Ahnung, wie lange ich so dasass, aber als ich bemerkte, dass sich die Nacht dem Tag näherte, stand ich auf.

Erst als ich die Höhlengewölbe betrat, bemerkte ich, dass Euphorbia ihre Nägel in meinen Arm gerammt hatte. Meine Unterarme und mein Gesicht waren verkratzt. Sie hatte die Wunde an meinem Arm nur um Zentimeter verfehlt. Mein Körper fühlte sich erschöpft an und ich hatte Schwierigkeiten, in der Dunkelheit die Augen offen zu behalten. Ich schlich den Gang entlang und machte mich zu Daphnes Zimmer auf. Ich brauchte nicht einmal Licht, da sich der Weg über die Jahre in mein Gedächtnis eingebrannt hatte. Als ich um die nächste Kurve bog, versperrte mir eine Gestalt den Weg. Zuerst dachte ich, dass es eine der anderen Partisaninnen war, doch ich realisierte bald, dass es ein Kind war, das vor mir stand.

«Bryonia?», flüsterte ich und die Steinmauern trugen den Namen bis zum kleinen Mädchen, das dort stand.

Bryonia spannte ihren Bogen und schoss einen Pfeil vor meine Füsse.

«Keinen Schritt weiter.» Ihre Stimme klang zittrig, ich konnte sogar im Dunkeln sehen, dass sie nervös von einem Fuss auf den anderen trat.

«Bryonia, du musst mir zuhören. Ich muss mit Daphne sprechen.», versuchte ich sie zu beruhigen.

«Nein, du willst sie umbringen! Deswegen bist du doch hier, oder?», sagte sie nun etwas lauter. Für Bryonia war Daphne wie eine Mutter gewesen. Ihre Eltern hatten sie nicht gewollt oder vielleicht hatten sie nicht die Mittel gehabt, um für ein Kind zu sorgen. Sie hatten sie gleich nach der Geburt im Wald ausgesetzt und zum Sterben zurückgelassen. Daphne hatte sie gefunden und zu sich genommen. Bryonia war mittlerweile zwölf, aber Aufträge hatte sie kaum erhalten, da sie wahrscheinlich eine zu enge Verbindung zu Daphne aufgebaut hatte, doch nun stand sie in diesem Gang und bot *mir* die Stirn. Einer Mörderin, von der sie wusste, dass sie nicht zögern würde, ein kleines Mädchen zu töten. Das einzige Problem war, dass ich nicht mehr so war. Ich würde Bryonia nicht töten.

«Ich will nur mit ihr sprechen.», versuchte ich Bryonia zu besänftigen.

«Wenn das so ist, dann sag, was du zu sagen hast.», forderte sie mich auf. Sie hatte das Recht zu erfahren, was Daphne in Wirklichkeit vorhatte. Ich wollte es ihr sagen, aber ich wusste, dass sie mir nicht glauben würde.

«Das kann ich nicht.», sagte ich kopfschüttelnd und entspannte meine Schultern. Die Misericordia wurde in meiner Hand bleischwer und zog meine Gelenke auseinander. Ich konnte Bryonia nicht töten. Plötzlich hörte ich Schritte, die in der Höhle widerhallten. Gefolgt von dem Rascheln eines Feuers. Eine Hand, die eine Fackel trug, erschien und der ganze Gang wurde von Licht erhellt.

«Willkommen zu Hause.», empfing mich Daphne mit offenen Armen.

Es traf mich wie ein Faustschlag, als ich realisierte, dass die Frau auf der Zeichnung tatsächlich Daphne war. Ich hatte mir einge- bildet, dass sie es nicht war. Ich hatte ihr Gesicht in meinem Kopf umgestaltet. Langsam realisierte ich, was Daphne getan hatte. Sie hatte jeden von uns belogen, Bryonia, Atropa, mich ... sogar

Euphorbia hatte sie belogen. Ich versuchte, meine Wut nicht mehr zu verstecken. Ich wollte, dass sie realisierte, wie ich über sie dachte und was ich ihr antun würde. Das Gefühl kroch aus meiner Seele und erfüllte meinen Körper mit Zorn. Bryonia stand noch immer regungslos da und hielt den Bogen gespannt. Bereit zu schiessen und mich mit einem Pfeil zu durchbohren.

«Wisteria» Ich reagierte nicht, Stille herrschte. Das einzige Geräusch, das zu hören war, war das Knistern der Fackel.

«Ah, so ist das also. Wir haben scheinbar unsere Herkunft verleugnet.»

«Nein, haben wir nicht.», blaffte ich sie an.

«Wir haben uns an unsere Herkunft erinnert. Ich würde lügen, wenn ich sagen würde, dass du mir meine Identität gestohlen hast, denn ich weiss, dass ich sie selbst begraben habe, aber ich werde nicht so tun, als ob du nicht dazu beigetragen hättest.» Was ich sagte, kam aus tiefster Seele und bestand aus meinem innersten Zorn. Es war keine Lüge, die ich auftischte. Je mehr ich sprach, desto klarer wurde meine Sicht, desto ruhiger wurde meine Stimme. Bryonia liess ihren Bogen ein Stück sinken und sah zu Daphne hiunüber, die mich mit ihrem Blick fixierte.

«Du hattest Unrecht. Menschen müssen sich nicht nehmen, was sie wollen, damit es eine gerechte Welt ist. Sie müssen geben.», fügte ich hinzu. Ich sagte es eher zu mir selbst als zu Daphne, aber ich musste es laut aussprechen, um Ordnung in meinem Kopf zu schaffen.

«Wieso bist du hier, Wisteria?», fragte mich Daphne und steckte die Fackel in eine Halterung in der Wand. Ich wollte nicht antworten, weil sie mich mit einem Namen ansprach, den ich hinter mir liess, doch mein Drang zu sprechen war grösser als mein Stolz.

«Ich will es aus deinem Mund hören.», antwortete ich ihr und hielt die Misericordia nun fester. Daphne sah mich an, als ob sie nicht wusste, wovon ich sprach, aber wir wussten beide, dass die Wahrheit schon lange ans Licht gekommen war. Ich sah Bryonia an und versuchte ihr mitzuteilen, dass dies der Moment war, um zu verschwinden, doch Daphne streckte die Hand aus und hielt sie zurück.

«Lass sie gehen. Das ist unsere Sache und nicht ihre.» Meine Stimme klang so scharf und kalt, dass sie drohte, die Fackel auszulöschen.

«Wenn du die Wahrheit kennst, dann weisst du, dass es jeden hier etwas angeht.» Das meinte ich nicht. Bryonia war noch ein Kind. Nicht viel älter als Kiana und ich wusste, was die Wahrheit mit ihr anstellen würde, doch Daphne hielt ihren Arm fest umschlossen und liess nicht locker. Ich liess die Misericordia um meine Hand schwingen und ging einen Schritt auf sie zu.

«Hör auf damit! Es ist vorbei. Der König ist tot und der nächste, der an die Macht kommt, wird sich nicht von deinem Charme benebeln lassen.» Bryonia sah mich mit verwirrtem Blick an und hob ihren Kopf, um Daphne anzusehen.

«Der König war schwach. Ich brauchte nur eine kleine, giftige Blume, um seinen Geist zu verseuchen ... um ihn nach meinen Vorstellungen zu lenken.» Was hatte Daphne da gerade gesagt?

«Niemals. Du hättest es nie geschafft so nahe an den König heranzukommen.», versuchte ich ihre Worte zu entkräften.

«Wer käme leichter an den König heran als seine Königin?» Ich brauchte einen Moment, um zu verarbeiten, was Daphne meinte. Das war unmöglich! Der König hatte selbst gesagt, dass er die Königin umgebracht hatte. Es sei denn ... sie hätte auf irgendeine Weise überlebt und in den Höhlen ihr eigenes Reich aufgebaut, wo sie jahrelang ihren Racheakt geplant hatte.

«Aber ... warum? Warum um alles in der Welt würdest du unschuldige Kinder zu Auftragsmördern erziehen? Warum würdest du deine eigenen Leute opfern, um am König Rache zu nehmen? Hast du denn überhaupt keine Ehre? Kein Mitgefühl?», schrie ich Daphne entgegen. Meine Stimme war so voller Zorn, dass Bryonia zusammenzuckte und versuchte, sich loszureissen.

Tränen flossen über ihr Gesicht und ich wusste, dass sie glaubte, was Daphne ihr eingebläut hatte.

«Ehre … schwächt deinen Charakter. Es erscheint mir aber fraglich, ob du Ehre besitzt. Schliesslich bist du nur dagestanden, als man Atropa hingerichtet hat.» Atropa, sie hatte Atropa erwähnt. Sie hatte-

«D- du hast … », stotterte ich.

«D- du» Daphnes Kichern erfüllte die Stille. Mein Herz stach, als ob es von Daphne höchstpersönlich zusammengedrückt wurde.

«Du hast Atropa verraten? *Du* hast Atropa verraten! » Daphnes Gesichtsdruck änderte sich schlagartig. Sie hatte zuvor noch gelächelt, doch jetzt starrte sie mich mit düsteren Augen an.

«Warum hast du … ich verstehe da-»

«*Warum* musste eine Prinzessin damals einen König heiraten, der dreimal so alt war wie sie? *Warum* wurde sie von ihrem Vater an einen Ort geschickt, den sie hasste? *Warum* hatte der König versucht, sie zu töten, als er herausfand, dass sie die Liebe ihres Lebens gefunden hatte?» Die Realität schmerzte. Sie schmerzte so sehr, dass ich mir die Ohren zuhalten musste, nun da ich realisierte, dass Duncans Mutter vor mir stand. Die Frau, die mich mein halbes Leben lang aufgezogen und ausgebildet hatte. Die Frau, die eine Attentäterin erschaffen hatte. Ein Instrument, welches Befehle ausführte, die zu ihrer Machtbereicherung beitrugen.

«Ich hasse dieses verdammte Königreich so sehr.», sagte sie spottend und packte Bryonia viel zu grob an der Schulter, doch das kleine Mädchen zuckte nicht einmal zusammen.

«Nachdem mich der König in den Fluss geworfen hatte, wurde ich ironischerweise zurück in meine Heimat gespült. Mein Bruder sass mittlerweile auf dem Thron. Sie zogen mich aus dem Wasser und brachten mich zu ihm. Du hättest sein Gesicht sehen müssen, als ich ihm erzählt hatte, was passiert war. Er war erzürnt.» Nein, das konnte alles nicht wahr sein. Ich hatte damit gerechnet, dass Daphne gelogen hatte, was ihre Absichten mit der Rebellion anging, aber das war zu viel.

«Ich suchte überall nach einem Mittel, meine Heilung zu beschleunigen, bis ich schliesslich ein Kraut fand, das wirkte. Es hatte den praktischen Nebeneffekt, dass es mein Leben um viele Jahre verlängerte. Genug Zeit, um meine Rache zu planen.»

«Du lügst.», flüsterte ich.

«Du lügst!» Ich konnte nicht glauben, was sie mir erzählte. Es passte nicht mit dem zusammen, was mir Duncan erzählt hatte. Daphne hatte nicht nur Rat bei einer Hexe gesucht, sie war die Hexe.

«Mein Bruder hat ebenfalls das Kraut genommen, um mir bei meinem Plan zu helfen. Er starb aber, nachdem man ein Attentat auf ihn verübt hatte und ein naiver junger Mann kam an die Macht. Ich verführte ihn und versprach ihm, der König aller Reiche zu werden, wenn er mir half. Daraufhin kehrte ich nach Eastwood zurück und bildete meine Allianz aus Partisaninnen aus.» Langsam setzten sich die Teile zusammen und ich verstand.

«Den König hattest du schon lange in deiner Gewalt, aber du konntest ihn nicht einfach so vom Thron stossen, denn sonst wären seine Söhne nachgerückt. Du musstest die ganze Königsfamilie auslöschen und deswegen hast du Frauen angeheuert, die für dich Anschläge verüben.», murmelte ich. Daphne lächelte, so als ob sie stolz darauf war, dass sich mir die Wahrheit offenbarte. Die ganze Wahrheit.

«Frauen wurden schon immer unterschätzt. Sie können sich überall einschleichen und still und unauffällig Ziele ausschalten. Männer sind hingegen laut und grob. Aber das spielt alles keine Rolle. Nachdem ich dich aus dem Weg geräumt habe, werde ich meinen Racheakt beenden und die Herrschaft über Eastwood übernehmen, wie es mir zusteht. Zusammen mit König Keno werde ich zu stark sein, als dass die anderen Königreiche etwas ausrichten könnten. Dann gibt es nichts mehr, was uns aufhalten kann.»

«Es war nicht der König, der eine Armee züchtete. Das warst du.», realisierte ich und fing nun selbst an zu lachen.

«Du bist die Hexe, die König Keno das ewige Leben gegeben hat.» Mit einem Schlag war die Wut aus meinem Körper verschwunden und mit einem Gefühl von Stärke und Aufmerksamkeit ersetzt worden. Jetzt ergab alles Sinn. Daphne hatte mit König Keno einen Pakt geschlossen, zusammen die Herrschaft über die Königreiche an sich zu reissen, denn Daphne war nahe genug an den König von Eastwood herangekommen, um diesen nach ihren Wünschen zu lenken. So hatte sie es geschafft, eine Armee zu züchten, die mit der Hilfe von Marydale unbesiegbar wäre. Daphne fing an, zu klatschen.

«Beeindruckend. Ich könnte dich an meiner Seite gebrauchen. Deine Fähigkeiten und deine Intelligenz würden mir sicher nützlich sein.» Doch wir beide wussten, dass ich mich niemals auf so etwas einlassen würde.

«Willst du nicht dein altes Leben zurück? Die einzige Familie, die sich für dich interessiert hat?» Schallendes Gelächter erfüllte den Raum. Wir schienen alle davon überrascht zu sein, dass diese Geräusche von mir kamen.

«Ich muss dein Angebot wohl ablehnen.», sagte ich scharf und ging noch einen Schritt auf sie zu. Das Gelächter verebbte.

«Zu schade.», antwortete Daphne und biss in ihre Lippe, als ob es ihr leidtat, dass ich nicht eingewilligt hatte. Dann schleuderte sie mit einem Ruck Bryonia nach vorn und griff sich ihren Bogen. So schnell wie ein Blitz hatte sie einen Pfeil angelegt, mit dem sie direkt auf Bryonia zielte.

«Nicht!» Ich warf mich, ohne zu zögern, nach vorne und umschloss Bryonias zierlichen Körper, um sie abzuschirmen. Der Pfeil durchschlug mich ohne Probleme und grub sich in Bryonias Fleisch genau dort, wo ihr Herz war.

NEUNZEHN

Es muss schnell gegangen sein, denn als ich mich aufgerappelt hatte, lag Bryonias Körper schlaff in meinen Armen. Ich streichelte ihre blassen Wangen mit meinen blutverschmierten Händen, doch sie öffnete ihre Augen nicht und sie bewegte sich nicht. Der Pfeil steckte noch in ihrer Brust.

«Nein, bitte nicht. Nein!» Tränen überströmten mein Gesicht und fielen auf Bryonia herab, die röchelnd die letzten Atemzüge tat. Ich strich ihre Haare aus dem Gesicht und legte meine Stirn an ihre. Es war unmöglich zu bestimmen, ob das Zittern von mir oder von Bryonia kam. Erst als es langsam ausklang, wusste ich, dass es nicht ich gewesen war, die zitterte. Ein Schluchzen drang durch meine Kehle, dann ein leiser Schrei und schon bald waren die Gänge der Höhle erfüllt von meiner Trauer. Der Raum wurde nun von einem anderen Gelächter geflutet, von Daphnes Gelächter. Ich schmeckte Blut in meinem Mund. Es tropfte auf den Steinboden, wo es Bryonias Haare verklebte. Erschöpft liess ich mich von ihrem Körper heruntergleiten und griff zu der Stelle, an der mich der Pfeil durchbohrt hatte. Er hatte wohl die Lunge gestreift. Ein Druck machte sich in meiner Brust breit und ich konnte nicht bestimmen, ob es an meinem Schluchzen lag oder an dem Blut, das meine Lungen füllte und mich erstickte. Hustend griff ich nach Bryonias Hand und hielt sie fest. Ein Schatten legte sich über uns, als Daphne das

Schauspiel umkreiste, wie ein Geier, der auf seine Mahlzeit wartete.

«So eine Schande. Eigentlich hatte ich vorgehabt, einen richtigen Kampf mit dir auszufechten, aber daraus wird wohl nichts.» Ihre Stimme klang sanft und weich, wie damals, als ich noch ihr Eigentum gewesen war.

«Du wirst verlieren.», gurgelte ich, während das Blut über meine Wange floss. Eine Gestalt tauchte im Licht auf, das die Höhle flutete. Eine Hand streckte sich mir zu und ich hätte sie wohl ergriffen, wenn ich noch genug Kraft gehabt hätte. Die blonden Haare der Frau wehten im Wind.

«Lorie», krächzte ich. Es war nur noch ein Flüstern, das ich hervorpressen konnte. Das Licht schmerzte in meinen Augen, doch ich musste sie offen halten. Eine andere Gestalt tauchte auf, die viel grösser und männlicher war. Mein Blick war verschwommen, doch ich konnte die Unschärfe nicht loswerden. Die Figuren kamen näher und ich erkannte, dass es sich nicht um Lorie gehandelt hatte. Es war May. Sie und Duncan waren gekommen.

«Du kannst gegen mich kämpfen.», forderte May Daphne heraus. Ich versuchte, meine Augen offenzuhalten, aber die Müdigkeit zog mich immer wieder in die Dunkelheit. Duncan eilte auf mich zu und hielt mein Gesicht in seinen Händen.

«Lou, was … was ist passiert?», fragte er mich atemlos, doch ich konnte kaum sprechen. Die Augen fielen mir wieder zu und ich spürte, wie die Kraft langsam meinen Körper verliess. Duncan schälte meine Hände von Bryonia ab und zog mich an sich heran. Ich fuhr mit meinen blutbesudelten Händen durch seine Haare, die genauso dunkel waren wie seine Augen.

«Du bist mir gefolgt?» Ich war mir nicht sicher, ob er mich gehört hatte. Das Flüstern schien so leise zu sein, dass man es leicht überhören konnte.

«Du hast doch nicht etwa gedacht, dass ich dich allein lassen würde?» Duncans Haut fühlte sich gespannt an. Vielleicht war es ein Lächeln, das seine Muskeln zur Geltung brachte, vielleicht war es die Gewissheit, dass ich sterben würde. Ich wollte so gern sein Gesicht sehen, doch ich sah nicht hin. Ich stellte mir sein Gesicht vor und sog jedes Detail in mir auf.

«Ich bin fr … froh, dass d … du hier bist.» Der Satz wurde durch meine unregelmässige Atmung auseinandergezogen. Ich holte so ruckartig Luft, dass es wehtat.

«Bleib wach! Lass mich ja nicht allein, hörst du? Ich werde dich retten. Ich verspreche es dir.» Ich öffnete ein Auge, einen Spalt breit. Waren das Tränen, die seine Wangen benetzten? Ich verzog meinen Mund zu einem Lächeln, obwohl es schmerzte. Alles schmerzte.

«Man macht keine Versprechen … die man nicht halten kann.», flüsterte ich mit der letzten Kraft, die mir blieb.

«Hör zu, ich bin nicht gut darin, meine Gefühle auszudrücken. Ich sage immer das Falsche oder ruiniere alles, aber bei dir …», stammelte Duncan. Dann legten sich seine Lippen auf meine und ich wurde von einem Gefühl der Wärme umhüllt. Aus dem Augenwinkel sah ich, wie May und Daphne kämpften. Daphne lag am Boden und kroch rückwärts über den kalten Steinboden der Höhle. Das Gewicht meines eigenen Blutes drückte mich in den Boden. Die Kälte des Steinbodens verband sich mit der Kälte meines Körpers, bis auf die Stelle, wo Duncans warme Lippen mich soeben berührt hatten. Es fühlte sich an, als ob ich hochgehoben und weggetragen wurde. Mein Kopf fiel schwer in den Nacken und ich gab mich der Dunkelheit hin, die schon viel zu lange an mir riss.

Als ich aufwachte, war ich wieder in Duncans Zimmer. Erstaunlicherweise wurde mein Körper nicht von Schmerz durchströmt. Er fühlte sich leicht und sauber an. Meine Haare waren nicht mehr verklebt und jemand hatte mir andere Kleider angezogen. Ich drehte meinen Kopf und sah Duncans wunderschöne, tiefschwarze Augen. Licht verfing sich in seinen Haaren und färbte sie braun. Ich hob meine Hand und strich eine Strähne zur Seite, die sein Auge verdeckte. Wenn das der Himmel war, dann würde ich nie wieder von hier weggehen wollen, doch weshalb war Duncan hier?

«Ich habe dir doch gesagt, dass ich dich retten werde.», sagte er sanft und küsste meine Hand. Ich lächelte und konnte nicht glauben, dass ich es tat.

«Entweder das … oder wir sind beide tot.», witzelte ich und umschloss seine Hand mit meiner. Ich verspürte weder Schmerz noch sonst etwas. Er stützte sich mit seinem anderen Arm ab und beugte sich über mich. Ich hob meinen Kopf und empfing sanft seine Lippen. Mein Körper prickelte und gab sich den unzählbaren Gefühlen hin, die ich für Duncan empfand. Das war sie; die Sache, die mir Gewissheit gab, denn erst jetzt wusste ich, dass es real war.

«Wie?» Ich musste nicht mehr sagen, denn Duncan verstand sofort, worauf ich hinauswollte. Ich konnte mich nur vage daran erinnern, was geschehen war.

«Marydale ist nicht das einzige Königreich, das über Heiler verfügt.» Ich lehnte mich nach hinten, um Platz zwischen uns zu bringen.

«Muss ich denn jetzt auch Jahrhunderte auf dieser Welt wandeln?», fragte ich scherzhaft. Duncan schüttelte lachend seinen Kopf. Ich fragte mich, ob er wusste, wer seine Mutter in Wirklichkeit war. Ich konnte es ja selbst nicht glauben, aber es war nicht der richtige Zeitpunkt, um über so etwas zu sprechen. Ich wollte nicht über die Verluste nachdenken, die wir alle erlitten hatten. Ich wollte nur diesen Moment geniessen und mich dem Gefühl hingeben, das ich schon seit Tagen verdrängt hatte, denn das war alles, was jetzt zählte, und es war genug.

Duncan erzählte mir, was in der Höhle geschehen war. Daphne hatte gegen May verloren und um ihr Leben gefleht. May warf sie daraufhin in den Kerker, wo sie für den Rest ihres ewigen Lebens verrotten würde. Bryonia und Euphorbia wurden ebenfalls in die Burg gebracht. Man hatte sie zu denen gelegt, die bei der Schlacht umgekommen waren. Duncan hatte es so befohlen, damit ich die Möglichkeit bekam, Bryonia zu begraben. Die Aufstände des Volks hatten sich verschärft, aber man konnte für den Moment Frieden stiften, indem man die Tore der Burg öffnete. Duncan hatte mir erzählt, dass er seinen Halbschwestern einen Brief geschrieben hatte. Darin teilte er ihnen mit, dass der König verstorben sei und er bat sie zudem, zurück nach Eastwood zu kommen, um Teil des Rats zu werden, der das Königreich fortan regieren sollte. Es wurden bereits Vertreter des Volks bestimmt, die ebenfalls Teil des Rats werden. Duncan hatte versucht, sich herauszuhalten, aber es wurde verlangt, dass er ebenfalls als Vertreter des Adels fungierte. Durch die Aufteilung der Macht würde die Stabilität von Eastwood gesichert sein.

Nachdem meine Wunden verheilt waren, besuchte ich Iliana, um mich bei ihr zu bedanken.

«Ich habe nicht realisiert, was du alles für May und mich getan hast und ich habe dir nie richtig gedankt. Das möchte ich gerne nachholen.», sagte ich und hielt Ilianas Hände in meinen. Sie zog mich in eine Umarmung und strich mir das Haar aus dem Gesicht, als wir uns wieder voneinander lösten. Duncan hatte mich zu Ilianas Haus begleitet und bedankte sich ebenfalls für die Hilfe, die sie geleistet hatte.

«Lorie hat herausgefunden, wer Daphne wirklich ist und welches Ziel sie mit der Rebellion und den Partisaninnen verfolgte. Sie hat Daphne damit konfrontiert und sie gefragt, weshalb sie all das diesen unschuldigen Mädchen antat. Sie hatte versprochen, nichts zu sagen, wenn Daphne im Gegenzug damit aufhörte, Mädchen zu rekrutieren, aber stattdessen hängte Daphne Lorie den Mord an der Liebe ihres Lebens an. Damit war Lorie gezwungen zu fliehen und ihr altes Leben hinter sich zu lassen.» Ich hatte bereits Teile der Geschichte gehört, aber die Worte brannten sich trotzdem in meinen Geist.

«Woher weisst du das alles?», wollte ich wissen.

«Ich war auch in der Rebellion. Ich war dabei, als Lorie mit Daphne darüber sprach, aber ich habe mich in einer dunklen Ecke versteckt.» Das erklärte, weshalb Iliana die Kleider mit den Waffen für uns besorgen konnte und woher sie die Verbindungen hatte, um uns in die Burg einzuschleusen. Sie war schon seit Jahrzehnten dabei und war so tief in das Netz eingeflochten, dass sie nicht mehr als auffällig wahrgenommen wurde. Wahrscheinlich hatte sie Daphne sogar als Schläfer in die Burg gebracht, damit sie interne Informationen abzapfen konnte.

«Du solltest wissen, dass Lorie überaus glücklich war, in Portvillage zu leben. Sie hat die Zeit mit May in vollen Zügen genossen. In Eastwood hätte May niemals so unbeschwert aufwachsen können, wie dort. Sie war glücklich darüber, wie alles herausgekommen ist.» Iliana lächelte mich an und auch ich verzog meine Mundwinkel zu einem strahlenden Lächeln. Wir umarmten uns erneut und dann verabschiedete ich mich von ihr.

«Theoretisch hätten wir noch etwas Zeit für uns.», sagte Duncan und verschränkte seine Finger in meinen, während wir zurück zur Burg liefen.

«Theoretisch?», hakte ich nach.

«Na ja … eigentlich müsste ich an einer Versammlung des Rats teilnehmen, aber da ich noch nicht offiziell darin aufgenommen wurde … » Wir brachen in tosendem Gelächter aus. Ich blieb stehen und zog ihn hinter mir her, als ich in eine andere Richtung losmarschierte.

«Ich hätte da vielleicht eine Idee.»

Wir sprinteten durch die Gänge der Burg und blieben immer wieder stehen, um einen Kuss auszutauschen. Ich hatte noch nie jemanden so geliebt, wie ich Duncan liebte. Das Gefühl berauschte jede Stelle in meinem Körper. Wenn er mich berührte, dann fühlte es sich an, als ob ich kopfvoran einen Wasserfall hinunterfallen würde, während ich brannte, jedoch auf eine gute Weise. Ich raffte mein Kleid zusammen, um schneller die Treppe hochsteigen zu können. Meine Haare flatterten mir ins Gesicht und der Duft der Blumen, die darin eingeflochten waren, erfüllten mich mit purer Freude. Wir bogen um die Ecke und fanden uns in den Stallungen wieder.

«Was um alles in der Welt wollen wir im Stall? Verlangst du etwa von mir, dass ich in der wohl letzten freien Minute meines Lebens Pferde striegle?» Er legte seine Arme um meine Taille und drückte mich an einen Holzpfosten.

«Hier sind wir uns zum ersten Mal begegnet.», sagte ich lächelnd und fixierte seine Augen mit meinem Blick. Ich weiss noch, wie er mir damals unerreichbar und mysteriös erschien. Ich hatte mich vor seiner Ausstrahlung gefürchtet, doch nun, da ich seine andere Seite kennengelernt hatte, konnte ich mir nicht mehr erklären, wie ich damals so von ihm denken konnte. Duncan hob mich hoch und legte mich in dem frischen Stroh ab, das in einer Ecke aufgehäuft war. Ich berührte seinen Hals und streichelte seinen Kiefer mit meinem Daumen.

«Und du bist gestolpert, weil du von meiner unglaublichen Attraktivität in einen Bann gezogen wurdest.» Er fuhr mir mit den Fingern durch meine Haare und pflückte eine der Blumen heraus, die er an einer anderen Stelle platzierte.

«In der Tat. Ich habe noch nie so einen schönen Esel gesehen, wie dich.» Sein Gesicht schwebte über meinem und gerade, als die Spannung zwischen uns unerträglich wurde, berührten sich unsere Lippen. Meine Hände wanderten zu seinem Hemd und zogen es hoch.

«Sicher?», fragte Duncan skeptisch.

«Würdest du bitte einfach mein Kleid ausziehen, statt dumme Fragen zu stellen?», scherzte ich und zog stärker an seinem Hemd.

«Wollte nur sichergehen.» Unser Gelächter flutete den Stall.

«Warte.», sagte ich schliesslich und setzte eine ernste Miene auf. Duncan schreckte zurück und liess mich sofort los.

«Hast du es dir anders überlegt?»

«Nein, wollte nur fragen, ob *du* auch einverstanden bist.» ich konnte sehen, wie der Schock von seinem Gesicht gewischt wurde. Bevor ich noch etwas sagen konnte, spürte ich, seine Lippen auf meinen. Gleichzeitig wurde die Schnürung meines Kleids gelöst. Ich umklammerte Duncans Körper mit

meinen Beinen und versuchte den Raum zwischen uns zu ver-
ringern. Als sich unsere Lippen voneinander lösten, strich ich mit
meinem Daumen sanft über Duncans Gesicht. Er legte seine Hand
auf meine Rippen und streichelte sanft die Narbe, die von meiner
Begegnung mit Daphne zurückgeblieben war und mich daran
erinnerte, dass ich mir das alles nicht nur eingebildet hatte.

«Es ist alles so, wie es sein soll.», murmelte Duncan in
meine Haare und küsste meinen Hals.

«Ich liebe dich.», flüsterte ich und küsste die Stelle, an
der meine Finger eben noch entlanggefahren waren.

ZWANZIG

Wir wickelten Bryonias und Euphorbias Körper in ein weisses Tuch ein und trugen sie zum Fluss hinunter. Duncan hatte zwei Flösse aus Holz gebaut, die gerade gross genug waren, damit die Körper darauf Platz fanden. Sie waren mit Lederbändern zusammengebunden und mit Blumen geschmückt. Wir liessen die Flösse ins Wasser gleiten und hielten sie fest, damit wir zum letzten Mal Abschied nehmen konnten. Kiana legte einen Kranz aus Blumen auf Bryonias Floss und trat zurück, damit ich mich verabschieden konnte. Ich hatte mich dazu entschieden, Euphorbias Leichnam auch herzubringen, obwohl sie diejenige war, die Lorie getötet und mein Leben in der Rebellion schwer gemacht hatte. Trotz allem, was geschehen war, musste ich mit diesem Teil meines Lebens abschliessen und in einen neuen Teil übergehen. Ich nahm die Misericordia aus meiner Manteltasche hervor und legte sie ebenfalls auf Bryonias Floss.

«Danke», flüsterte ich, als ich die Klinge auf dem Holz ablegte.

Wir liessen die Flösse los und sahen zu, wie sie den Fluss hinuntertrieben. Dann zogen Duncan und ich je einen brennenden Pfeil auf und schossen ihn auf die Flösse ab. May trat neben mich und legte ihren Arm auf meine Schulter. Duncan verschränkte seine Finger mit meinen und legte seine andere Hand auf Kianas Rücken. Zusammen sahen wir zu, wie die Flammen sich immer weiter entfernten und schliesslich aus unserem Blick verschwanden. Es klang vielleicht absurd, aber alles war so, wie es sein sollte. Duncan hatte recht, als er diese Worte ausgesprochen hatte und nun verstand ich erst, was er damit meinte.

Als wir zurück in der Burg waren, hatten wir kaum Zeit, an uns selbst zu denken. Die Burg wurde nach dem Kampf überrannt und vom Volk eingenommen. Duncan erzählte mir, dass sie versucht hatten, die Konflikte friedlich zu lösen, aber scheinbar gab es einige unter den Aufständischen, die die königlichen Soldaten angriffen, die sich ergeben hatten. Daraufhin hatte es weitere kleine Auseinandersetzungen gegeben, die sich nach einigen Tagen auflösten. Soeben hatte sich ein Rat aus den verschiedensten Leuten versammelt, die im grossen Ballsaal eine Besprechung abhielten. Auch Duncan, May und ich waren anwesend und obwohl sich Kiana nicht länger mit politischen Angelegenheiten auseinandersetzen musste, schlich sie dauernd vor der geöffneten Tür hin und her.

«Das Volk von Eastwood wird nicht länger tolerieren, vom Adel befehligt zu werden, der nur seine eigenen Interessen verfolgt.», sagte ein Schmied, den ich gestern zum ersten Mal gesehen hatte. Er liess sich wieder auf seinen Stuhl sinken und trank einen Schluck Bier.

«Die Regierung, wie das Volk sie kennt, existiert nicht länger.», versuchte Duncan den Mann zu besänftigen. Ich verstand die Aufregung. Auch ich hatte mein Leben lang Eastwood verabscheut, aber ich hatte hautnah miterlebt, wie sich die Dinge geändert hatten.

«Nachdem das alte Regime zerfallen ist, haben wir nun die Möglichkeit, einen Staat nach den Bedürfnissen *aller* aufzubauen.», fügte ich hinzu und legte meine Hand auf Duncans Oberschenkel, um ihn zu beruhigen. Er hasste es, im Rampenlicht zu stehen, doch wie sich herausgestellt hatte, war auch er ein Mitglied der Königsfamilie. Selbstverständlich war er nicht der leibliche Sohn des Königs, doch er war der älteste männliche Nachkomme der Krone und trotz allem trug er königliches Blut in sich.

«Ich werde mich nicht dem Willen einer Hure beugen. Ebenso wenig, wie ich einen weltfremden Soldaten, der als Marionette des Königs diente, als meinen Anführer anerkennen werde.», rief der Mann und erhob sich. Gleichzeitig stand auch Duncan auf und stütze sich auf dem Tisch ab.

«Ich weiss nicht, ob Sie mir gerade zugehört haben, aber ich habe soeben klargemacht, dass das Königreich Eastwood nicht länger existiert. Das bedeutet auch, dass es so etwas wie einen Anführer nicht mehr gibt. Im Übrigen bin ich nicht länger ein weltfremder Soldat. Ich wurde mein Leben lang in den Mauern dieser Burg eingesperrt. Ich wurde belogen, nur damit ich keinen Verdacht schöpfte, was in der Welt wirklich vor sich ging, aber durch eine Wendung des Schicksals ergab sich mir die Möglichkeit, meinen Horizont zu erweitern.» Der Mann setzte sich wieder hin und fixierte Duncan weiterhin mit seinem Blick. Duncan blieb jedoch stehen und liess seine Aufmerksamkeit über den gesamten Rat gleiten.

«Ausserdem würde ich Ihnen empfehlen, sachlich zu bleiben, denn hier geht es allein um die Zukunft von Eastwood.», fügte Duncan hinzu. *Und wenn Sie mich noch einmal als Hure bezeichnen, breche ich Ihnen das Genick.* Doch das konnte ich nicht aussprechen, da ich ansonsten ebenfalls den Sinn dieser Diskussion verfehlt hätte.

Duncan und ich sassen auf dem Dach und genossen die wenigen Minuten Sonnenschein, die uns noch blieben. Die Tage waren so schnell an uns vorbeigezogen, dass es sich wie Stunden angefühlt hatte. Ich genoss es, seine Hand zu spüren, die meine fest umschlossen hielt. Es war ironisch, doch in dieser Zeit der Hektik blühte unsere gegenseitige Anziehung auf, wie nie zuvor. Die wenigen Stunden, die wir zusammen verbrachten, genossen wir in vollen Zügen.

«Ich habe es dir noch nie erzählt, aber ich habe dich schon einmal gesehen.» Ich setzte mich auf und sah ihn an.

«Ich meine, bevor du als Gelehrte in die Burg kamst. Ich war einmal vor dem Gemach eines königlichen Botschafters aus

Malekis postiert. Er sollte einen Vertrag zu uns bringen, damit der König ihn unterschreiben konnte, aber der König war auf Reisen und der Botschafter musste in der Burg bleiben. Da es ein wichtiger Vertrag war, entschied ich mich, vor seinem Gemach Wache zu halten.» Er machte eine Pause, um meine Hand zu küssen.

«Mitten in der Nacht sah ich eine junge Frau, die von einem Soldaten in ein Zimmer bugsiert wurde. Zuerst dachte ich, dass es ein Ablenkungsmanöver war, um einen Anschlag auf den Botschafter auszuführen, doch als die Frau den Soldaten an die Tür drückte und ihn leidenschaftlich küsste, bekam ich meine Zweifel. Du hast mich damals zwar nicht angesehen, aber ich habe dafür jede deiner Bewegungen beobachtet. Du hast mich fasziniert und mich in deinen Bann gezogen. Dann seid ihr im Zimmer verschwunden und ich wurde von einem anderen Wächter abgelöst.» War das jetzt peinlich oder romantisch?

«Egal wie sehr ich es versuchte, ich bekam dich einfach nicht aus meinem Kopf, und als du plötzlich Monate später wieder aufgetaucht bist, da wurde ich erneut wie durch Hexerei verzaubert.» Ich starrte Duncan an, der seinen Kopf mit einem Arm abstützte. Hatte er mich deswegen die ganze Zeit angestarrt? Ich dachte immer, dass es daran lag, dass May ihm gesagt hatte, dass ich eine Verräterin war, doch vielleicht waren dies die wahren Gründe gewesen. Vielleicht hatte er sich gefragt, woher er mich kannte. Ich beugte mich vor und legte meine Stirn an seine und zusammen sahen wir zu, wie die Sonne hinter dem Horizont versank. Duncan malte Kreise auf meinen Bauch, während ich die Adern an seinem Arme nachzeichnete.

«Was sind das eigentlich für Albträume, die dich fast jede Nacht plagen?» Die Frage erwischte mich in einem unerwarteten Moment. Ich vertraute Duncan, aber ich hatte nicht das Gefühl, ihm diesen Teil meines Lebens vollends anvertrauen zu können. Ich hatte mich schon öfter gefragt, warum ihm meine alte «Beschäftigung» nichts auszumachen schien, doch ich hatte noch nie den Mut gefasst, mich mit ihm darüber zu unterhalten.

«Das sind Dämonen aus meiner Vergangenheit, die ich noch loswerden muss.» Vielleicht würde ich es ihm irgendwann erzählen, doch dann müsste *ich* mich diesen Dämonen zuerst stellen.

⌒‿⌒

«Ich denke, dass ich mich mit Daphne unterhalten sollte.» May und Duncan sahen einander entgeistert an.

«Nein!», riefen beide gleichzeitig. Ich verstand ihre Besorgnis, aber Daphne hatte mich praktisch aufgezogen und je länger ich diese Sache vor mich herschob, desto schwerer drückte sie auf mein Gemüt.

«Ich muss es tun. Ihr könnt das nicht verstehen, aber ich *muss* sie einfach sehen.» Duncan legte seine Hände auf meine Schultern und sah mir tief in die Augen.

«Du erholst dich noch immer von deiner Verletzung. Du wärst fast gestorben und wir konnten dich nur knapp retten. Ruh dich erst mal aus und wenn es dir wieder vollkommen gut geht, dann reden wir noch einmal darüber, in Ordnung?» Ich wollte widersprechen, aber May stimmte Duncan zu und ich konnte mich unmöglich gegen beide verteidigen. Wie konnten sie davon überzeugt sein, dass ich noch zu schwach war? Ich war mit Duncan durch die Gänge der Burg gerannt und auf das Dach geklettert. May und ich gingen in die Küche, um beim Vorbereiten des Abendessens zu helfen. Wir setzten uns auf einen Tisch und schälten Gemüse, welches wir in einer Vorratskammer im Keller der Burg gefunden hatten.

«Ich verstehe nicht, warum Duncan sich so sehr dagegen wehrt, dass ich mit Daphne spreche.», sagte ich zu May, die konzentriert eine Karotte schälte.

«Vielleicht hat er Angst, dass sie dich manipuliert oder dir irgendwelche Lügen auftischt.», antwortete May. Das war zwar plausibel, doch Duncan versuchte mir schon seit Tagen auszureden, in den Kerker zu gehen. Er war sogar so weit gegangen, dass er die Treppe, die in den Keller führte, bewachen liess. Er begründete sein Handeln damit, dass er Angst vor einem

Ausbruchversuch hatte, doch er wusste ganz genau, dass im Kerker genügend Wachen postiert waren und Daphne keine Chance hatte. Es musste etwas anderes sein, das ihn beschäftigte. Vielleicht hatte er Angst davor, wie Daphne es geschafft hatte, den König zu beeinflussen. Ich fragte mich noch immer, wie sie in seinen Geist einfallen und ihn dazu zu bringen konnte, ihr zu gehorchen. Was für ein Kraut hatte solch eine Wirkung? Und wie setzte man es ein?

«Duncan fragt, ob du ihn im Garten treffen kannst, wenn du hier fertig bist.» Kiana kam in die Küche stolziert und schnappte sich einen Apfel aus einem Korb, der auf dem Boden lag. Sie hatte viel Zeit mit Duncan verbracht, nun, da allen klar war, dass sie sozusagen Geschwister waren. Man konnte die Erleichterung in Kianas Augen sehen. Sie schien froh zu sein, dass sie sich nicht länger in ihrem Zimmer verstecken musste, und es schien ihr auch Freude zu bereiten, dass sie inzwischen von einem richtigen Gelehrten unterrichtet wurde.

«Und weshalb kommt er nicht persönlich her, um mir diese Nachricht zu überbringen?», fragte ich frech und grinste Kiana an. Diese zuckte nur unwissend mit den Schultern und biss von ihrem Apfel ab.

«Wie gefällt dir der neue Gelehrte?» Kiana mochte es, von ihrem Unterricht zu erzählen. Sie konnte ihre Leidenschaft für Pflanzen ausleben, wie sie es wollte, und ihr wurde sogar die

Verantwortung für den Garten übertragen, der fast vollständig vom Kampf verschont blieb.

«Ich habe heute zwei neue Pflanzen in mein Buch eingetragen und ich habe es geschafft, zwei Beerensträucher zu kreuzen! Die Beeren sind jetzt viel grösser und süsser, als vorher und der Ertrag ist auch besser. Wenn wir die Sträucher grossflächig anpflanzen, dann können wir das ganze Königreich damit versorgen.» Ein Lächeln zog sich über mein Gesicht.

«Das hört sich gut an.»

Mittlerweile war die Dunkelheit über die Burg gefallen und ich konnte zwischen den ganzen Büschen und Bäumen kaum etwas erkennen. Die winzige Kerze, die meinen Weg erhellte, spendete gerade genug Licht, damit ich erkennen konnte, wo meine Füsse waren.

«Lou», flüsterte eine Stimme, die ich sofort erkannte. Sie kam von einem Baum, der gross und mächtig erschien und dessen Blätter im Mondlicht zu schimmern schienen. Ich ging zu Duncan hinüber und stellte die Kerze in einen Kerzenständer, der im Baum hing. Wir standen nahe aneinander, damit wir das Gesicht des jeweiligen sehen konnten. Ich legte meine Hände in seine und fühlte, wie seine Daumen sanft meinen Handrücken streichelten.

«Du hast mich herbestellt?», stellte ich fest, um die Stille zu durchbrechen.

«Das habe ich.», antwortete er lächelnd. Ich konnte im trüben Licht sehen, wie sich Grübchen in seinem Gesicht formten.

«Die letzten Tage haben mich sehr beschäftigt und ich habe darüber nachgedacht, was ich mit meinem Leben anfangen will, nun da ich frei bin. Mir wurde klar, dass ich diese Freiheit geniessen muss, solange ich noch kann und deswegen habe ich mir etwas überlegt.» Mir war noch nicht klar, worauf er hinauswollte, doch ich konzentrierte mich viel mehr auf seine Augen, die im Kerzenlicht und im Mondlicht schimmerten.

«Und was hast du dir überlegt?», hakte ich nach, weil er ebenfalls schwieg.

«Ich bin zum Schluss gekommen, dass die Freiheit nichts wert ist, wenn sie nur mir allein gehört.»

«Was willst du gegen dieses Problem unternehmen?» Er liess eine meiner Hände los und griff in seine Hosentasche.

«Ich möchte dich fragen, ob du diejenige sein willst, die diese Freiheit mit mir geniesst.» Duncan holte etwas hervor, das im Mondlicht glitzerte. Als ich genauer hinsah, wurde mir klar, dass es ein Ring war. Mein Herz setzte einen Schlag aus und ich schnappte nach Luft.

«Was hast du gerade gesagt?», fragte ich ihn völlig ausser Atem. Die Frage war unnötig, da ich wusste, was er gesagt hatte, aber mein Gehirn brauchte einen Moment, um die Worte zu ordnen.

«Lou, willst du mich heiraten?», fragte er ein zweites Mal und sank auf ein Knie. Mein Mund stand buchstäblich offen, denn ich konnte noch immer nicht fassen, was hier gerade passierte, doch nach einer kurzen Pause wurde mir klar, dass er eine Antwort brauchte. Mir wurde klar, dass ich selbst eine Antwort brauchte, denn wenn ich jetzt nichts sagte, dann würde ich für immer hier stehen. Ich brachte kein Wort heraus, also nickte ich nur. Zuerst ganz sanft, so als ob ich es zu mir selbst sagen würde und dann immer mehr, bis ich schliesslich aussprechen konnte, was mein Herz schon lange sagen wollte.

«Ja, ich will.»

Niemals in meinem Leben hätte ich gedacht, dass dieser Abend noch verrückter werden konnte, doch Duncan übertraf meine Erwartungen bei weitem. Als er mit den Fingern schnippte, fing der Baum an zu leuchten und die Farben der Blätter warfen Lichtstrahlen auf uns herab. Duncan und ich hielten einander fest in den Armen und küssten uns. Ich konnte nicht sagen, wo sein Körper aufhörte und wo meiner anfing. Erst als wir im Licht des Baumes mehr sehen konnten, bemerkte ich, dass wir nicht die Einzigen im Garten waren. Ein Mann kam hinter dem Baumstamm zum Vorschein und lächelte uns freundlich entgegen. Er wurde von einem jüngeren Mann begleitet, der einen Kelch in den Händen hielt.

«Wer ist das?», fragte ich verwirrt und drehte dabei am Ring, den mir Duncan auf den Finger gesteckt hatte.

«Du musst wissen, dass ich ein überaus ungeduldiger Mensch sein kann. Ich habe zwei alte Freunde gefragt, ob sie uns vermählen würden.», antwortete Duncan und sah zu den Männern.

«Etwa jetzt gleich?» Meine Augen weiteten sich.

«Bevor du es dir anders überlegen kannst.», antwortete er mit einem Lächeln.

«Wenn ich Zweifel daran hätte, hätte ich wohl von Anfang an nicht zugestimmt.» Es gab so viele Dinge, die noch zu besprechen waren und ich hatte keine Möglichkeit gehabt, May die Neuigkeit zu erzählen.

«Sollten wir nicht den anderen Bescheid sagen, bevor wir heiraten?», fragte ich vorsichtig, um nicht seine Gefühle zu verletzen.

«Ich dachte mir schon, dass du das sagen würdest.» Duncan winkte jemandem zu, den ich nicht erkennen konnte.

May und Kiana traten ins Licht. Diese kleine Schlange. Kiana hatte so gut das unwissende Kind gespielt, dass ich nichts geahnt hatte.

«Hat sie Ja gesagt?», wollte Kiana sofort wissen. Sie presste hoffend ihre Hände zusammen und als Duncan nickte, brach sie in Jubel aus.

«Wie viele Leute hast du denn noch hinter diesem Baum versteckt?», fragte ich mit einem sarkastischen Unterton.

«Ich hoffe, dass du nicht noch mehr Einwände hast, denn das wäre es mit meinen Zaubertricks gewesen.», witzelte er und wollte mir einen Kuss geben.

«Hey! Wartet gefälligst, bis ihr verheiratet seid!» Kianas Einspruch brachte alle Anwesenden dazu, in Gelächter zu verfallen.

In Eastwood war eine Hochzeit nie etwas Grosses. Selbst wenn man adlig war, dann stellte der Ehevertrag viel mehr eine Vereinbarung dar, die beiden Parteien irgendeinen Vorteil brachte. Wenn ich darüber nachdachte, dann schien mir das überaus ironisch. Umso mehr war ich froh, dass unsere Zeremonie kurz und schlicht gehalten wurde. Duncan hatte einen seiner engsten Freunde gefragt, ob er unsere Vermählung bezeugen würde, und May tat das Gleiche für mich. Wir verbanden unsere Hände mit einem roten Band und tranken nacheinander aus dem Kelch, den der Mann, der sich als Diero vorgestellt hatte, mitgebracht hatte. Das war es mehr oder weniger. Ich steckte Duncan seinen Ring auf den Finger und Diero erklärte uns zu Ehemann und Ehefrau. Hier in Eastwood war die Ehe eher ein Zeichen des Respekts und konnte schnell wieder gelöst werden, aber für uns schien es viel mehr als das zu sein. Es war nicht nur ein Symbol des Respekts, sondern ein physisches Zeichen unserer gegenseitigen Liebe.

EINUNDZWANZIG

«Nein, Ihr versteht scheinbar nicht, was ich versuche zu sagen.», sagte Duncan und massierte sich die Schläfen.

«Es geht hier nicht darum, dass die Adligen die Macht erneut an sich reissen wollen. Es geht vielmehr darum, dass ein *Ausgleich* zwischen Volk und Adel hergestellt wird und das ist nur möglich, wenn beide Parteien im grossen Rat vertreten sind, Lady Rohesia.» Die Besprechungen des Rats waren immer mehr aus dem Ruder gelaufen. Gestern wurde beschlossen, dass die Ratsmitglieder von nun an den Titel «Lord» oder «Lady» tragen würden. Duncan und ich hatten noch keine Zeit gefunden, unsere Vermählung zu feiern, aber wir hofften sehr, dass nach der heutigen Besprechung für einige Zeit Ruhe herrschen würde.

«Ich verstehe, dass es für Euch schwierig ist, die Macht aufzugeben, aber da Ihr sowieso in der Unterzahl seid, hättet ihr keine Chance, bei einer Abstimmung eine Mehrheit zu gewinnen. Ich sehe also keinen Grund, den Adel weiterhin in die politischen Angelegenheiten von Eastwood einzubeziehen.», sagte Lady Rohesia und setzte sich wieder auf ihren Stuhl. Sie war die einzige Frau, die es bisher in den Rat geschafft hatte, was sehr beeindruckend war, wenn man bedachte, dass das hiesige Volk Frauen noch immer verabscheute. Obwohl ich sagen muss, dass es mir lieber gewesen wäre, wenn Lady Rohesia nicht in den Rat aufgenommen wurde. Schon seit Tagen versuchte sie Duncan loszuwerden und kramte immer wieder das Argument hervor, dass er allein gegen das ganze Volk stehen würde.

«Wenn wir zulassen, dass nur Personen mit den gleichen Beweggründen und Zielen im Rat sind, dann laufen wir in genau dasselbe Regime hinein, aus welchem wir-» Mehr konnte Duncan nicht sagen, da das plötzliche Knarren der Tür die Menge zum Schweigen brachte.

«Wir entschuldigen uns für die Verspätung, aber wir wurden aufgehalten.» Alle am Tisch erhoben und drehten sich um, als zwei Frauen in den Ballsaal eintraten. Ich konnte sofort an den hellblonden Haaren und blauen Augen erkennen, dass es die Töchter waren, die der König von Eastwood einst verstossen hatte.

«Helena und Astoria, willkommen zu Hause. Wie es scheint, seid ihr genau im richtigen Moment aufgetaucht. Dies sind die älteste und die zweitälteste Tochter des ehemaligen Königs von Eastwood.», stellte Duncan die beiden Damen vor. Ich war erstaunt, wie wenig die beiden Duncan ähnelten. Schliesslich waren sie seine Halbschwestern. Sie sahen auch nicht wie Kiana aus, obwohl das nur schwer zu beurteilen war, da Kiana weitaus jünger war, als ihre Schwestern.

«Freut uns, das zu hören.», sagte diejenige, die Duncan als Astoria vorgestellt hatte. Sie schien eine Kriegerin zu sein. Ihre

Haare waren zerzaust und grob zu einem Zopf geflochten worden. Einige Strähnen waren kürzer und andere länger, so als ob sie in der Hektik einer Schlacht abgeschnitten worden wären, weil es praktischer war, mit kurzen Haaren zu kämpfen. Sie trug enge Hosen und ein braunes Hemd. An ihrem Rücken waren zwei Kurzschwerter befestigt und sie hatte sich einen Dolch um die Hüfte geschnürt. Eine verblasste Narbe zog sich über ihr linkes Auge und verlieh ihrem Gesicht etwas Bedrohliches. Zu dieser Bedrohlichkeit trugen auch die Tätowierungen an ihren Armen bei. Eines der Tattoos war vom Hemd verdeckt, aber auf dem anderen Arm erkannte ich zwei Fische, die sich um eine Speerspitze wanden. Astoria war nicht unbedingt schön, aber definitiv eindrucksvoll. Helena bildete einen kompletten Kontrast zu Astoria. Ihr Haar fiel offen über ihre Schultern und reichte beinahe bis zu ihrer Hüfte. Sie trug ein dunkelbraunes Kleid, das am Bauch von einer Lederschnur zusammengehalten wurde. Über ihrer Schulter trug sie einen Bogen und auf der anderen Seite der Hüfte war der dazugehörige Köcher befestigt. Obwohl Helenas Auftreten viel kindlicher war, war ich mir sicher, dass sie die ältere Tochter sein musste. Ihr Gesicht war makellos, aber es schien mehr gesehen und erlebt zu haben als das von Astoria. Die beiden legten ihre Waffen ab und setzten sich an den Tisch.

«Lady Rohesia, möchtet Ihr nicht wiederholen, was Euch bedrückt, nun da alle Mitglieder des Rats anwesend sind?», fragte Duncan Lady Rohesia und der Unterton in seiner Stimme verriet mir, dass das plötzliche Eintreffen von Helena und Astoria ihn amüsierte. Lady Rohesia schwieg eine Weile und entschied sich schliesslich dazu, nichts zu sagen.

«Dies soll keine Beleidigung sein, aber weshalb sollten wir Töchter des Königs in den Rat aufnehmen? Der König war schliesslich für diese Misere verantwortlich.» Duncan liess den Blick zu dem Mann, der soeben gesprochen hatte, gleiten.

«Wie ich schon versucht habe, zu erklären, geht es bei der Schaffung einer neuen Regierung um den Ausgleich zwischen-» Helena legte ihre Hand auf Duncans Arm, um ihn zum Schweigen zu bringen.

«Duncan, vielen Dank für deinen Einwand, aber wir können auch selbst-», fing Helena an, doch sie wurde gleich von dem Mann unterbrochen.

«Ich will nicht respektlos wirken, aber Ihr werdet doch wohl verstehen, wenn wir euch nicht vertrauen können.» Der Mann setzte ein selbstgefälliges Grinsen auf, doch Helena legte ihren Kopf schief und machte sich nicht einmal die Mühe, von ihrem Stuhl aufzustehen, als sie weitersprach.

«Wir verstehen durchaus, dass das Volk-»

«Verzeihung, doch ich habe nicht zu Ihnen gesprochen. Ich ziehe es vor, mich mit jemandem zu unterhalten, der weiss, wovon ich spreche.» Über Helenas Gesicht zog sich ein sanftes Lächeln, das nur in dem linken Mundwinkel zu erkennen war.

«Es ist überaus naiv, anzunehmen, dass-»

«Haben Sie nicht verstanden, wa-»

«Wenn Sie eine Antwort auf Ihre Frage wollen, dann sollten Sie *mich* ausreden lassen.» Helena hatte sich langsam erhoben, während sie mit ruhiger Stimme gesprochen hatte. Der Unterton in ihrer Stimme jagte mir einen Schauer durch das Mark. Der Mann, der sich mittlerweile ebenfalls erhoben hatte, liess sich langsam auf seinen Stuhl fallen, doch er lehnte sich zurück und verschränkte störrisch seine Arme. Das Spektakel schien sogar Lady Rohesia gefallen zu haben.

«Wenn ich wie ein Mann sprechen muss, damit ich gehört werde, dann werde ich dies tun. Wenn es hingegen darum geht, dass ich mich gegen Sie und Ihr lächerliches Ego stelle und mich dadurch unbeliebt mache, dann werde ich auf andere Weise meine Stimme erheben.» Nun, da das Lächeln auf dem Gesicht des Mannes weggewischt war, atmete Helena kurz durch, um sich zu sammeln.

Man einigte sich darauf, dass die Mitglieder des Rats erwählt waren und dass sich diese ab sofort um die Zukunft von Eastwood kümmern würden. In den nächsten Wochen würde man in einem Vertrag festhalten, nach welchen Regeln und Gesetzen

Eastwood zu regieren war. Die anderen Kinder des Königs waren aus Eastwood weggebracht worden, weil man befürchtete, dass das Volk sie abschlachten würde. Kiana konnte nur hier bleiben, weil sie noch ein Kind war.

Kiana, Astoria, Helena und Duncan verschwanden nach der Sitzung in einem Zimmer, um sich über die Rückkehr der Schwestern auszutauschen. Ich traf mich mit May und wanderte mit ihr zusammen durch die Gänge der Burg. Schliesslich hatten wir vieles zu besprechen, jetzt da sich die Situation für uns alle geändert hatte.

«Wenn er noch länger mit dem Antrag gewartet hätte, dann hätte ich den Ring selbst genommen und dich gefragt.», scherzte May.

«Ich kann es noch immer nicht glauben, dass du kein Wort darüber verloren hast. Wie lange hat er diese Aktion schon geplant?», fragte ich mit ernster Miene. Ich hatte zwar bemerkt, dass sich Duncan in den vergangenen Wochen verändert hatte, doch ich dachte, dass es am Chaos um uns herum lag.

«Seit über einem Monat. Er konnte nicht genug Mut zusammenbringen, um dich zu fragen. Er hat kein Problem damit, einer Armee gegenüberzutreten, aber bei einem Heirats-antrag kriegt er schwache Nerven.» Nun brachen wir beide in Gelächter aus.

«Ist dir bewusst, dass wir uns nun schon über ein halbes Jahr kennen?» Die Zeit war schneller verflogen, als mir lieb war. Es gab noch vieles zu regeln und wir würden sicher noch einmal doppelt so lange brauchen, um Eastwood wieder aufzubauen.

«Das wäre ein guter Anfang für einen Antrag, aber ich muss dich enttäuschen, ich bin schon vergeben.» May verpasste mir einen scherzhaften Schlag auf den Arm. Wir liefen einmal quer durch die Burg und begegneten dabei vielen Leuten, die mit uns sprechen wollten. Viele davon waren Angestellte, die sich fragten, was nun passieren würde, da der König tot war. Ich gab mir bei jedem Gespräch Mühe, eine zufriedenstellende Antwort zu liefern, doch je mehr ich mich mit den Menschen unterhielt, desto unsicherer wurde ich. Ich realisierte, dass ich auf Vieles auch keine Antwort hatte. May ging in die Küche, um bei den Vorbereitungen für das Abendessen zu helfen. Ich machte mich auf den Weg, um Duncan zu suchen, aber als ich am Kerker vorbeiging, verspürte ich einen merkwürdigen Drang, nach unten zu gehen. Es fühlte sich beinahe so an, als ob mich zwei Hände packten und die Treppe herunterrissen. Die Wache an der Tür starrte mich an und legte vorsichtshalber eine Hand auf sein Schwert. Ich schloss die Augen und versuchte meine Gedanken zu ordnen, aber eine Stimme machte sich in meinem Kopf breit, die mir befahl, nach unten zu gehen.

«Mylady, ist alles in Ordnung?», fragte die Wache vorsichtig und machte einen Schritt auf mich zu. Ich presste die Augen noch fester zusammen und drückte meine Hände an meine Schläfen. *Komm zu mir.* Befahl mir die Stimme. Ich spürte, wie sich meine Beine in Bewegung setzten und mich in die Richtung der Tür bewegten. Etwas hatte von meinem Körper Besitz ergriffen und ich konnte nichts dagegen tun. Ich war der Stimme hilflos ausgesetzt und was mir noch viel mehr Angst einjagte, war die Vertrautheit der Süsse, die in den Worten lag. Ich hatte schon lange realisiert, dass es Daphnes Stimme war, die mich rief, doch ich wusste, dass das unmöglich war.

«Ich bilde mir das alles nur ein.», flüsterte ich leise und legte sanft die Hände über meine Ohren. Ich hörte, wie der Wächter sein Schwert zog und konnte erahnen, dass er es auf mich richtete. Was würde ich tun, wenn er mich angriff? Ich konnte mich nicht wehren. Ich konnte nicht einmal die Macht über meine eigenen Gedanken zurückgewinnen.

«Lou, ich habe dich gesucht!» Schlagartig erwachte ich aus meiner Trance und riss die Augen auf.

«Duncan?»

Ich hätte Duncan von dem Vorfall erzählen sollen, aber er hatte schon genügend Sorgen. Wenn sich seine Ehefrau in ein emotionales Wrack verwandeln würde, wäre das wohl nicht sehr hilfreich. Wir lagen auf dem Balkon und sahen uns zusammen die Sterne an.

«Was hast du mit Helena und Astoria besprochen?», fragte ich etwas geistesabwesend.

«Sie haben mir von ihrem Leben ausserhalb von Eastwood erzählt. Scheinbar hatten sie es nicht gerade einfach dort draussen.», antwortete er und deutete dabei mit einem Nicken zum Himmel.

«Und Helena hat sich darüber lustig gemacht, dass ich verheiratet bin. Sie kann einfach nicht glauben, dass es jemand mit mir aushält. Daher möchte sie dich unbedingt kennenlernen.» Duncan drehte den Ring an meinem Finger, während er seine Fingerspitzen über meine Handfläche kreisen liess.

«Habt ihr auch über den Rat gesprochen?», hakte ich nach.

«Wir werden uns noch einmal darüber unterhalten müssen, aber fürs Erste werden sie im Rat bleiben und an den Sitzungen teilnehmen.» Ich fragte mich, ob es unhöflich war, weiter nachzuhaken, aber es war wohl ein langer Tag gewesen und wir waren beide zu müde, um uns über das Staatsgeschehen Gedanken zu machen.

«Hast du gewusst, dass Daphne deine Mutter ist?» Die Frage rutschte mir heraus und ich wollte sie sofort zurücknehmen, aber Duncan zog mich näher zu sich heran, als er bemerkte, dass ich nervös wurde.

«Nein, der König hat mir erzählt, dass meine Mutter tot sei. Wenn du mich fragst, dann ist das auch so.»

Es war so dunkel, dass ich nichts sehen konnte. Das Einzige, was von meinen Sinnen wahrgenommen wurde, war das Hämmern der Gefangenen in den Zellen. Ich wusste genau, wonach ich suchte, aber ich konnte sie nicht finden. Ich konnte *nichts* finden, denn das Licht der Kerze leuchtete gerade hell genug, dass ich sehen konnte, was unmittelbar vor meinen Füssen lag. Die Stimme in meinem Kopf hatte mich gerufen. Sie hatte mich in den Kerker gelockt und führte mich zu dem Ort, den ich suchte. Als ich um eine Ecke bog, wurden die Gänge von einem hellen Licht erleuchtet, das aus einer Zelle zu kommen schien. Ich hatte sie gefunden. Mein Herz klopfte so stark, dass es wehtat, aber ich hatte keine Ahnung, ob es daran lag, dass ich gerannt war oder ob meine Angst daran Schuld war. Meine Kerze wurde von einem Windstoss erfasst und ausgelöscht. Erneut hüllte mich die Dunkelheit ein. Eine Hand legte sich auf meine Schulter und ich schreckte hoch. Ich war allein im Zimmer. So wie es schien, war Duncan bereits aufgestanden und nach unten gegangen. Mein Kopf war kalt und schwitzig und pochte so sehr, dass ich mich fragte, ob ich gestern zu viel Wein getrunken hatte.

«Du hast im Schlaf geredet.» Ich schnappte mir eines der Kissen und warf es in die Richtung, aus der die Stimme kam. Duncan wich gekonnt aus und knüpfte dabei lässig sein Hemd zu. Er war im Zimmer nebenan gewesen und hatte sich gewaschen.

«Du hast mich erschreckt.», stellte ich seufzend fest. Als er bemerkte, wie schwer ich atmete, setzte er sich neben mich auf das Bett.

«Willst du mir sagen, was dich beschäftigt?», fragte er sanft und zog den Ärmel meines Nachthemds über meine Schulter. Ich strich eine Haarsträhne aus meinem Gesicht und sah ihn an.

«Es ist nichts. Es war nur ein Traum.» Ich stand auf und zog mich um.

«Ein Traum sollte dich nicht aus dem Schlaf hochschrecken lassen.»

«Duncan, es ist nichts. Albträume sind eben eine Sache, die mich immer verfolgen werden.» Ich schnappte mir meine Waffen und verstaute sie an ihrem Platz. Als ich zur Tür gehen wollte, stoppte mich Duncan.

«Du kannst mit mir darüber sprechen.»

«Irgendwann werde ich das tun, aber jetzt bin ich noch nicht so weit.» Ich löste meinen Arm aus seinem Griff und öffnete die Tür. Duncans vorwurfsvolle Blicke versuchte ich dabei zu ignorieren.

Ich hatte Duncan nie danach gefragt, wie er es geschafft hatte, mich zu retten. Es war nicht wichtig gewesen, aber immer, wenn ich dieses Thema anschnitt, wechselte er sofort das Thema und versuchte mir einzureden, dass ich es vergessen sollte. Ich bekam das Gefühl nicht aus dem Kopf, dass etwas nicht mit rechten Dingen zugegangen war. Mein Leben war so gut wie verloren gewesen, aber trotz allem hatte er es geschafft, mich zu retten. Ich entschied, im Schutze der Dunkelheit in den Kerker zu schleichen, um der Stimme auf den Grund zu gehen, die mich schon seit Tagen vom Schlafen abhielt. Ich zog mich schnell an und öffnete vorsichtig die Tür, um in den Gang herauszuspähen. Duncan war schon früh aufgestanden, weshalb ich nicht Angst haben musste, ihn zu wecken. Da viele Bereiche der Burg während der Schlacht beschädigt worden waren, schliefen Duncan und ich momentan in dem Zimmer, das früher meines gewesen war. Der Gang war leer und ich konnte mich im Schutz des Schattens bis zur Tür schleichen. Die Treppe fühlte sich kalt unter meinen nackten Füssen an. Es war mir klüger vorge-kommen, keine Schuhe anzuziehen, um weniger Lärm zu machen, doch nun bereute ich meine Entscheidung. Ich stolperte einige Male, weil meine Zehen so kalt waren, dass ich sie nicht mehr spürte, doch ich konnte mich jedes Mal fangen. Ich war beinahe an der Treppe angekommen, die zu den Kerkern führte. Als die Tür in Sichtweite war, stellte ich fest, dass kein Wächter davor postiert war. Hatte die Stimme ihn etwa davon überzeugt, seinen Posten zu verlassen? Wusste sie, dass ich mich der Verlockung hingeben würde, mit ihr zu sprechen? Ich hatte keine Zeit, darüber nachzudenken, denn in diesem Moment liefen zwei Wächter vorbei, die sich miteinander unterhielten. Ich schlüpfte schnell hinter die Tür und wurde von vollkommener Dunkelheit eingehüllt.

Meine Augen brauchten einige Minuten, um sich an die Dunkelheit zu gewöhnen. Ich tastete mich vorsichtig an der Wand entlang die Treppe hinunter, bis ich vor einer weiteren Tür angelangt war. Diese öffnete ich einen Spalt breit und versuchte zu erkennen, ob noch jemand im Kerker war. Ich konnte keine Geräusche hören, also ging ich hinein und schloss die Tür wieder. Zu meiner Linken befand sich ein Gang, der vollkommen dunkel war. Auf der rechten Seite konnte ich eine Lichtquelle erkennen, die eine Zelle erleuchtete. Sofort lief mir Kälte den Nacken hinunter. Es war so, wie ich es in meinem Traum gesehen hatte. Nur die Stimme fehlte, die mich zu sich lockte. Ich ging auf die Zelle zu und sah mich dabei immer wieder um. Ich wurde das Gefühl nicht los, dass ich nicht allein war. Mal abgesehen von der Person, deren Silhouette ich im hellen Licht erkennen konnte. Als ich aber nah genug war, um erkennen zu können, wer da eingesperrt war, entspannten sich meine Schultern leicht.

«Sarah?»

Die Frau drehte sich um und blickte mich mit einem starren Blick an. In der ganzen Aufregung hatte ich vergessen, dass sie diejenige gewesen war, die mich verraten hatte. Anstelle von Wut machte sich Neugier in mir breit. Weshalb hatte man sie in den Kerker geworfen? Wie hatte sie die Schlacht in der Burg überlebt?

«Bist du etwa nur hergekommen, um mich dumm anzustarren?», spuckte sie mir provozierend entgegen.

«Warum? Warum hast du May und mich verraten?» Ich war mir nicht sicher, ob ich diese Frage stellen wollte, aber mein Bauchgefühl sagte mir, dass ich es wissen musste. Sarah lachte nur und drehte sich weg von mir. Ich dachte schon, dass sie mich einfach ignorieren würde, aber sie sah mich über ihre Schulter an. Sie beobachtete mich.

«Ich habe es damals nicht verstanden, denn ich war noch ein Kind. Es war wohl einer der kältesten Tage im Jahr gewesen und wahrscheinlich auch einer der kältesten in meinem Leben. Jetzt, wo ich darüber nachdenke, fällt mir alles wieder ein.» Als sie die Worte ausgesprochen hatte, wurde der Raum von einem kälteren Licht erfüllt.

«Es war im ganzen Königreich bekannt, dass Anschläge stattfanden. Niemand wusste, wer das alles plante und aus welchem Grund, aber es passierte einfach und die Menschen

lebten damit. Meine Eltern hatten sich keine Sorgen darum gemacht. Wir wohnten an der Grenze des Königreichs und dachten,
dass uns ohnehin eher die umliegenden Königreiche
beunruhigen mussten. Dann kam aber eines Tages eine Frau zu
unserem Haus und fragte meine Eltern über ihre Arbeit aus.
Gerade als ich aus meinem Zimmer kam, sah ich, wie die Frau
meinem Vater ein Messer in den Schädel trieb und meine Mutter
mit einem Speer aufspiesste. Ich blieb wie angewurzelt stehen
und sah zu, wie sie ihre Waffen säuberte und danach unser Haus
anzündete. Nur knapp konnte ich mein Leben retten.» Ich wich
einen Schritt zurück. Ich sah, wie die Tränen an Sarahs Wangen
herunterströmten und beherrschte mich, nicht selbst die Fassung
zu verlieren. Ein Mann und seine Frau, die dem König
versprochen hatten, als Spione in ein anderes Königreich zu
reisen. Ich erinnerte mich an diesen Auftrag, doch ich erinnerte
mich nicht daran, dass da ein Kind war.

«An diesem Tag habe ich alles verloren. Die einzige
Möglichkeit, die mir blieb, war Arbeit zu suchen. Ich stieg auf, bis
ich in der Burg arbeiten durfte und einige Jahre später sah ich, wie
eine Frau sich beim König einschleimte. Ich habe dich sofort
erkannt. Rate mal, wie sehr sich meine Wut über die Jahre
zusammengebraut hatte.» Ich musste nicht raten. Ich wusste es.
Die Tränen der Trauer hatten sich aufgelöst und was
zurückgeblieben war, war ein von Verbitterung verzerrtes
Gesicht. Plötzlich griff Sarah durch die Eisenstangen des Kerkers
hindurch und packte mich am Ärmel meines Kleids. Meine Füsse

schrammten über den rauen Boden und verhakten sich ineinander.

«Vielleicht solltest du dich fragen, ob der König wirklich der Bösewicht der Geschichte ist.» Ich wusste, dass Sarahs Verrat auch einige Unschuldige das Leben gekostet hatte, aber trotzdem trafen mich ihre Worte mehr, als sie es tun sollten. Ich löste mich aus ihrem Griff und packte meine Arme, um sie vom Zittern abzuhalten. Es fühlte sich an, als ob der Raum von einem eiskalten Windstoss erfasst wurde. Meine Füsse stolperten über den Boden und versuchten Halt zu finden, aber ich schaffte es nicht, die Kontrolle über sie zurückzuerlangen. Meine Hände wanderten von den Armen zu meinem Gesicht, welches sie fest umklammerten. Mein Kopf war so heiss wie Feuer, obwohl mir kalt war. Ich drehte mich von Sarah ab, um wieder einen klaren Kopf kriegen zu können. Was geschah gerade mit mir? Mir gingen Gedanken durch den Kopf, die ich nicht beeinflussen konnte. Ich hatte das Gefühl, dass ich von einer anderen Person gesteuert wurde. Als ich meine Augen wieder öffnete, sah ich eine Gestalt, die aus dem dunklen Ende des Gangs kam. Meine Augen versuchten sich auf die Person zu fixieren, aber ich schaffte es nicht, zu erkennen, wer es war. Ich zog den Dolch, den ich mir um die Hüfte geschnallt hatte und klammerte mich daran fest.

«Sofort stehen bleiben!», warnte ich die Person, die sich nach meiner Mahnung sofort versteifte. Erst jetzt merkte ich, dass

es nicht eine, sondern zwei Personen waren, denen ich gegenüberstand. Ich ging einen Schritt auf sie zu und dann noch einen
und noch einen. Je näher ich kam, desto mehr konnte ich erkennen. Als mein Blick plötzlich klar wurde, wäre mir beinahe der
Dolch aus der Hand gefallen. Meine Augen wurden gross und
fixierten ungläubig die beiden Flüchtigen. Ich hatte erwartet,
Daphne hier unten anzutreffen. Ich war also nicht erstaunt, als ich
sie vor mir stehen sah, aber beim Anblick der zweiten Person
dachte ich, dass dies nur ein weiterer Traum sein konnte, eine
Illusion. Sein Name blieb in meinem Hals stecken. Ich konnte ihn
nur in meinem Kopf sagen, Duncan.

Duncan zog seine Kapuze vom Kopf und sah mich überrascht an.
Sein Mund stand offen und er versuchte etwas zu sagen, aber wir
alle schwiegen. Ich sah zwischen Daphne und Duncan hin und
her und versuchte einen der vielen Gedanken festzuhalten, die
durch meinen Kopf flogen. Bevor ich jedoch realisierte, was hier
vor sich ging, kam Duncan mit schnellen Schritten auf mich zu
und schlug mir mit dem Griff seines Schwerts auf die Schläfe. Die
darauffolgende Stille gab mir sehr viel Zeit, um darüber nachzudenken, wo ich soeben hineingestolpert war.

EPILOG

«Warum sollten wir uns das Land wegnehmen lassen, das rechtmässig *uns* gehört?» Lady Rohesias Stimme wurde quer durch den Raum getragen, der sich im Keller der Burg befand. Versteckt in einer Ecke, von der kaum jemand Bescheid wusste.

«Es ist unmöglich, die Herrschaft an uns zu reissen, wenn die Macht so aufgeteilt ist, wie es der Rat beschlossen hat. Wie sollen wir die Adligen und ihre Anhänger aus dem Weg räumen, mit ein paar Bauern, wenn *sie* ausgebildete Soldaten haben?», warf ein Mann ein, der sich soeben von seinem Stuhl erhoben hatte. Die Blicke wandten sich zu ihm um und einige Männer schienen sogar zu nicken.

«Das männliche Geschlecht ist ausserordentlich eng-stirnig.» Lady Rohesia liess ihren Blick über die Menschenmenge gleiten. Es waren nicht viele, die sich in dieser Nacht eingefunden hatten, doch ihre Absichten waren stark genug, um eine erneute Revolution wagen zu können.

«Der Grosse Rat setzt sich etwa zur Hälfte aus Adligen und zur anderen Hälfte aus Vertretern des Volks zusammen. Die erste Priorität sollte sein, die restlichen Vertreter auf unsere Seite zu ziehen. Dann werden wir-»

«Entschuldigt meine Skepsis, doch ich bin davon überzeugt, dass dies bei weitem nicht reichen wird.», unterbrach derselbe Mann, der vorhin gesprochen hatte, Lady Rohesia.

«Sie sind also nicht nur engstirnig, sondern auch ungeduldig. Nun, dann will ich auf den Punkt kommen.» Die einzige Frau in der Runde beugte sich runter zum argwöhnischen Mann, der sich mittlerweile wieder gesetzt hatte. Die anderen Männer hielten ihren Atem an, in der Befürchtung, Rohesia würde ihre Geduld verlieren.

«Sie sollten inzwischen realisiert haben, dass die Welt nicht bei den Stadtmauern von Eastwood aufhört. Es gibt unzählige unterdrückte *Bauern*, die sich uns wohl ohne zu zögern anschliessen würden.» Lady Rohesia schien die Art, wie der Mann die Bauern erwähnt hatte, gestört zu haben. Sie spuckte ihm das Wort ins Gesicht, als ob es eine Beleidigung gegen ihn wäre. Der Mann kräuselte seine Lippen, sichtlich genervt, dass eine Frau einen besseren Einfall hatte als er. Ein anderer Mann stand auf und stützte sich auf dem Tisch ab, als er sprach. Er war wohl in der Schlacht verletzt worden.

«Woher wissen wir, dass die Adligen nicht schon ihre Fühler ausgestreckt haben, um sich mit umliegenden Städten zu verbünden?» Rohesia liess ihren Blick auf dem kritisch scheinenden Mann verharren, während sie antwortete.

«Würde das Volk eher auf adlige, privilegierte oder auf
ihresgleichen hören? Was denken Sie?» Der Mann liess sich langsam auf seinen Stuhl fallen. Der ganze Saal schwieg, bis ein leises
Raunen die Stille auflöste; Zustimmung.

«Dann sei es so.»

ÄS MERCI

Wo faht mä ah, we mä säch bedankä wett? Bevor dasi irgendweli Nämä ufzeuä wetti aunä, wo mir i irgenderä wiis bi däm Projekt gholfä hei es grosses MERCI usrichtä! Dir wüsst ja säuber, wi dir mini jahrelangi Verzwiflig heit müässä ushautä, drum merci, sit dir immer für mi da gsi. Bi viunä vo öich muäsi mi aber no umfassender bedankä.

Mami u Papi, z äuä gröschte Merci geit a öich. Ohni öii Hiuf wär ds ganze sicher nid z Stand cho. Dir heit mi scho immer ungerstützt u aues gmacht, für dasi mini Tröim cha feschthäbä u oh weni viu Schnapsideeä ha gha, heit dir keh Sekundä drannä zwiflet, das z Schribe mir sehr wichtig isch. So heit dir zum Bispiu mini Büächersucht finanziert, ohni näch z Beschwärä, was am Schluss drzue gfüehrt het, das dir ds Buäch i dä Händ chöit häbä.

Au mini Fründä, wo nie drvo gloffä si, weni mi drüber ufgregt ha, ds t Handlig nid i die Richtig geit, woni sä hätt wöuä häräfüährä, dir sit di hertä Chrieger vor Gsellschaft. Unger öich gits sogar Lüt wo so fescht vo mim Buäch überzügt si, das si ihri Zyt g opferet hei, für mir bimnä Buächtrailer z häufä. I bi mega froh, dasi mi uf öich ha chönnä verlah. Flu u Michi, merci für di Zyte woni gmüetläch mit öich ha chönnä zämähockä u ä Pousä vom Schribe ha chönnä näh. Celä, merci für t Inspiration für t Figurä, wo du mir äuä mängisch unfreiwillig gliferet hesch, aber i eim Fau sicher absichtläch. Theres, merci für dis wärtvollä Fachwüssä, weni mau nid witer ha gwüsst. Beat, ohni di ussergwöhnlächä Requisite vo dir wär mi Trailer nid haub so überzügend wordä winer isch.

U natüerläch oh es grosses Dankä a die Lüt, wo für mi genauso zur Familie ghöre. Götti Reto u Ildi, i dankä öich härzläch für jedi Art vo Ungerstützig, wo dir mir scho mis ganzä Läbä lang abotä heit. Oh dir heit viu drzue bitreit, das es es Buäch git woni ä Danksägig inäschribe darf. Gitti Edith, es si immer spezielli Momäntä gsi, we mir irgendwo härä g hocket si u stundelang über irgendweli Themä hei chönnä schnäderä, wo oh teilwiis irgendwo i däm Buäch versteckt si.